梁源　王嬋娟　施仲謀　主編

國際文憑課程（IB）中文教學研究新探

U0063583

三聯書店（香港）有限公司

責任編輯	席若菲
書籍設計	吳冠曼
書籍排版	何秋雲

國際文憑課程（IB）中文教學研究新探

主　　編	梁源　　王嬋娟　　施仲謀
出　　版	三聯書店（香港）有限公司
	香港北角英皇道 499 號北角工業大廈 20 樓
	Joint Publishing (H.K.) Co., Ltd.
	20/F., North Point Industrial Building,
	499 King's Road, North Point, Hong Kong
香港發行	香港聯合書刊物流有限公司
	香港新界荃灣德士古道 220-248 號 16 樓
印　　刷	中華商務彩色印刷有限公司
	香港新界大埔汀麗路 36 號 14 字樓
版　　次	2023 年 1 月香港第一版第一次印刷
	2023 年 10 月香港第一版第二次印刷
規　　格	16 開（187mm×260mm）240 面
國際書號	ISBN 978-962-04-5116-4

編輯委員會

目 錄
Contents

前　言
Preface

　　隨著教學對象和教學目的的不同，世界各地的中文教學呈現出不同面貌。作為國際都市的香港提供均衡而多元化的學校教育，不同學校的中文課程也體現出因材施教、與世界接軌的多樣化特點，為觀察和研究中文教學的發展態勢提供了參考經驗。近年來國際文憑課程（International Baccalaureate，簡稱 IB）在全球各地發展迅猛，香港有越來越多的國際學校、本地學校和直資學校開始引入 IB 課程，並在大學預科項目（Diploma Programme，簡稱 DP）中獲得全球矚目的佳績。

　　香港教育大學（教大）是香港唯一以師範教育為本的大學，教大中國語言學系擁有陣容強大、經驗豐富的本地與國際中文教育和漢語語言學領域的專業教學及研究團隊，重視與包括本地在內的大中華地區和國際中國語言學及中文教育學界的學術交流，致力促進和推動國際中文教育研究的現代化和國際化。學系主力承擔教大國際漢語教學文學碩士課程（MATCIL）和漢語二語教學學士課程（BATCSL）的教學任務，在國際中文教育研究的基礎上，推動 IB 中文教學的發展和研究。

　　教大國際漢語教學文學碩士課程（MATCIL）已開設十餘年，為全港同類型課程的先行者。課程於 2016 年 12 月通過認證，成為 IB 教學證書認可課程，這使得香港教育大學成為亞洲第二所具有 IB 教學證書認可課程的大學，也使得畢業生資歷更具國際認受性。在此基礎上，中國語言學系於 2018 年開始舉辦「IB 理念和國際中文教學高級研討坊」，邀請活躍於教研前線的 IB 專家學者、IB 資深考官、國際學校校長等擔任講者，與來自世界各地的學員共同探討 IB 理念及其在中文教學中的應用，為學員提供了一個與資深 IB 教育者和研究者交流的平台。

　　在成功舉辦四屆「IB 理念和國際中文教學高級研討坊」之後，我們邀請大中華地區的 IB 專家和主講嘉賓分享最新的研究成果和教研心得，並集結成書，希望讓更多的 IB 中文教育者和有志從事這一事業的讀者因而受惠。

　　國際文憑課程（IB）是順應教育全球化的產物，目前已發展出一套較為獨特且完備的課程架構，並被全球教育界認可。誠如專書中一些作者所言，IB 的教育理念和教學模式為傳統的中國語言和文學的教學帶來了全新挑戰，也

帶來了不同的視角。圍繞 IB 課程的理論探討和針對教學實踐的研究，對中文課程的發展、教學目標的設定、教學內容的編排以及教學策略、教學方法、考核評估、師資培訓等方方面面都提供了豐富的經驗。

專書的各位作者在 IB 中文的教學和研究領域術業有專攻。全書共收錄十五篇論文，分為課程與教材、語言 A、語言 B、教師認知研究四個面向。

有關語言 A 的研究，主要圍繞新大綱公佈後學習內容、教學及評估的特點和發展趨勢，因其面向中文母語者，可為傳統中文教學研究提供參照。

有關語言 B 的研究，包括結合 IB 課程特色討論語言作為思維的工具、IB 教學理念對海外華文教學的影響以及評估考核的研究，這些內容均為面向非母語者的國際中文教學提供了新的理論和視角。

課程與教材研究，詳細介紹了雙語國際學校借鑒 IB 課程等經驗編制校本課標的方法與過程，並探討了新課標的發展變化及其理論依據，為同類學校和研究者提供了參考經驗。

教師認知研究，研究的對象包括準教師和教師，研究他們對不同教學方法和教學成效的認知，能協助教師提升教學效果和專業發展，也為師資培訓提供了參考依據。

有關教材的研究，由 IB 課程只有大綱沒有指定教材的特色而展開，貫穿了對 IB 理念、教學內容以及教學方法的討論。

教育反思部分是對 IB 課程的整體性反思，如何在語言教學中培養高階思維和表達能力，又如何通過文學教學突破第一和第二語言教學的框限，如何營造語言語文學科的良好「學習生態」，同時幫助國際教育者樹立正確的「文學觀和文化觀」，這些思考為讀者提供了一個跳出每日教學細節，在更高更廣闊的層面思考 IB 中文教學的機會。

本書內容緊隨 IB 中文教學的最新發展和要求，可作為 IB 中文教育者、研究者、師資培訓者的參考書。專書出版正逢新冠肺炎疫情期間，幸得各位作者迎難而上，完成文稿，在編寫過程中又得到諸位學術顧問和評審專家的大力支持，在此一併致謝。期盼本書能成為繼「IB 理念和國際中文教學高級研討坊」之後搭建一個更寬廣且影響深遠的平台，凝聚更多 IB 中文教學的同好，共同致力於 IB 中文教學的研究及發展。教大中國語言學系也將藉著 IB 中文師資培養和教學研究的良機，總結並分享香港、粵港澳大灣區、中國內地，以至全球的 IB 中文教育的經驗，為擴展中文教育在國際教育中的影響力，為促進中華文化的傳承及與世界多元文化的溝通理解，擔當重要角色、做出積極貢獻。

基於主題與內容的 IB 中文教育：
思維與語言的碰撞與互動[1]

摘要

傳統的二語／外語課程是以形式、功能為導向的，注重學習者語言知識（能知）和技能（能做）的掌握，忽略了能思。但語言不僅僅是人類最重要的交際工具／跨文化交際工具，也是人類最重要的思維工具，語言教育亦有育人的功能。正是基於此，IB 中文提出了一個獨具匠心的以概念驅動／概念為本設計課程，以「主題—話題—文本／材料」為教學主線，以培養「國際情懷／意識」為宗旨的語言教學路子，本文從思維工具、主題式教學和概念驅動課程三個方面探討了與此相關的問題。

關鍵詞： IB 中文教育　語言習得課　主題式教學　思維工具　概念驅動　課程設計

一、語言是思維的工具

不少剛接觸「IB 中文」的新手教師都會有一個極大的困惑，即不知道該如何去教語言，或者更具體地說是不知如何去教中文／漢語了，因為這個跟他們在讀書期間（本科、碩士階段，甚至博士階段）所進行的教學實踐／實習非常不同，甚至完全不同。那是他們非常熟悉的教學路子，即依據大綱，

[1] 本文是國家社科基金重點項目「中文納入『一帶一路』沿線重點國家國民教育體系研究及數據庫建設」（項目編號：20AZD131）及教育部中外語言交流合作中心 2020 年度國際中文教育重點項目「中文納入南美各國國民教育體系及數據庫建設」的階段性成果。

吳勇毅，華東師範大學國際漢語文化學院／應用語言研究所，聯絡電郵：wuyongyi@hanyu.ecnu.edu.cn。

具體化到根據某個語言水平的某種技能或綜合性教材的詞語、語法點和／或功能項目進行施教。而翻開 IB 指南，比如「語言 B 指南（Language B guide, First assessment 2020）」，裏面的教學大綱（Syllabus）既沒有詞彙量的規定和具體的詞彙表，也沒有語法點的呈現和注釋；大綱內容（Syllabus content）裏有的只是「主題（Themes）」「文本（Texts）」「文學作品（Literature）」「概念性理解（Conceptual understanding）」和「課程設計原則（Principles of course design）」。乍一看，難免會使新手教師茫然而不知所措，但這恰恰就是 IB 中文教育教學的特點和實現它所追求之目標的路徑。

IB 中文教育教學是基於主題和內容的（Theme-based, Content-based），而非形式驅動的（form-driven）。在 IBDP 所設課程的六個學術領域（six academic areas）裏（通常是學生在每個領域裏各選修一門課），有兩個關涉語言，即語言與文學研究（Studies in Language and Literature）和語言習得（Language Acquisition）。前者是為選擇語言 Language A 的學生，即漢語為母語的學生而設；後者是為選擇 Language B 的學生，即漢語為非母語的學生（也就是漢語作為第二語言／外語的學習者）而設，語言習得課（指 Language B）又分為普通課程（Language B SL）、高級課程（Language B HL），另外還有一門初級語言課程（Language ab initio），是專為類似零起點漢語學習者開設的。

學語言理應要解決語言是什麼（*What*），為什麼要學（*Why*），如何學／教（*How*）的問題。語言是什麼，貌似跟直接的語言教學無關，但實際上跟後兩個問題密切相關。關於語言的定義（語言是什麼）有許許多多，大家比較熟悉的比如，（1）語言是由語音作為物質外殼，詞彙作為建築材料，語法作為組織規則（橫有組合規則，縱有聚合規則）的一套符號系統；（2）語言是人類最重要的交際工具；（3）語言是思維的工具；（4）語言是傳承文化的紐帶等等。每種語言教學法都服務於其根本和理念（它認為的語言是什麼）。結構主義的二語／外語教學法（比如結構法、聽說法），最符合（1），因為它認為掌握一門第二語言／外語就是要學習語言的形式，由小到大層層組合起來的規則，（句型）替換練習是其代表（橫軸組合縱軸聚合，形成替換坐標），強調形式的正確、準確，熟能生巧，熟到自然，養成語言能力。交際法和任務教學法強調（2），使用語言進行交際的能力，即培養語言交際能力是其語言教學追求的目標。在這個目標下，語言的工具性（人與人溝通交流的工具）凸顯

無疑。從培養語言交際能力到跨文化交際能力有一個變化（高一虹，2002；崔永華，2020），不同文化背景的人與人之間能不能用第二語言/外語進行有效的意義溝通（比如，通過意義協商/meaning negotiation），能不能用所學語言去完成一個「任務」、幹成一件「事情」，比語言形式表達的準確性（比如語音、語法的正確）來得更加重要。其實任務教學法與交際法還是有很大的不同的，「我們認為任務型語言教學至少有兩個目標，一個是培養學生的語言交際能力，另一個是發展學生的發現問題、分析問題和解決問題（完成任務）的能力」（吳勇毅，2006），後者與思維能力的培養密不可分。華文教育或傳承語（heritage language）教育教學更加注重（4），因為祖（籍）國的語言和文化要在華文/中文的教學中綿延下去，語言的形式與意義以及文化內容並重，站位是「我的根：尋與傳」。基於對語言的不同認識，因應時代發展之需求，側重從不同的視角、不同的方面去進行語言教學，並無一定的優劣之分（後方法時代的語言教學更注重綜合性和有效性，而不再追求所謂的「最佳教學法」），但在強調培養語言能力、語言交際能力和語言的跨文化交際能力的同時，我們不應該忘記（3），語言也是思維的工具，而且是最重要的思維工具。長期以來，我們的二語/外語教學，不是只重語言能力的培養，就是過於強調語言的交際工具性，視角太窄，忽視了語言也是思維的工具，思維工具使得語言學習/教學具有了很強的育人功能和屬性，我們需要有更廣闊的視角（吳勇毅，2021a）。站在二語/外語教學的立場，語言作為思維工具，學習者通過對另一種語言的學習和對它文化的認識與比較（語言本身就是文化的一部分，它所呈現的內容更是文化的表現），個體向內，可以不斷地認識自己，提高自己的認識能力（包括認識自我、他人和世界）和思維能力（觀察、思考、分析、判斷、推論、邏輯等），培養自身的人格和品質，在學習語言、認識世界的多樣性的過程中，助力自己的人生觀、世界觀和價值觀的形成；個體向外，可以讓學生以不同的（有時甚至是相左的）視角來觀察語言和文化的各個方面，並在全球背景的視角下思維和思考，做出客觀的、不帶任何偏見的比較（IB稱之為「非評判性的比較/make nonjudgmental comparisons」），包容和認可語言和文化的多樣性、多元性。IB的語言習得課，除了要發展學生接受、表達和互動交流的語言技能（receptive, productive and interactive skills）以外，更重要的是在思維的層面，希望能與其他課程一起，整體協作，從小

就培養起學習者的「國際情懷／意識（international-mindedness）」，這是 IB 理念（IB philosophy）的核心所在。[2] 在談到語言習得的目標（Language acquisition aims，IB 指南中文本譯為「宗旨」，為 Language B and Language ab initio 兩門課所共同遵循）時，IB「語言 B 指南」如是說：1. 通過對語言、文化和具有全球重要性的思想觀點和問題的學習，培養國際情懷。2. 使學生能夠在一系列情景中，以及出於各種目的，運用他們所學習的語言進行交流。3. 通過對語言材料的學習和社交互動，鼓勵學生認識到並欣賞文化背景各異的各種各樣的觀點。4. 培養學生理解他們所熟悉的語言和文化之間的關係。5. 培養學生認識到語言在其他知識領域中的重要性。6. 通過語言學習和探究過程，給學生提供機會，發展聰明才智並學習掌握批判性思考技能和創造性思考技能。7. 為學生深入學習一門外語，並通過應用外語開展工作和休閒娛樂打下基礎。8. 培養學生的好奇心、創造性以及對語言學習的終身愛好。（IBO, 2020b, p.13）可見語言習得的最終目標不僅僅只是「運用他們所學習的語言進行交流」（即使「交流」也不僅僅是日常生活的，還有思想的、認識的），更多的是在思維、意識和認識層面，通過學習不同的語言，認識和了解多元文化，以進一步培養思維、思創、思想、思考、思學、思辨能力，進而育人成才。IB 這種對於語言習得的定位，與通常二語／外語教學的定位不同，不是單純為習得語言而學習語言（吳勇毅，2021a），站位和立意更高。語言的不同，文化的多元，會使得學習者在二語／外語學習過程中獲得的新知、感悟和認知與舊有的知識和認識發生互動和碰撞（「薩丕爾─沃爾夫假說 /Sapir–Whorf hypothesis」中關於「語言相對論 /linguistic relativity」的觀點會給我們一些啟示），同時學習者也會體悟到語言，尤其是二語／外語對於學習不同學科知識的重要性和對不同語言文化與我們所處的世界的包容和關懷，恰如 IBO 指南所說，「語言習得課程並不僅僅以發展語言技能作為其唯一的目標，還培養跨文化理解和全球參與。語言習得過程的性質支持國際情懷／意識，國際情懷／意識反過來也支持語言習得。」（IBO, 2020b, p.10）

---

[2] IB 是要把學習者培養成為：（1）積極探究者（inquirers）；（2）知識淵博者（knowledgeable）；（3）勤於思考者（thinkers）；（4）善於交流者（communicators）；（5）堅持原則者（principled）；（6）胸襟開闊者（open-minded）；（7）懂得關愛者（caring）；（8）勇於嘗試者（risk-takers）；（9）全面發展者（balanced）；（10）及時反思者（reflective），二語／外語習得課同樣需為此目標服務，並在思維的層面上有其獨特性。

二、探究式的主題式教學

　　傳統的二語／外語教學被大綱的內容（詞彙、語法、功能項目和文化點）和技能目標（聽、說、讀、寫、譯）鎖定，語言知識和技能的目標導向明確，IB 中文既不是基於結構的，也不是基於功能的，而是基於主題和內容的，這跟它的核心概念相關（IBO, 2020b；吳勇毅，2021a），在知識和技能以上，還有更深層次或更高層次的理解（思維層面），教學則「將焦點從覆蓋知識和技能到使用知識和技能以理解概念」（埃里克森、蘭寧，2018，p.6）。IB 中文語言 B（Language B）的教學大綱內容（syllabus content）主要由五個「規定性主題（Prescribed themes）」構成，即（1）身份認同（identities）；（2）體驗（experiences）；（3）人類發明創造（human ingenuity）；（4）社會組織（social organization）和（5）共享地球（sharing the planet）。這五大主題給教師設計課程與教學以及給學生學習提供了巨大的縱橫馳騁的選擇和思考空間，「課程設計旨在使學生掌握必要的語言技能和獲得多元文化理解，使他們能夠在講所學語言的環境中成功地進行交流。這一學習過程使學生走出課堂，擴展對世界的認識，培養對文化多樣性的尊重。」（IBO, 2020b, p.6）[3] 後一句話是在回應 *Why* 的問題。主題之下是話題，但話題不是規定性的，而是推薦性的（Recommended topics），是帶有引導性的內容（indicative content），比如對「身份認同」（identities）這一主題，其教學的指導性原則（Guiding principle）是「探索自我的本質以及怎樣做人」，在此之下，「可選用的推薦性話題」（Optional recommended topics）有：（1）生活方式，（2）健康和幸福，（3）信念和價值觀，（4）次文化（Subcultures），（5）語言與身份認同（教師可以依據自己對課程和主題的理解自主選擇更多的相關話題，這是 IB 課程所提倡與鼓勵的）。而與這些話題相關或者說相配套的，「可能提出的問題」（Possible questions）則有：（1）什麼構成身份認同？（2）我們如何表達我們的身份認同？（3）我們把哪些思想觀點和形象與健康的生活方式聯繫到一起？（4）語言與文化如何對形成我們的身份認同做出貢獻？等等。很顯然，這些問題不是一些通常

---

[3] 國際中文教育中，文化（傳播）受到相當程度的重視，跨文化對比也特別注重（甚至可以凸顯）不同文化間的差異，但與此同時，我們應該反思，為什麼在教授中文／漢語的過程中不多去觀察和闡釋文化的共性，為什麼不去強調培養學習者對文化多樣性的尊重（fostering respect for cultural diversity）呢？

二語／外語課上教師提出的關於（文本／材料中的）「事實性知識」的問題（埃里克森、蘭寧，2018），比如「你家有幾口人？」「你爸爸做什麼工作？」「你家在哪裏？」之類，這類「事實性知識」的問題答案，文本／材料本身已經顯示或者說擺在那裏了（某種意義上說，只需用正在學習的語言，比如漢語找到，而無需用腦「思考」），而是探究性的問題，通過對話題的提問來探究主題內容。IB 關於話題「可能提出的問題」，或者說，IB 語言習得課本身就是「概念驅動」（concept-driven）的（詳見下文）。話題只是一個範圍，具體教學時還需要有文本／材料去落實的，IB 中文對「文本／材料」（Texts）的定義是：可以從中提取信息的任何材料，包括社會中廣泛呈現的口頭、書面和視覺材料。（a text is anything from which information can be extracted, including the wide range of oral, written and visual materials present in society.）（IBO, 2020b, p.20）換言之，只要是「真實的」（authentic）材料，都可以「入戲」。學習者通過對教師精心選定的文本／材料內容的學習，獲取有用的相關信息以探究特定的主題。這是主題式教學，或者說基於內容的教學（CBI）的重要特點之一（吳勇毅，2021b），語言教學與學習為特定的主題內容服務。教學可以沒有固定的教科書（IB 的語言課就沒有固定的、規定的教材），教師可以依據課程目標自由、自主地選擇文本／材料，如此一來，文本／材料的語言及內容的雙重適切性就給教師帶來了直接的挑戰，這也正是給 IB 中文的新手教師帶來極大困惑的地方：選什麼、如何選、為何選（即便是有經驗的教師，也要面臨不斷更新文本／材料的壓力）。在 IB 中文的語言 B 課程和初級語言課程的教學大綱裏，文本／材料分為三類，即個人文本／材料（比如博客、日記、電郵、信件、聊天室等）、專業文本／材料（比如論文、正式信函、提案、調查問卷、報告、說明書、調研報告等）和大眾傳媒文本／材料〔比如廣告、文章（報紙、雜誌）、博客、電影、訪談、文學作品、新聞報導、廣播節目、旅行指南、互聯網頁等〕，可謂體裁廣泛，內容豐富，包羅萬象。「**主題　話題─文本／材料**」形成了 IB 語言習得課的教學脈絡與主線，比如，在「人類發明創造」這一主題下，為了讓學習者「探索人類發明創造與創新影響我們世界的各種方式」，教師可以選擇不同的話題，如有關娛樂手段、各種藝術表現形式、交流與媒體、技術、科學創新等等，待話題確定後，假設教師選擇了「VR 技術在語言教學中的應用與教學模式的創新」這一話題，接下來教師可以比較自由的選擇

文本形式，可以選擇一篇論文（專業文本／材料）、一篇新聞報導或一個視頻（大眾傳媒文本／材料），或學習者在博客上的體驗感受（個人文本／材料）等用於具體的教學中，通過文本／材料的學習（語言學習與習得）探究，甚至體驗和體演人類發明創造。但教師應該意識到，語言習得課的目的並非只是通過文本與材料的學習掌握語言本身知識和技能以獲得交際能力，誠如「指南」所説，「語言習得課程不僅僅有其發展語言技能的目標，而且也培養多元文化理解和全球參與。語言習得過程的性質支持國際情懷／意識，國際情懷／意識反過來也支持語言習得。」（IBO, 2020b, p.10）語言是進行交際和交流的方式，也是汲取知識、了解世界的手段，更是思想和思維的工具，在學習／習得和掌握語言這個工具和手段的過程中，同時培養認識（自我、他人和世界）能力、思考能力、思辨能力以達到育人的根本也是課程的既定目標。

三、概念驅動課程

修讀 IB 中文「語言 B 課程」和「初級語言課程」的學生，都是母語非漢語背景的學生，漢語水平並不高，有些甚至是從所謂「零起點」開始學習的，有限的語言能力必然會和學習的文本／材料內容與自身思維（也許還要加上教師）發生互動乃至碰撞（語言的難易、複雜度，內容的深淺，認識的方式，思維的邏輯），語言課程如何教與學就成為一個至關重要的問題。上文提到 IB 語言習得課是「概念驅動」（concept-driven）的，或者説它主張以概念為本的課程與教學，以概念引導課程。這就使得 IB 的語言習得課跟通常只是為掌握語言而學習語言的課程（比如各種類型的語言班）不同，語言知識（語音、詞彙、語法、語用等）和技能（聽、説、讀、寫、譯）是後者的主要目標。「概念為本的課程與教學是探究驅動的、是觀念中心的。它超出了對事實與技能的記憶，並將概念和深刻的概念性理解作為第三個維度加了進來。這些概念性理解可以跨時間、跨文化、跨情境遷移，這樣即可培養和發展學生在相似的觀點、事件或問題上發現規律與聯繫的能力。」（埃里克森、蘭寧，2018，p.8）

在 2020 年首次評估（First assessment 2020）使用的「語言 B 指南」中，概念（性）理解（Conceptual understanding）在教學大綱中被置於一個顯著

的位置。學習的願景（a vision of learning）是語言技能的發展和對語言的概念性理解的發展做到相輔相成（IBO, 2020b, p.23）。涉及到語言習得課的有5個重要的概念，即受眾（Audience）、情境（Context）、目的（Purpose）、意義（Meaning）和變異／變體（Variation）。**這個五個概念是驅動語言習得課的重要抓手**（在「語言與文學研究／Studies in language and literature」課程裏，有 7 個概念：認同／Identity、文化／Culture、創造力／Creativity、交流／Communication、觀點／Perspective、轉化／Transformation、呈現／Representation），教師和學習者都需要做深度理解（即概念（性）理解／Conceptual understanding）。「受眾」是要讓學生理解，「語言應適合具體的交流對象」，無論是口頭交際還是書寫寫作，你説給誰聽、寫給誰看是首先要考慮的，「受眾」的年齡、身份、社會地位等都會影響你的語言使用，俗話説「到什麼山，唱什麼歌；見什麼人，説什麼話」就是此意；「情境」是要讓學生明白，「語言應適合具體的交流情境」，在家中與親人説話跟在公司中與同事或上司説話是不同的，生活中閒聊與開會時發言的場合不同，説話的方式自然也不同，正式語體與非正式語體的區分源於此；「目的」是要告訴學生，「進行交流時語言應適合預期達到的目的、目標或結果」，為達目的不擇「手段」（語言表達方式）常常會適得其反，希望別人幫助你，是採用「命令」還是「請求」的言語行為，所得到的結果可能不同；「意義」是讓學生懂得，「交流一個信息時，使用語言的方式有多種多樣」，見個面，打個招呼，可以説「你好」「好久不見」，也可以説「吃了嗎」「去哪兒」，不同的選擇取決於交際的對象（受眾）、場合（情境：時空）和用途（目的）；「變異／變體」是要讓學生了解，「特定語言中存在著差異，説一種特定語言的人通常能夠互相理解」。語言是有個體差異的、特異的（idiosyncratic），每個人説話方式不同，且受到不同母語和母語文化的影響，語言也是有地域差異的，即使是同一種語言也會有地域變異（上海人和廣東人説普通話是不同表現的），但儘管如此，人們彼此之間仍然能夠相互理解和溝通。同樣，二語或外語水平的差異並不能阻斷人們的交際與交流，儘管會有妨礙，（語言）調整和（意義與形式）協商是有效的手段（IBO, 2020b, pp.24-25）。「ACPMV」作為語言習得課的核心概念就是要讓學生在思維的層面上深刻認識到：語言是什麼（*What*），為什麼要學習語言，使用語言交際／交流的目的為何（*Why*），如何有效地使用語言（*How*）（在

不同的場合／情境，面對不同的受眾，使用不同方式的語言（不同的説話方式或語體），準確得體地表達出意義／信息，以達到表達自己觀點、溝通交流和行事的目的或目標），教師和學生都超越了僅僅是為了傳授／掌握語言而教授／學習和習得語言的立場，從而達到了更高的認識論的層次和境界。這樣一來，即使是學習的主題／話題內容「難度」超過了學習者的二語／外語水平，他們也會憑藉對這些概念的整合，嘗試使用（正在學習和習得中的）二語／外語，並通過與母語的對比與聯繫，「學著進行超越事實的思考並進行跨時間、跨文化、跨情境的遷移概念和理解，（這）將開闊學生的世界觀，幫助他們發現新舊知識之間的模式和聯繫」（埃里克森、蘭寧，2018，p.7），促使學習者調動一切可能的語言及非語言的手段去學習和認知並進行交流，在語言的互動中對所學主體／話題內容進行思想和觀點的碰撞，而「一旦學生的閱讀、寫作和口語能力達到了大學預科項目課程內容的水平，再加上他們對人們『為何』以及『如何』使用語言進行交流的理解，學生們就能夠使用他們所學習的語言成為更成功的交流者」（IBO, 2020b, p.23）。埃里克森認為，我們可以使用相關概念框定重要的事實性知識和技能，以此進行課程設計，從而有效地達成這個終極目標（埃里克森、蘭寧，2018，p.5）。

傳統的二語／外語教學大都是以形式或／和功能為目標導向的，漢語教學也不例外，因此在課堂教學時，依據教學大綱（具體呈現落實在特定的教材裏）所規定的語言形式、結構和／或功能項目，亦或許再結合著選定的文化點由簡單到複雜循序漸進，教師據此設計課程，包括各種語言活動，形成一個固定的教學模式（先如何、後如何、再如何……，比如 PPP 模式），這是語言教師通常熟悉的教學路子，這個路子更關注學習者能知（語言知識／語言能力）與能做（語言行為／交際能力），不注重學生能思。概念為本的課程設計與教學提供了另一個完全不同的教學模式：KUD 模式，即 Know（知道）、Understand（理解）和 Do（能做），這個模式要求學習者「在事實性層面上能『知道』，在概念性層面上能『理解』，在技能和過程層面上能『做』」（埃里克森、蘭寧，2018，p.13）。二語／外語語言學習的事實告訴我們，我們不可能學習到全部的語言知識和功能（事實性的知識），所學的東西和過程都是碎片化的；學習者嘗試去記憶教師所教的那些零散的、片段的知識和技能，並寄希望總有一天能自動把它們整合起來，所以二語／外語學習從根本上說是一種

「不完整的學習」（任何想作為一次性的完整的學習和教授都是不切實際的），既然如此，「理解」這個第三維度就顯得至關重要了，因為只有在概念（性）理解的基礎上（而非僅僅是事實性知識的理解，在教學中如何從事實性知識過渡到概念性理解，如何把事實性知識上升為概念性理解是對教師教學的考驗與檢驗），學習者才有可能成為「高水平的思考者和協作者」，才能把所學的東西或概念性的理解進行有效的所謂「跨時間、跨文化、跨情境的遷移」，以至形成終身學習語言和思考世界的能力。試想，當學生拿到一個故事／事件或一個文學作品的片段時，教師不僅僅是提問一些諸如「誰誰誰在幹什麼、A 和 B 是什麼關係、他是怎麼來上海的」等等「事實性知識」，而是引導啟發學生去思考「如果需要與不同的受眾交流同樣的基本信息，那麼，需要如何改變一個給定文本材料中所使用的語言？」（關於「受眾」），「在對話中對話者的關係會如何反映在對語言的使用當中？」（關於「情境」），「當我閱讀或聆聽一個文本材料時，是什麼幫助我理解作者的意圖？」（關於「目的」），「文本材料的作者如何使用直白的和比喻的（非直白的）語言以創造所希望的效果？」（關於「意義」），「一件文本材料的某些方面會在『翻譯中丟失』，這樣說是什麼意思？」（關於「變異／變體」）（更多的有關語言習得概念的啟發性問題（Stimulus questions），參見 IBO, 2020b, p.24），學習者語言學習的興趣、質量和動機都將得到大大的提高。誠如 IB《語言 B 指南》所言：「學習語言要求仔細關注語言的形式、結構、功能，以及對語言的概念性理解。通過了解語言的『為何』和『如何』：受眾、情境、目的、意義，語言在詞彙和語法方面的知識──『語言是什麼』── 就得到了加強和擴充」（IBO, 2020b, p.17）。

參考文獻

1. 崔永華（2020）。對外漢語教學的目標是培養漢語跨文化交際能力，《語言教學與研究》，2020（4）：25─36。

2. 高一虹（2002）。跨文化交際能力的培養：「跨越」與「超越」，《外語與外語教學》，2002（10）：27─31。

3. 林恩‧埃里克森、洛伊斯‧蘭寧（2018），魯效孔譯。《以概念為本的課程與教學：培養核心素養的絕佳實踐》，華東師範大學出版社。

4. 吳勇毅（2006）。從交際語言教學到任務型語言教學，《對外漢語研究》，2006（2）：57—62。

5. 吳勇毅（2021a）。我們不再是為習得語言而學習語言：更廣闊的視角，《國際漢語教學研究》，2021（2）：38—43。

6. 吳勇毅（2021b）。國際中文教育與基於內容教學法的契合，《國際中文教育（中英文）》，2021（4）：61—68。

7. IBO. (2020a). Diploma Programme, Language ab initio guide, First assessment 2020a.

8. IBO. (2020b). Diploma Programme, Language B guide, First assessment 2020b.

Theme-based and Content-based IB Chinese Education: Collision and Interaction between Thinking and Language

WU, Yongyi

Abstract

The traditional second/foreign language courses are form-oriented and/or function-oriented, with focusing on learners' mastery of language knowledge (knowing) and skills (doing) while ignoring the ability of thinking. However, language is not only the most important communication tool/cross-cultural communication tool of human beings but also the most important thinking tool. Language education also has a nurturing function. It is based on this view that IB Chinese education has developed an innovative concept-driven/concept-based curriculum design, with "theme-topic-text/teaching materials" as the teaching main line and cultivating "international mindedness/awareness" as the teaching objective. This paper discusses the related issues from three aspects: thinking tools, theme-based teaching and concept-driven curriculum.

Keywords: *IB Chinese education, language acquisition course, theme-based teaching, thinking tools, concept-driven, curriculum design*

WU, Yongyi, School of International Chinese Studies and Institute of Applied Linguistics, East China Normal University, China.

從國際文憑語言課程
看語言學習的連續統一性

禹慧靈

摘要

　　語言學習環境日趨國際化，學習者語言背景多樣，帶來了語言學習內容及目標的差異性和連續統一性這個重要的話題。國際文憑的語言課程關注到這個變化，在語言教學的指導性文件中有專門回應。學術界對語言學習的不同階段及其關聯多有論述，「認知性學術語言能力」和「批判性文化素養」作為連續統一性的高端教學目標在討論中得到了重視。在中文教學實踐中，第一和第二語言以及非文學和文學的教學情況複雜，其教學目標、內容和策略如何一致又有所區別，是教育者持續關注和探究的問題。本文列舉一些教學實例展開討論，意在闡明（1）恰當處理母語和學術語言的關係對規劃學生語言學習的路徑尤為重要；（2）高階思維和表達能力的培養有助於實現語言學習的連續統一性；（3）恰當的扶持和介入可以提升不同語言背景學生的綜合能力；（4）文學教學可以突破第一和第二語言教學的框限，成為語言學習連續統一性的有機部分。

關鍵詞：通過語言展開學習　認知性學術語言能力　母語　第二語言教學　目標語言　文學教學

一、引言

　　在國際文憑課程中，語言是非常重要的學科項目。多種語言能力，無疑是實現國際化、開拓多元文化視野的關鍵。這一觀點在國際文憑組織出版的《項目的標準與實施要求》（國際文憑組織，2010）和《國際文憑項目中的語

禹慧靈，香港英基學校協會，聯絡電郵：huiling.yu@esfcentre.edu.hk。

言學習》（國際文憑組織，2011a）中，都有重點講述。從課程設置來看，在中學課程和大學預科課程中，語言科目分別佔有四分之一和三分之一的份額（國際文憑組織，2014，2019）。和其他學科相比，語言科目的地位尤其顯著。同時，國際文憑組織也關注當下語言學習的新情況。學生多元化的語言背景、不同語言能力的交叉和互相影響、基於家庭背景的母語與後天習得的第二語言的關係、一種語言的使用和文化背景的關聯或者剝離、所在國官方主流語言和外語學習的關係等，都成為當代教育者的關注點。由此可知，國際文憑課程的語言教育是一個大話題，而國際學校的學習環境和學生情況，又給這個話題提供了更複雜的內容。所有這些討論，都或多或少涉及到語言學習的階段性和連續統一性。本文將就這個現狀，討論國際文憑中文課程的理念和規劃的幾個問題。

二、理論框架和學術論述

國際文憑課程非常強調語言學習的階段性和連貫性。在大學預科課程中，「語言與文學」「語言習得」是語言學習的兩個層面。就課程內容和評估目標來看，「語言與文學」側重較高水準的語言及文學內容的學習，重點培養學生高層次的文學欣賞和語言表達能力，以及對語言和文學現象的理性認知。「語言習得」則側重語言表達和交流能力的培養，交流場景大多在一般的社會現象和日常生活方面。不過，國際文憑課程並沒有把兩者當作互不相干的兩個層面，也不認為兩者有天壤之別。相反，諸多文件指引總是在闡釋兩者的連貫性，國際文憑組織稱之為語言學習的「連續統一性」（國際文憑組織，2011a）。

《國際文憑項目中的語言學習》對這個問題做了詳細的說明。在此，邁克爾·韓禮德（Michael Halliday, 1985）的描述被作為理論依據。在韓禮德看來，「學習語言」「通過語言開展學習」和「學習有關語言的知識」是語言學習的三條線索。以這三條線索為語言學習的焦點，文章又引述了吉米·卡明斯（Jim Cummins, 1979）對語言學習不同範疇的說法：「離散性技能」「人際交流基本技能」「讀寫能力和語言藝術」「認知性學術語言能力」「文學分析」和「批判性文化素養」（國際文憑組織，2011a）。國際文憑課程的使命之一，就是發現這三條線索之間的關聯，並在教學過程中將它們連接起來，實現語言能力過

渡：從最初始的表達交流、語言知識的積累（包括詞彙句法的知識），到發展認知能力，在掌握相應的學術語言之後，達到分析評價的程度。從學習內容和交流場合上來講，語言能力過渡是從一般日常的交流能力，到批判性思考和文學作品的欣賞辨析能力。有關如何提升學生「認知性學術語言能力」，國際文憑組織也就教學策略做出指引，強調製造「抽象和不具體的情境」之重要性（國際文憑組織，2011a），即引導學生脫離情境，在較為純粹的思辨環境中描述自己心智活動的軌跡和理性思考的過程。

國際文憑課程亦重視母語的保持和語言的社會性。在《大學預科項目語言A：語言與文學指南》（國際文憑組織，2013）中，開宗明義地指出尊重母語文學和文化遺產的重要性。即使在沒有母語教師的情況下，學校也應該允許學生自修其母語。國際文憑組織將母語保持及支持所在國語言的發展當做其重要使命。國際文憑組織更意識到，語言不只是溝通應答的工具，更是文化的載體，其自身也是一種文化現象。是否學、怎樣學一種語言，和世界社會政治格局、民族和文化歷史的演變，有很大的關係。學習第二語言被當作「權利和資源」，得到推崇（國際文憑組織，2011a）。

何謂「母語」，Skutnabb-Kangas的描述（2008）在學術界得到認可。母語是一個較寬泛的概念，可以指一個人平生所學的第一種語言、一個人自認為是其母語，或者被別人認為是其母語的語言、水平最高的語言，或使用最多的語言。國際文憑組織對母語的解釋傾向於「一個人首先學習的語言」，對學生來講，指的是「學生在接聽中使用和／或在課堂以外使用的語言」（國際文憑組織，2011a）。在一些場合，國際文憑組織也把母語定義為「掌握得最好的語言」（國際文憑組織，2004）。就課程規劃而言，國際文憑組織有關母語或第一語言的概念也是在變化中的。2004年版的《大學預科項目語言A1指南》中，語言課程被分為「語言A1」（被理解為「第一語言」）和「第二語言」兩部分。從2011年開始，課程的名字分別改為「語言與文學」和「語言習得」。這個新說法似乎可以「淡化」母語（類似第一語言）和非母語（類似第二語言）學習的區別，體現文憑課程語言學習的連貫性，呼應國際文憑組織對「掌握得最好的語言」的認可。事實上，學術界亦認為「習得」指的是學習的方法，而不在乎是第一或第二語言（Rod Ellis, 1997）。

有關母語和第二語言學習的論述被用來指導語言教學。在韓禮德看來，

第一語言的規則不會干擾第二語言的學習，相反，人們總是在利用其第一語言的知識來學習第二語言，完成知識和能力的遷移（韓禮德，2015）。國際文憑組織亦稱，「語言在形成理解和建構知識時發揮著中樞作用」（國際文憑組織，2011a）。研究者對第二語言教學使用的課堂「媒介語」進行了探討，認為沉浸式教學模式未必符合實際教學需求，相反會影響到學生的學習興趣和學習效果（王丹萍，2019）。Alison Schofield 和 Francesca McGeary 的著述關注雙語和多語學習者的情況，詳細闡釋了母語背景在學生語言能力發展和學科知識獲得過程中的意義，同時就如何判斷學生的母語能力、如何借用母語能力輔助另一種語言的學習，如何培養「認知性學術語言能力」，向中小學教師推薦了切實有效的方法和策略。有關什麼是「母語」，著述傾向於將母語當做是學生平生所學的第一種語言，細數具備一種語言能力的學生在學第二種語言時出現的情況。著述所引用的情境及事例多半出自在以英語為教學語言的學校，研究的對象是英語為第二語言的學生，但所探討的現象和得出的結論對學習其他語言也有指導意義（Alison Schofield & Francesca McGeary, 2016）。

有關語言教學的跨學科意義，在很多文件中，國際文憑組織都明確指出「所有的老師都是語言老師」（國際文憑組織，2011a），強調語言學習和不同學科知識掌握之間有不可缺少的互動聯繫。這種說法基於人類諸多知識領域可以互通之前設，而把知識連在一起的，即是以語言形式呈現出來的共同的思考框架。此種說法可以用來支撐國際文憑課程跨學科學習的教學實踐，「在超學科和跨學科的教學中，語言都是學習的媒介。」（國際文憑組織，2011a）

三、國際學校教學實踐

前文中有關語言教學的概念和相關研究在教學實踐中如何呈現，為業界所關注。就「母語」現象而言，在很大程度上，母語有民族語言和族群身份的特質。這樣的解釋當然有合理之處，但是，在課堂上，尤其是在國際學校中，情況就複雜得多。以香港為例，許多同學出生在香港，家中講廣東話，卻從小就讀於國際學校，學校的教學語言是英文。這些同學在英文詞彙、語法等方面，受過系統的訓練。因此在全方位交流能力上，例如和老師交流，應付學校事務，英文明顯優先。很難想象，家庭環境中的語言，可以和學校

教育使用的語言相提並論。在這個意義上，單以「母語」作為規劃教學的依據，就變得蒼白乏力。與此相對應的是，即使在家中，廣東話的地位也未必穩固。一方面，父母工作繁忙，無暇與子女交流；家中外傭把孩子從小帶大，其語言對孩子的影響，未必會弱於家長。另一方面，很多父母也是接受英文教育的中產一族，有時也習慣與自己的孩子講英文。許多學生因此逐漸冷落了「首先學習的語言」廣東話，使用英文更加自然順暢。

在香港的國際學校，中文老師常常會遇到這樣一類家長，他們為孩子的母語是廣東話，中文課業成績卻不佳而自責苦惱；而另一些家長，家庭語言背景相同，又說自己的子女未曾好好學過中文，所以不應該被編在母語中文班。更引人注目的現象，是家中不講中文的非華裔人士把子女從小送到中文學校讀書，當孩子的中文日常交流、讀書寫字的能力已經和中文家庭背景的孩子不相上下的時候，他們依然說自己的孩子不是中文「母語」學習者，要求得到區別對待。學校的其他老師，包括教學主管，也常常把是否在家中說中文當作判斷語言背景的主要甚至唯一依據。例如一些英文老師總是把學生英文學不好歸因於學生的母語是中文，卻無視這些孩子的中文只限於簡單口語表達，他們並沒有在以中文為教學語言的學校上過系統的中文課（Alison Schofield & Francesca McGeary, 2022）。

多語交叉並存是不爭的事實，其中的複雜性不容忽視。語言教育必然要面臨挑戰。然而，伴隨挑戰而來的，還有機遇。悉心規劃課程，重視語言學習的連續性，往往會帶來意外的收穫，更能體現國際文憑課程的優勢，體現對批判性和創造性思考的重視。

眾所周知，語言學習不應該停留在簡單的接受性理解的階段，重複性模仿式的句型練習也不是語言學習的終極目標。在諸多語言學習課程中，評估目標已經體現了明顯的連續性。就接受性的閱讀能力來講，指認、辨析、歸納、例證、評價等能力的培養，呈現出明顯的循序漸進。較低階段的語言學習，例如文憑課程大學預科項目中的「語言習得」，也遵循這樣的循序漸進。既然是這樣，教師面臨的不只是培養學生讀寫和思考能力，同樣重要的還有用恰當的語言來表達自己思考的結果。而「恰當的語言」的培養，往往是教學中的薄弱環節。在一些國際課程中，閱讀理解是否必須用目標語言作答，是否允許學生使用自己最熟悉的第一語言答題，課程大綱常常語焉不詳，語言

老師亦頗為糾結。有些「使命感」很強的老師堅持不允許學生使用英文回答中文閱讀理解題，即便課程大綱沒有明確規定，學生用英文答題也被認為是「大逆不道」。原因可以理解：老師認為既然學生是在學中文，就應該全方位使用這個目標語言。殊不知，這樣一來，學生的表達能力受到極大的限制，在很多情況之下，只能應答簡單的「指認」式問題，只會寫出簡單的陳述句。

在此，本文暫且不論英文或中文答題的優劣得失，單是來看用課程目標語言中文應答是否有可能，如何幫助學生達到這個水平。以一個成功的單元評估為例：在八年級初級中文課堂，學生只學了一年中文，只會使用簡單的陳述句來表達自己。單元課程的內容是「服飾」，教師設計的評估活動是要求同學做對學校校服意見的調查報告。從教學目標要求來看，這是一項不可完成的使命，因為學生只講得出隻言片語，遑論做報告。這時，老師以中英文詞彙對應的方式，專門教授一些相關詞彙，如表達比較的詞語（「更」），如用來總結歸納，表達意見的詞語（「所以」「我覺得」）。以學生的認知能力和英文能力，理解這些詞語不是難事。在明確的語境當中，大部分同學都理解這些詞彙的使用場合和方式。這種老師主動介入的方式，以教學目標為先導，確實可以起到明確的效果。學生掌握不同情境之下的遣詞用句表達形式，非常重要。研究者從文類教學法的角度探討提升第二語言學習者的寫作能力，亦有相關論述（邱佳琪，2019）。

推而廣之，當教學目標為賞析文學作品時，主動介入式的方法也能奏效。以文學課堂的教學為例，文學課堂的學生語言能力較強，理解作品的內容已經不是難事。學生需要學習的，是要有恰當的詞語來做出評論，用規範的措辭和專業術語闡述思路、表達自己的理解，從而完成思考、辨析和評價的賞析階段。文學課堂上老師的工作多且複雜：向學生介紹特定的詞語，幫助他們在理性的層面認識這些詞語在文學評論中所構建的重要的話語形式。具體做法包括，在課程某個階段，老師專門介紹一套「文學評論的語言」，其中有描述文學特色的詞語，例如「精彩紛呈」「發人深省」等形容詞，也有說明文學特色如何呈現及起關鍵作用的動詞和連接詞，如「凸顯」「展現」「使得」等。老師由淺入深講明詞彙的使用方式、表達效果，再請學生練習。在時間安排上，老師不惜用兩到三個課時，以顯示這部分內容的重要性，務必讓學生全面掌握。在大學預科課程中，結合「語體」，準確使用文學評論和研究專

用術語，是教學評估的一個重要部分。「文學評論語言」這一專題內容的教學，無疑會增強學生的規範語言使用意識，並在相關評估中產生成效。如何建立學術性語言的詞彙表，用恰當的方法引導學生循序漸進，Alison Schofield 和 Francesca McGeary 在其著述中也推薦了類似的方案，即設計詞彙表，有意識地將詞彙教學作為課程的有機部分（Alison Schofield & Francesca McGeary, 2016）。

以上的事例可以展示出如何實現「通過語言展開學習」。語言學習雖然是分階段的，但是主動的介入得以實現階段之間的過渡，恰當的導引可以在不同的學習階段之間建立橋樑。掌握「學術性教學語言」，培養「認知性學術語言能力」，可以讓學生從掌握人際交流基本技能的學習者升級為可利用所學語言來獲取更多知識的更加主動的學習者。值得注意的是，就算是以中文為第一語言的學生，也不會無師自通地掌握「學術語言」。教學過程中有意識的介入，必不可少。

在介入過程中，製造「抽象和不具體的情境」（國際文憑組織，2011a）尤其重要。在上文提到的校服意見調查報告中，介紹校服的形狀、穿著場合需要情境化，但是學生自己的歸納總結和分析判斷，就需要引入思辨性的抽象語言。前者停留在「是什麼」的階段，而後者就升級到「為什麼」，要求給出評價和判斷。一旦進入思考層面，語言學習就不只是在學習語言本身，不是在虛擬的環境做句型練習功課，而是變成了掌握別的知識的工具和途徑。調查對校服的意見，何嘗沒有數學統計的元素，何嘗不是在做類似人文學科的研究。在此過程中，學生如果能把語言學習和其他學科的學習聯繫起來，語言學習的成就感將倍增。

在這個意義上，「所有的老師都是語言老師」可謂意味深長。很多中文老師都為學生沒有興趣學中文而感到困擾，究其原因，語言學習和其他學科的脫節，難逃其咎。在以英文為教學語言的國際學校，英文學習和其他科日的學習有「天然」的便捷聯繫，是不爭的事實。但是，把這當做學生不愛學中文的理由，有失公允。中文教育者不妨反省一下，自己是不是把中文作為「小兒科」語言來教？對應著有宏大理想的課程規劃，教學實踐的要求是否在「縮水」？其實，喜歡學中文的同學往往認為，學好中文會給他們帶來獲得知識的成就感，會讓他們在心智挑戰中受益。無論在語言學習的哪個階段，努力實現「通過語言展開學習」，都是必不可少的。

所有的老師都應該是語言老師，這種說法涉及到語言學習更關鍵的問題。語言是認識世界的工具，同時，詞彙呈現的語義又規範著知識本身。學習相關知識的概念和範疇很重要，理解和體會相應的詞彙，嘗試用這些詞彙來表達對世界的理解，同樣重要。有關語言學習的方法，在歷史上曾經有過多種模式：曾幾何時，單純學習語法、講究形式的重要性，被認為是理所當然的語言學習方法。後來，沉浸式又獨領風騷，尤其在尊重多元文化的社會大潮之中，沉浸式似乎又獲得「政治正確」之威力，甚至被當作教學方法是否恰當的主要標誌。這兩種說法都有偏頗，不過仔細看，「語法優先說」雖然顯得偏狹而傲慢，但藉助某種語言所達到的認知能力來達到學習另一種語言的目的，似乎也不是紙上談兵。在國際學校的中文課堂，用英文作為課堂語言，精講中文語法及各種句型現象，學生用第一語言英語溝通能力，同時聯繫到英文句型現象，舉一反三，觸類旁通，亦有成效。相反，沉浸式如果使用生硬，就會成為無本之木，事倍功半（王丹萍，2019）。

雙語能力同時發展，決非易事。通常的情況是，以一種語言作為手段，同時以對這種語言已有的知識作為基礎，來學習第二種語言（韓禮德，2015）。研究表明，在第一語言尚未發展成熟之時，學習第二語言會引起混亂，甚至可能陷入邯鄲學步的窘境。沿著這條思路，我們就可以理解為何可以把學習句型現象及規則當作語言學習的先導，而且大張旗鼓，不必躲躲閃閃。而更加重要的是，把單純的句法規則教學和有意識的「學術語言」的學習結合起來，例如在講授資訊性強的單元（如上面提到的「服裝」單元）時，有目的地加入歸納、比較等具有統計學意義的語法詞和句型。可喜的是，這樣的模式已經出現在許多老師的教學規劃和實踐中。

四、語言教學中的「文學」和「非文學」

國際文憑課程的中學和大學預科項目中，語言和文學的學習被相提並論，同時被放在語言學習的較高層次。許多從教多年的老師對此頗有感慨。以往「語言」和「文學」的關係可謂「剪不斷，理還亂」：一方面，語言課程中都有文學內容。在中小學中文教材中如果沒有小說、散文的單元，是非常奇怪的事；另一方面，什麼是「文學內容」，卻沒有明確的說法，語文老師講

文學，好像是在不經意之中順手拈來。雖然第一語言和第二語言的課程都統稱為「語言」課程，但在內容上，文學內容似乎是第一語言教學之必須，對第二語言來講則是禁區。

語言和文學的複雜關係，蓋由語言和文學這兩個領域的區分和關聯不明所致。國際文憑組織做了一項值得讚賞的工作，就是發現語言和文學內容的不同，並在語言學習之持續連貫性的框架之內，把兩者關聯起來。概括來講，首先，語言和文學是語言學習的不同層面，同在語言課程的大框架之內。從這個角度來看，就算是在語言習得階段，文學內容也是可以存在的，至少在理論上如此。其次，語言和文學都是語言現象，都是在確定的語境中產生，為了一定的交流目的，採取的具體的表達方式；語言和文學本來就同根並蒂，只不過一個在語言領域，重功能性交流，一個在藝術領域，重愉悅欣賞。由此看來，文學不是象牙之塔，「小兒科」的語言課程亦不存在。

國際文憑學校的中文課堂上，文學以兩種方式存在：從狹義上講，文學包括四種體裁的作品：詩歌、小說、散文和戲劇。從廣義上講，文學不只是四種體裁，而是一種藝術性的表達方法，其本源於文學體裁，但滲透在各種類型的文本之中。由此說來，文學不只是文本類型的學習，同時也是語言知識的培養，其中包括對語言表達方式的理解和再創造方式的把握。

值得關注的是，2019 年出版的大學預科項目《語言 A：語言與文學指南》中，「語言」被「非文學」取代。在課程框架內，「語言」和「文學」的區分被描述為「非文學」和「文學」的區分。這個新說法很有意義。從文體的特色來講，文學有較為明確的定義，而想象和虛構為文學創作的宗旨。如果把「語言」和「文學」相對而論，會引起不必要的混淆，忽略文學其實是基於語言的一種表達形式，忽略具有文學性的修辭手法在文學體裁之外亦普遍存在。新版本用「非文學」來指「標準」文學體裁之外的諸多文體形式，則簡單清晰，避免了諸多概念混淆，在課程設置和教學過程中也給老師提供了方便。更重要的是，依照這種區分，不同文體形式就有了平等的地位，語言教育者可以避開概念的干擾，專注研討語言教學的共性。

以大學預科課程為例，第一學科組有三個和文學相關的課程：「文學」「語言與文學」及「文學與表演藝術」。「文學」課程可以說是最為「純粹」，內容以按體裁分類的文學作品為線索，學習要求明確，評估方式包括論文、文本

分析和口頭表達。「語言與文學」課程是比較新的一個課程，從名稱上可知，這個課程分為「語言」和「文學」兩個部分。文學部分和「文學」課程類似；而語言部分，從內容上講，則以非文學的各類文體為主，如新聞、網絡博客等，也有介乎文學和非文學之間的具有相當文學色彩的文體，例如人物傳記、日記等。「語言與文學」課程的評估方法更加多樣化，可以用文學的方式完成評估，例如用小說或日記的方式完成書面作業的評估（2013年版課程）。

「語言與文學」課程的學習內容和評估方式，與第二學科組的語言B高級課程相似。語言B高級課程要求學生學習兩部文學作品，用創意的方式完成書面評估作業（2013年版課程）。在某種程度上，就文學成分而言，語言B高級課程是「語言與文學」課程（2013年版課程）的微縮版。兩個課程本是分屬於第一和第二學科組的，但卻有如此類似之處，引人注目。國際文憑組織大概是特意如此規劃課程，體現第一和第二學科組的連接，從而展示語言學習的持續連貫性。必須注意到，在第一學科組中，「語言與文學」課程和「文學」課程的地位不相上下。國際文憑組織明確指出，兩個課程的難度相當。所以，不可以說「語言與文學」課程是第一學科組中的簡單版課程，相反，這個課程最恰當地呈現出語言學習的持續連貫性，是國際文憑課程設計者苦心之所在。

對語言學習持續連貫性的重視，更體現在文學元素或者文學的創作和表達方法上。忽略課程名稱的外殼，直視其評估方式和目的，就會發現「語言與文學」課程（國際文憑組織，2013）和語言B課程（國際文憑組織，2011b）的書面作業有驚人的類似之處：對文學文本（語言與文學課程要求學生必須完成一篇基於文學作品的書面作業）的理解，對語境、目的、受眾和語域的考量，在兩個課程中都有。在這個意義上，文學不只是體裁，文學學習也是對方法和手段的研習。例如對小說的研習，文學的表達方式就體現在場景、情節和人物描寫之中。換言之，只要有這些元素出現，文學教學就已經在進行之中。那麼，如果在課堂中使用一個敘事性文本，其中有時間、地點、人物和完整的故事，是否也算作「文學」？在很大程度上，確實可以這麼說。由此來看，第二語言教學中亦處處有文學的蹤影。試想一下，「小故事」是不是常出現在閱讀材料中？老師有沒有要求學生指認故事中的細節，包括時間、地點、人物？是不是要求學生抓住故事線索的脈絡，探究故事中的含義？如果是，那麼學生已經是在做文學的功課了。這和他們在純文學課堂上做的事，

沒有質的分別。近年來，學界關注到對外漢語教學與中國義務教育語文教學大綱的差異，由此引發對語言教學的知識性、技能性和人文性的多方探討（王珊、陳晨，2017）。從語言學習的持續連貫性出發，引入文學和非文學之話題，可以為此類探討提供新的角度。

「文學」走下神壇，前景更加寬廣。許多疑惑和爭議，也有了一個答案。在中文第二語言教學中，童話、寓言故事受到不少非議。很多老師把成語故事跳過去不講，或者只是當作文化認知的成分，點綴一下課程內容。教科書的編寫者也往往沒有明確的目標，沒有把文體當作線索，沒有意識到文學元素在不同文體中的地位和呈現方式，未能有意識地利用故事和類似的敘事文體。如此說法做法，留下諸多遺憾。語言教育者應該從更高的層面理解文體和語言表達方式的關聯問題。文學被敬而遠之，關鍵的原因是教育者對文學和非文學的理解過於僵硬，沒有體會到彼此作為語言現象的關聯。在大學預科項目語言 B（國際文憑組織，2011b）試卷一的評估部分，試題要求學生不只是要達到總體理解，尋找到相應的細節，還要理解語言在情境中的功能，同時識別語言的交流目的。而同樣課程的書面作業評估更是接受技能和書面表達技能的綜合體現，要求學生在文本類型、受眾、語體、風格等方面，都要有明確的意識，把在閱讀材料（文學或非文學）中理解到的這些方面的特點，用創意的方式再寫出來。這一整套過程，顯然已經超出了被動的語言學習模式，進入了理解、思考、想象和創造的領域，而文學作為人類認識和感受世界的一種方式，自然是時時處處呈現在其中。

當然，文學和非文學的區別並非已經沒有意義。文學分析歸類於對「有關語言的知識」（Michael Halliday, 1985）的研習，文學學習是對文學這種語言的藝術形式的賞鑒、分析和評價。雖然我們在上文中討論過文學元素的普泛性，但是文學學習的相對獨立性，還是要得到認可。同時，如上文所述，「文學學習」和「批判性文化素養」同時被認作是存在於「學習有關語言的知識」的階段，而「分析」和「評價」是進入這個階段的標識。分析和評價的能力在語言學習的不同階段都是存在著的，但是利用語言來做一些分析評價，和分析評價語言現象（包括文學）本身，畢竟有所不同。大學預科階段的「文學」課程和「語言與文學」課程，焦點是放在分析和評價語言現象本身。這應該是第一和第二學科組的顯著不同。由此看來，這篇文章的討論倒也可以給文學

老師提個醒：什麼是文學教學？怎樣教文學？文學教到什麼程度才算到位？既然第一學科組的課程是分析評價語言現象本身，那麼語言現象本身與語言作為媒介和工具傳達的知識訊息，有什麼不同？許多文學老師很自信，覺得講清楚主題思想、段落大意非常容易。然而，文學遠不止如此。文學形式的探究，包括各種描寫、修辭手法，才是最需要關注的。經常可以看到，文學課程的學生在回應論文題時（如文學課程及語言與文學課程的試卷二），將作者意圖、主題思想講得頭頭是道，但是卻沒有說明意圖和思想是如何展示出來的，文學形式在其中如何發生作用。這樣的論文自然不能得高分，學習效果也大打折扣。

　　本文旨在就語言學習的持續連貫性發表一些粗淺的看法。話題涉及到細微的理論問題和具體的課堂實踐，在進一步研討之前，任何武斷妄言，都不恰當。所提出的問題如果能引發大家對語言學習持續性的關注，對持續性之內涵的思考，則如本文作者所願。

參考文獻

1. 國際文憑組織（2004）：《大學預科項目語言 A1 指南》。
2. 國際文憑組織（2010）：《項目的標準與實施要求》。
3. 國際文憑組織（2011a）：《國際文憑項目中的語言學習》。
4. 國際文憑組織（2011b）：《大學預科項目語言 B 指南》。
5. 國際文憑組織（2013）：《大學預科項目語言 A：語言與文學指南》。
6. 國際文憑組織（2014）：《中學項目：語言與文學指南》。
7. 國際文憑組織（2019）：《大學預科項目語言 A：語言與文學指南》。
8. 韓禮德（2015）：《語言與教育》，劉承宇等譯，北京，北京大學出版社。
9. 邱佳琪（2019）：文類教學法研究：提升中文第二語言學習者實用文寫作能力，施仲謀、何志恆《中國語文教學新探》，香港，商務印書館（香港）有限公司。
10. 王丹萍（2019）：中文作為第二語言課堂語言政策研究的理論與實踐，《國際中文教育學報》，總第 5 期，2019。
11. 王珊、陳晨（2017）：國際漢語教學與九年義務教育語文教學大綱的對比研究，施仲謀、廖佩莉《漢語教學文化新探》，香港，商務印書館（香港）有限公司。
12. Alison Schofield & Francesca McGeary. (2016). *Bilingual and Multilingual Learners from the Inside-Out: Elevating Expertise in Classrooms and Beyond*, CreateSpace Independent Publishing Platform; 1st edition.
13. Alison Schofield & Francesca McGeary. (2022). Centre for Educators of BMLs, discussions of participants, https://learn.educatorsofbmls.com/courses/91/overview

14. Cummins, J. (1979). *Cognitive/academic language proficiency, linguistic interdependence, the optimum age question and some other matters*. Working Papers on Bilingualism, University of Toronto.

15. Ellis, R. (1997). *Second Language Acquisition*, Oxford University Press.

16. Halliday, M. (1985). "Three Aspects of Children's Language Development: Learning Language, Learning through Language, Learning about Language". Unpublished manuscript. Sydney, Australia. University of Sydney, Department of Linguistics.

17. Tove Skutnabb-Kangas & Teresa L. McCartym (2008). *Key Concepts in Bilingual Education: Ideological, Historical, Epistemological, and Empirical Foundations*, In Volume 5, Bilingual Education, eds Jim Cummins & Nancy Hornberger. Encyclopedia of Language and Education, 2nd edition. New York: Springer, 3-17.

International Baccalaureate Language Curriculum and a Continuum of Language Learning

YU, Huiling

Abstract

The international context of language curriculum and varied language profile and expectations of learners require careful consideration of the language learning continuum. The International Baccalaureate has responded to the change in the guiding documents and language programme guides about language learning and teaching. Discussions also take place among academics on different phases of language learning and their connections. "cognitive academic language proficiency" and "critical cultural literacy" are focused on the discussions as the higher-order objectives of the learning continuum. In Chinese language learning and teaching, educators face a complicated situation when first and second language learning as well as non-literary and literary learning come together in the same learning environment, and they engage in an exploration of the difference and consistency of learning objectives, contents and strategies for the range of phases of language learning. Supported by examples in Chinese language classrooms, this paper aims to establish that (1) a well-informed evaluation of the relation between mother tongue and academic language is crucial for planning language pathways for learners, (2) nurturing students' higher-order thinking skills and their ability of expression help to achieve a continuum of language learning in practice, (3) scaffolding and intervention can effectively enhance a holistic language proficiency for the optimal learning experience of students from varied backgrounds, and (4) literature education can be an integral part of the language learning continuum beyond the boundaries of the first and second language learning.

Keywords: *learning through language, cognitive academic language proficiency, mother tongue, second language learning and teaching, target language, literature learning and teaching*

YU, Huiling, English Schools Foundation, HK.

國際教育中基礎教育階段中文課程發展之個案研究：新課標的研發與分析

林同飛　楊寶玲　陳明君

摘要

　　本研究報告屬個案分析，旨在回答在提倡雙語國際教育的體系中，中文課程的學習指標如何回應「學會什麼」這個問題。報告詳細說明了個案學校在基礎教育階段如何借鑒國際文憑中小學項目的相關課程及歐洲語言共同參考框架等文獻，編制校本中文課標的方法與過程。報告更從「學會什麼」的廣度和深度兩方面分析了新課標在學習範疇及水平表現兩方面的變化及其理論依據，並指出與非母語學習和跨學科學習相關的兩塊「缺板」，以及未來的研究及發展方向。

關鍵詞：國際教育　語言／語文發展　課程標準

　　語文課標的研究多數集中在國家層面的探討（崔允漷、郭洪端，2021；董蓓菲，2015；金荷華、左長旭，2012），為的是應對政經社會的轉變以及未來世界的挑戰，並與課程理論、社會文化學、認知心理學等領域息息相關。國際教育領域中語文課標的學術研究不多，當中以國際文憑語文課程為對象的討論對推動雙語教育的學校頗有參考價值（Thier, Fukuda, Knight, Sykes & Chadwick, 2017; Adoniou, Toner & Lee, 2016）。

　　當然，「語文」（Literacy）一詞，在不同的研究語境中，所指涉的內容不

林同飛，耀中教育機構，聯絡電郵：tungfei.lam@ycef.com。
楊寶玲，耀中耀華教育網絡，聯絡電郵：baoling.yang@ycyw.cn。
陳明君，耀中耀華教育網絡，聯絡電郵：chenmingjun@ycyw.cn。

盡相同。中文文獻中的「語文」在中國內地指的是中國語文，而英文文獻中指的是「語言與文字」。本文中的「語文」一詞除非特別注明，否則所指的均為後者，即採用 Adoniou et al.（2016, p.12）的界定：「語文（Literacy）是在不同情境下，針對不同的目的與對象，合適並有效地進行讀寫的能力。」在這個定義下，語文是語言（Language）作為溝通工具的呈現方式，而這種呈現可以是書面的，也可以是口頭的（p.35）。「中文」作為其中一個呈現方式，與中文文獻中的「語文」一詞相通，並進一步包含以中文作為附加語言的內容。

本文針對國際教育中基礎教育階段中文課程標準的制定進行研究與思考。事實上，不少就讀國際教育學校初中和小學的家庭都面對一個很實際的問題：完成小學或初中教育後，學童是否有足夠條件繼續選擇本國或國際課程。這個問題看似簡單，回答實為不易，當中涉及課程、教學及評估等各方面的銜接。就課程而言，又涉及到各個學科領域的標準及要求。在強調雙語教育裏，中文課程標準應該如何制定既是一個具有學術高度的問題，又是學校領導必須面對的現實問題。要回答這個問題，本文將以一個提倡中英雙語的國際教育學校機構（下稱個案教育機構[1]）在發展中文課標時所作的嘗試進行報告及分析。

一、研究問題的界定

就學習中文而言，個案教育機構的學童其語言、文化背景各有不同，以中文為母語[2] 的約佔 77.31%，以中文為外語的約佔 22.69%，而出生於中國的約佔 77.78%，其他的則是來自世界各地的華人或外國人子女。有以銜接國際文憑預科項目為目標的，也有準備參與中國全國性初級中等教育畢業考試的。因此，本研究的問題是怎樣的中文課程可以為上述背景的學童提供一個清晰具體且符合語文發展規律的學習指標。在概念上，也就是要回答中文課

---

[1] 個案教育機構轄下有十二所中小學學校，有以中國國家義務課程為基礎的國際化教育學校，也有採用銜接國際文憑預科項目的校本中小學課程學校。

[2] 個案教育機構根據 Skutnabb-Kangas 和 McCarty（2008）的定義，把「母語」理解為一個人最先學習的語言（可以多於一種），這語言給予他／她一種身份認同感。有時候，母語也指一個人最擅長或最經常使用的語言。本文中，母語與第一語言同義。

程要「學會什麼」的問題。

與「學什麼」不同,「學會什麼」所「折射出的是質量驅動的取向,(該問題)傾向於從輸出端釐定學生的學習結果及其應具備的成就水平,以及反映人才培養的質量要求」,而「學什麼」所「折射出的是內容為綱的取向,往往傾向於從輸入端釐定教師應教授及學生應學習的內容」(崔允漷、郭洪瑞 2021,頁四)。個案教育機構對人才培養的宏觀質量要求可見於其《使命、理念與實踐》(節選),即:

> 我們相信,「學習共同體」最能促使師生創造性地、全面地探索不同的知識領域,讓學生掌握 21 世紀至關重要的個人和協作學習技能。
>
> 我們相信,我們的畢業生能真誠地尊重和理解世界各地文化,精通中英雙語以及其他現代語言,並能以堅定的態度迎接時代的挑戰。

具備跨文化素養的雙語人才是個案教育機構的培養目標,而「學習共同體」(Learning Communities)[3] 則是實現該目標的教育手段。在這個培養目標下,中文不單是一門必修的學科,而且還是作為發展其他學科知識與技能以及提升協作和思維能力的工具。然而,個案教育機構裏的原中文課程作為單一學科,回答的主要還是「學什麼」的問題,這顯然難以支持上述培養目標的實現。那麼,新的中文課程在學習指標(下稱新課標)上又如何同時回應「學會什麼」這個問題呢?就該問題,本報告將分兩部分進行闡述,第一部分為新課標的研發,即新課標的研發過程及結果;第二部分為新課標的分析,這裏主要指的是語文課程理論視域下的分析與討論。

二、新課標的研發

新課標的研發從二○二○年六月開始起草至二○二一年七月完成初稿,歷時超過一年,主要經過兩個階段:(一)二○二○年六月至二○二一年一月為文獻探討階段,該階段由五位核心研究員組成工作小組(下稱工作小組),

---

[3] 個案教育機構將學習共同體定義為「學生和教師聚集在一起,共同學習、發現和創造知識。所有參與者,包括父母和其他成員,都是志趣相投的積極學習者,並共同負責實現學習的目標」。

負責梳理相關文獻，並歸納出新課標的框架與內容，以闡明中文課程應「學會什麼」的問題；(二) 二○二○年十一月至二○二一年七月為課標分析階段，該階段主要以問卷調查的方法，搜集個案教育機構中文教師及課程領導的意見，以便分析與討論新課標的實用效度。

第一階段涉及的文獻包括國際文憑中小學及預科項目相關課程文件、《歐洲語言共同參考框架》、中國國家語文課程標準、2009 年學生能力國際評估計劃（PISA）閱讀評估框架、個案教育機構 2017 年版的原一語及二語中文課程標準。為方便說明，下文將以下表中的文件代號指稱各課程文件：

表一　新課標研發時所使用的文獻清單及代號

文件	全稱
1	國際文憑小學項目 Language Scope and Sequence（2009）
2	國際文憑中學項目《語文與文學》（2014）
3	國際文憑中學項目《語言習得》（2014）
4	國際文憑預科項目《語言與文學》（2019）
5	國際文憑預科項目《語言習得》（2020）
6	國際文憑預科項目 Ab initio（2018）
7	《歐洲語言共同參考框架：學習、教學、評估》（2008）
8	中國國家《義務教育語文課程標準》（2011）
9	中國國家《普通高中語文課程標準》（2017）
10	學生能力國際評估計劃（PISA）閱讀評估框架（2009）
11	IGCSE FIRST LANGUAGE CHINESE 0509（2019）
12	IGCSE CHINESE AS A SECOND LANGUAGE 0523（2017）
13	IGCSE MANDARIN CHINESE 0547（2012）
14	個案學校中文作為第一語言課程（2017）
15	個案學校中文作為附加語課程（2017）

工作小組按以下步驟梳理文件中的課程標準：

1. 比較上述文件中學習範疇的分類，形成一個富有兼融性的學習範疇框架；

2. 根據步驟一的框架，分一、二語，將收集到的課標條目按框架中的標準描述進行分類；

3. 一語的，按低小、高小及初中三個學習階段綜合文件 8 及 14 的課標條目，並補充文件 2、4、7、9、10 及 11 的內容；

4. 二語的，按初級、中級及高級三個水平等級綜合文件 1、3、5、6、7 及 15 的課標條目，並補充文件 10、12 及 13 的內容；

5. 分類後，按以下原則綜合相關的課標條目：

a. 適用的原課程標準將優先採用；

b. 與其他課程文件中的同類課標對比，修訂或增補所選用的課標；

c. 將綜合所得的課標，根據所涉及的「能力」「對象」「形式」「內容」及「條件」進行拆解（如「能听懂」屬「能力」，「講話的要點」屬「對象」，「包括短小的故事」屬「形式」，「主題為熟悉的，在工作、學習和娛樂中經常碰見的人和事」屬「內容」；又如「能聽出」屬「能力」，「基本信息和主要細節」屬「對象」，「但講話人的口齒要清楚、口音正常」屬「條件」）；

d. 統一一、二語課標的表述方式；

6. 分析同一項課標中各個描述，按其所呈現的表現水平，歸納形成一個連續發展的等級階梯；

7. 根據各梯級的定義，修訂或增補各課標各級水平的具體描述。

通過上述步驟，綜合分析而成的新課標框架從兩方面回答了「學會什麼」的問題。一方面與學習範疇有關，涉及的是「學會什麼」的廣度，而另一方面與表現水平有關，涉及的是「學會什麼」的深度。就學習範疇而言，新課標分為四個一級標準，十二個二級標準。一二級標準的性質與其定義詳見如下：

表二　新課標學習範疇中十二個二級標準的定義說明

一級標準	二級標準	定義
A 字詞	A1 形	從形體特征認識漢字，並掌握其寫法。
	A2 音	掌握普通話漢語拼音及所涉及的漢語語音特征。
	A3 識字量	達到一定數量的字詞，並能通過使用工具書等方法擴大識字（詞）量。
B 聽說	B1 內容與建構	涉及不同主題及情境（包括視覺材料）；掌握說話前的信息組織方法。
	B2 表達	掌握口語能力中與語言表達相關的要求，並達到相應的效果。
	B3 互動	掌握對話中有助溝通的策略。

一級標準	二級標準	定義
C 閱讀[4]	C1 篇章	讀懂不同格式、類型及環境下的篇章。
	C2 情境	讀懂不同情境的篇章；掌握涉及教育情境的不同讀法。
	C3 理解	掌握複述、解釋、重整、伸展、評鑒及創意六種閱讀能力。
D 寫作	D1 內容與建構	涉及不同主題及情境（包括寫話）；掌握與寫作思維有關的不同策略。
	D2 組織結構	掌握句中及句間的語法；掌握段落、篇章的邏輯和結構。
	D3 語言選擇與風格	掌握字詞句篇之選擇，並達到相應的表達效果。

就表現水平而言，新課標分為四個階梯，八個等級，以表現語文發展乃一個連續發生的過程。該過程中，每個階梯均有其所屬的總體特徵，分別為「預備」「起跑」「加速」及「起飛」，以體現學習者在不同階段可達致的水平，其具體描述表列如下：

表三　新課標四階八級的定義說明

階梯	級別	定義
一階預備	一級	初學者或幼升小，僅擁有少量的、零星的中文語言積累，不足以支持日常生活（書面文本）和學習。
	二級	初學並小有積累，滿足基本日常生活需求，但有時需要輔助和引導。
二階起跑	三級	開始能獨立進行日常的中文學習活動，包括一些程度適當的綜合活動，但有時需要輔助。
	四級	能獨立進行日常的中文學習活動，包括一些程度適當的綜合活動，且能通過自學形成較多的課外積累。
三階提速	五級	日常聽說、閱讀、書寫基本不受限，能獨立進行程度適當的文學活動，且能通過自學，擁有較多的課外積累，這些積累超越課內文本。
	六級	能獨立進行較為專業的文學活動，具備基本的文學素養，課外積累十分豐富，基本能調用於課內學習活動。
四階起飛	七級	表現出一定的中文專業素養，中文積累十分豐富，調用自如。
	八級	表現出較高的中文專業素養，能支持自己通往更專業的各學科領域。

---

[4]　為了較全面地培養學生的閱讀素養，新課標參考了學生能力國際評估計劃（簡稱 PISA）的閱讀評估框架（廖先、祝新華，2010）以及祝新華（2005）的閱讀認知能力層次理論，在二級標準中具體地說明了影響閱讀能力的三種因素，包括情境、篇章及閱讀能力層次（即「理解」）。

第二階段是新課標研發工作的分析階段。該階段進行了兩輪的問卷調查。兩輪調查分別於二〇二〇年十二月及二〇二一年四月進行，問卷從發出至回收，約為一至兩個月時間。個案學校可自行決定以個人方式或學校集體名義填寫問卷。問卷除要求填寫者的背景資料（如職位）外，所有問題均為半開放方式，要求填寫者就所草擬的課程文件提供意見，例如「就您所閱讀的課程文件（文件的名稱），您有什麼具體意見？撰寫意見時，請清楚標示所涉及的頁碼及具體位置（如第幾段或哪個表格），以便工作小組跟進。」

　　根據兩輪調查的意見，工作小組經梳理後，逐一回應及修訂新的課程框架及標準。兩次問卷的回收情況及修訂重點分列如下：

表四　新課標兩輪問卷調查的總結報告

第一次調查結果	第二次調查結果
意見來自八個校區，約一萬五千字，重點修訂包括： • 撰寫一份總綱，以解釋課程發展背後的理念及指導思想； • 總綱將為課程標準中的各項標準作清晰的定義，以減少概念理解上的落差； • 課程標準中的閱讀範疇以 PISA 的閱讀評估為框架進行梳理，為相關標準及能力描述提供理論的依據； • 總綱強調語言發展乃一個連續發生的過程，因此從現有的能力描述中歸納出四階八級，以便教師在學習共同體中能夠靈活地為每個學習者的各項指標提供有意義的學習及支持； • 為解決有關一、二語課程的銜接問題，總綱中的課標同時適合於一、二語背景的學習者，但需要提供一、二語課標的銜接及對照表； • 提供八級常用字詞表作參考； • 所有意見分別以「總體」「字詞」「閱讀」「聽說」及「讀寫」各範疇歸類，並由工作小組跟進及備註說明（不）修訂的理據。	意見來自九個校區，約一萬六千字，重點修訂包括： • 為了滿足中文零起點新生的學習需要，工作小組在常用字詞表中增加了兩套教學輔助工具，即零起點新生詞表（分少兒版及青少年版）及語法表，以幫助相關學習者更好地融入學習共同體； • 為了讓使用者更好地理解字表與詞表的關係及零起點新生詞表的作用，工作小組在常用字詞表中扼要地補充了相關說明，以茲參考； • 除常用字詞表沒有細分範疇外，其他意見均按「總體」「字詞」「聽說」「閱讀」及「讀寫」五個範疇歸類，並由工作小組跟進及備註說明（不）修訂的理據。

　　反覆修訂後的新課標共 37 項，分別為「字詞」11 項、「聽說」6 項、「閱讀」14 項及「寫作」6 項。除其中 3 項較難進行等級描述[5] 外，其餘 34 項均

---

[5] 包括「字詞」中的「寫字姿勢正確，有良好的書寫習慣」「喜歡學習漢字，有主動識字的習慣」兩條，以及「閱讀」中的「能持續地進行課外閱讀」一條。

可按四階八級說明，合共 272 條。四階八級旨在描述中小學基礎教育中不同學習者，在不同能力標準上的發展趨勢，原則上與年、年級及文化背景沒有必然或直接的關係，即每一級不應被簡單地理解為特定年級或群體的水平描述。該階梯中的每一級，均有對新課標中的每項標準所涉及的能力作具體描述，準確呈現每個學生，在各個標準上的表現及發展。

三、新課標的分析與討論

新課標是否能解決本研究報告背景中所提到的現實問題，這不光是課標的制定問題，還涉及到新課標的落實與其實際教學活動的設計與操作，需另文討論。至於新課標在學術上是否能反映近幾年相關領域的研究成果是下文分析的重點。下文將從課程研究的兩個方面對新課標中「學會什麼」的廣度（即學習範疇）與深度（即表現水平）進行討論。

「學會什麼」的廣度問題：這涉及對「語文能力」及其呈現方式中的「文本」的重新界定。董蓓菲（2015）在研究各國語文標準時發現，美國、新西蘭等教育發達國家對「文本」一詞作了全新的注釋，同時也對語文能力重新分類。他們強調「文本」不只是紙質印刷品，而是包括口頭語言形式、書面作品以及信息技術的交流媒介。因此，語文課程亦應培養六種能力，即聽（listening）、說（talking）、讀（reading）、寫（writing），以及視像（viewing）和視覺表達（visually representing），後兩種能力統稱為「視覺語言能力」（頁85）。

Lankshear 和 Knobel（2003）則明確提出「新語文能力」（New Literacy）的概念，指的就是「於電子及多語環境中用作溝通的相關讀寫能力」。新語文能力包括圖文結合的視覺文本以及其他多模態（multimodality）文本等。國際义憑中小學項目也同樣關注新語文能力，但這種能力的要求只是零星灑落在某個階段，並沒有形成一條可持續追蹤的脈絡，供老師明確落實於教學中，形成關於新語文能力可持續的、可觀察的記錄。在探究式單元的評估裏，也沒有顯性指標去衡量這種能力的發展（Adoniou et al., 2016, p.182）。

此外，世界各國和國際組織也對 21 世紀的人才需求提出了「21 世紀技能」這個概念，例如 2016 年布魯金斯學會環球教育中心（Center for Universal

Education at Brookings）和樂高基金會（LEGO Foundation）聯合啟動的「變化世界中所需的技能」（Skills for A Changing World）項目。該項目對 113 個國家的教育系統進行了調查，結果發現，與過去相比，在全球範圍內，正規教育越來越強調發展學生廣泛的技能（超越傳統學科知識）（鄧莉，2018，頁 40）。

　　個案教育機構的新課標文件中提到「通過各種媒體和形式來探索語言，發展聽說讀寫的交際或／和學術語言能力」，也提出要「讀懂不同格式、類型及環境下的篇章」。此處所提及的各種類型的篇章，即包括多模態文本，且四階八級裏均涉及對多模態文本的理解，密切關注學習者在新語文能力方面的發展。具體而言，新課標將視覺語言能力、信息技術和跨學科應用能力融入聽說、閱讀、寫作各個學習範疇，其具體要求表列如下（節選）：

表五　新課標與視覺語言、信息技術應用和跨學科應用能力相關的標準舉隅

學習範疇　　新增能力	新課標			
	字詞能力	聽說能力	閱讀能力	寫作能力
視像		涉及非常熟悉的主題和情境（包括視覺材料）。（1 級）	能看懂主題熟悉的、句式簡單的文本，有時需要插圖的輔助。（1 級）	
視覺表達		涉及各種主題及情境，能識別並運用可隱含觀點和意圖的話語、表情、手勢等手段。（8 級）能意識到用圖畫的方法準備說話內容。（1 級）		能用信息組織的方法制定寫作計劃和寫作策略。（1 級）
信息技術的應用能力	有較強的獨立識字意識，能根據目的和需求熟練選用合適的工具書和識記方法（包括現代教育信息技術常用的工具）獨立識字，擴展各種題材的創作和課外閱讀，包括正式和非正式的、文學和非文學的創作和閱讀。（8 級）	在老師的指導下，能使用廣泛、專業的信息組織方法，如思維導圖、幻燈片構思並展示講話內容，內容有詳略、有邏輯，並能有意識地根據語境構思講話的內容及方式。（6 級）	能看懂大部分不同格式、類型及環境下的課外文本，包括複雜的長文。藉助科學技術和工具能看懂更專業的、不熟悉的或複雜的文本，例如文獻資料，以及淺易的文言文、古詩詞等。（7 級）	能獨立使用各種信息組織方法（包括現代教育信息技術常用的工具）制定寫作計劃，並能有意識地根據語境構思作文的內容及方式。（6 級）

學習範疇 / 新增能力	新課標			
	字詞能力	聽説能力	閱讀能力	寫作能力
跨學科的應用能力	能讀準文學名著、古文、學科專著中常見的字詞，包括多音字、通假字，及大部分不常見的，但在學科專業中常用的字詞。(8級)	涉及各種主題及情境，能識別並運用可隱含觀點和意圖的話語、表情、手勢等手段 (8級)	閱讀幾乎不受限制。能看懂各種情境下專業的、複雜的、抽象的文本。(8級) 能靈活運用所讀信息解決與學科專業學習、探究項目相關的問題，資料準確、來源多樣。(8級)	涉及各種主題、情境，寫作的文本滿足工作、生活、學習的方方面面。(8級)

　　上述的改變意味著新課標一方面回應語文課程理論中對「新語文能力」的重視，另一方面也回應了提倡跨學科能力培養的要求。換言之，新課標編制的其中一個重要前提是不光把中文視為一門學科，更視之為促使其他學科和學習活動有效學習的關鍵。

　　除此之外，認知科學的發展對語文課標的編制也起到了指導性的作用。在研究寫作範疇的內容標準時，董蓓菲 (2015) 發現美國、澳大利亞等國家的語文課標，在內容標準部分大都參照加涅 (2007) 的分類進行設計。加涅 (2007) 認為人類的學習有五類結果，表現為五種不同的能力，分別是語言信息、智慧技能、動作技能、認知策略和態度，而這些國家的寫作內容標準都描述了寫作在「智慧技能」和「認知策略」層面的指標，包括對寫作過程的把握、讀者意識的養成、以及媒體寫作技巧的學習。這裏的「智慧技能」是指學習者運用符號對外做事的能力，而「認知策略」是指學習者對自己的注意、學習、記憶和思維的控制能力 (加涅，2007)。這兩方面的能力在新課標的寫作範疇裏也有了相應的回應。

　　具體而言，新課標「寫作」分三個維度，分別是「內容與建構」「組織結構」「語言選擇與風格」。按加涅的學習結果分類理論，各標準可分別列入「智慧技能」或「認知策略」兩類。具體分析如下：

表六　從加涅的學習結果分類理論分析新課標中的寫作課程標準

寫作能力課標		加涅學習結果分類理論
內容與建構	1. 涉及各種主題、情境。	智慧技能
	2. 能用信息組織的方法制定寫作計劃和寫作策略。	認知策略
組織結構	1. 能正確使用詞語、句子、標點符號。	智慧技能
	2. 能根據文體要求使用正確的行文邏輯、文本結構表達。	智慧技能
語言選擇與風格	1. 能根據各種目的和受眾應用適當的語言增強表達效果。	智慧技能
	2. 能利用閱讀和生活中的積累完善、豐富自己的寫作文本。	認知策略

與此同時，三個寫作維度六個二級類別都分別提供了八個表現水平的具體描述。從作者的語言能力和寫作策略的掌握情況，到涉及各種主題、情境，作者與讀者的社會性溝通效果，該寫作課標反映了寫作不僅是個體行為，也是社會文化行為，這與美國和澳大利亞兩國寫作課標的共性「寫作過程的把握、讀者意識的養成、媒體寫作技巧的學習」在概念上完全一致（董蓓菲，2015，頁 84）。

最後，閱讀方面，新課標中「閱讀」所涉及的十條學習指標是依據祝新華（2012；2005）所建構的六個閱讀認知能力層次編制而成，包括複述、解釋、重整、伸展、評鑒和創意能力。這六個層次就是以修訂後的布魯姆認知領域分類研究（Anderson et al., 2001）為基礎所形成的能力框架。在這方面，新課標的四階八級有了進一步的能力描述，具體內容見附件一〈新課標閱讀範疇中「理解」能力的六個層次（節錄首三層）〉。

「學會什麼」的深度問題：這裏的「深度」不是簡單地要求「難度」，而更多的是探討八級表現水平的深（淺）合適度及其銜接（Alignment）問題。語言是語文的原型，而語文是一種建基於語言的溝通活動（a language-based semiosis）（Kress, 1997）。對學齡兒童來說，語言發展是一個從簡到繁的過程（Williamson, Fitzgerald & Stenner, 2013）。學術上，這種以發展的視角看待語言學習是很普遍的。在國際經合組織（OECD）的推動下，各地區對自身的語文學習標準進行了改造，並以語言和語文連續體的概念（Language and Literacy Continua）重新設計自己的語文課程標準。這些標準連續體不但指導語文學習活動的設計，同時也作為各階段學習成就的指標。國際文憑中、小學項目中

的《語言範疇與序列》（Language Scope and Sequence）及中學項目的《語言習得》課程綱要採用的就是這個思路。

　　個案教育機構的新課標亦採用同一思路，但相關課標的編制是以同時適用一、二語學習者為原則，以便所有背景的學習者最終都有可能達致《使命、理念與實踐》中所訂定的雙語教育目標。[6] 這意味著無論是中文母語者還是非母語者，都需要同時掌握共同的語文能力。兩者長遠的學習目標一致，只是彼此的起點、學習的速度和最終可達成的水平表現和時間有所不同。因此，新課標在研發過程中，在原有以中文為附加語言課程的基礎上，汲收《歐洲語言共同參考框架：學習、教學、評估》（2008）中的標準，制定四階八級水平表現中「預備」「起跑」和「加速」三個階段的部分能力描述。這尤其表現在「聽說」和「寫作」這兩個學習範疇中。例如聽說中四至六級關於「藉助迂迴說法彌補表達缺失」的能力描述就出自於歐洲語言共同參考框架中「總體口頭互動交際能力」B2 和 C1。

　　除此之外，新課標亦以小學及初中學習階段共同適用為另一個原則，以便基礎教育中中小學的語文課程可以得到更好的銜接。具體而言，相關課標的四階八級可與原中小學的母語及非母語課程對應，其對應關係如下：

表七　新課標四階八級與原母語及非母語課程的對應關係（帶色部分為對應級別）

階梯	級別	與原非母語課程對應			與原母語課程對應		
		初級	中級	高級	低小	高小 [7]	初中
一階預備	一級	■					
	二級	■			■		
二階起跑	三級	■			■		
	四級	■			■		■

---

[6] 個案教育機構把雙語教育定義為「一個學生或一群學生在部分或全部課程中，同時以中英雙語作為學習媒介。通過在各學科中，明顯的及具有目的性的雙語學習設置，學生能有效提高他們的中英文水平，自信地表達他們作為多語學習者和全球公民的身份，以及在多語的學習環境裡成長，並發揮潛能。」

[7] 與低小不同，個案教育機構的高小學習階段所涉及的教學年期為三年，而低小的則是兩年，故低小對應階梯的二至五級（共四級），高小則為三至七級（共五級）。初中同樣對應五個級別，即四至八級，原則與高小相同。

階梯	級別	與原非母語課程對應			與原母語課程對應		
		初級	中級	高級	低小	高小 [7]	初中
三階加速	五級		■	■		■	■
	六級			■			■
四階起飛	七級						■
	八級						■

在新課標裏，初中及小學階段將共同使用一套標準。這在很大程度上回應了 Adoniou 等（2016）對國際文憑的中學與小學項目語言學習範疇及發展順序不對接的批評。

在同一份研究報告中，Adoniou 等（2016）提出另外兩個與課標深（淺）度及銜接相關的建議，分別是（一）針對語言學習的起始階段，發展更細緻的描述，並分別描述母語及二語或外語學習的發展（頁 176—177）；（二）描述如何更好地從基礎語文能力過渡到學科語文能力，而擴充後的語言學習範疇及發展順序應清晰說明學科語文能力及其語言特徵（頁 179—181）。相關建議雖然不是針對本個案，但仍有可借鑒之處。就建議（一）而言，本個案中的新課標雖然有意識地整合了母語與非母語的能力描述，但需要思考的是融入了母語課標的四階八級（尤其是語言學習的起始階段）是否仍適合多元背景的非母語學習者？換言之，中、小學母語學習者與非母語學習者的起點及發展差異問題是否已被充分考慮？又是否需要為非母語學習者進一步發展更細緻的能力描述？就建議（二）而言，新課標有意識地整合了基本人際溝通技巧（BICS）及認知性學術語言能力（CALP）（Cummins, 1980），但融入了非母語課標的四階八級又如何兼顧不同「學科語文能力」的發展？以下將分別就這兩個問題展開討論。

問題（一）：新課標雖然在研發過程中吸收了個案教育機構非母語課程、國際文憑中學項目《語言習得》綱要以及《歐洲語言共同參考框架》的學習指標，但是四階八級中第一階段（即「準備階段」）的「準備」有著為「獨立學習」和發展「學科語文能力」而作準備的意思。由於母語與非母語學習者的起點不同，這個「準備」對兩者來說所涉及的語言知識與能力不同。對於口語與書面語相對獨立的中文來說，這更是一個突出的問題（金範宇，2018；

周質平，1995）。在這個問題上，為了滿足中文零基礎的學習者口語交際的實際需要。工作小組考慮了不同年齡學習者的心理發展特點（劉愛書、龐愛蓮，2013；伍爾福克，2012），結合常見的主題／話題和交際情境，按「急用先學」之原則，篩選並編制了《零起點新生詞表》（少兒／青少年）及《零起點新生語法表》兩套資源。當然，是否需要為此增加前「準備階段」的學習指標？這與下段所討論的新課標中等級是否對應年級的問題有關。

新課標的水平表現等級原則上不等於年級。這意味著達成各級標準的時間可多於或少於一年，進度因人而異。這有利於課標的使用者可以根據學習者的不同情況，綜合考慮不同的因素，規劃學習活動及所需的時間，以便照顧個別學習者的差異。在新課標研發過程的第二階段，問卷調查反映非母語與母語學習者之間的差異問題最受關注，並指出新課標對於非母語學習者要求過高，尤其是第一階段。這個論斷背後的假設是學習者是一年完成一個水平表現的等級，而這個假設其實不屬於新課標的要求。如果是不一定一年完成，那接下來的問題又與前一段所討論的一樣，新課標是否需要為每級課標之間定出一個統一的過渡性學習指標，還是讓教師按校情自定合適的指標？如果要為非母語學習者增加過渡性學習指標，又需要考慮哪些因素？非母語學習者在可動用的家庭和社會資源這類客觀條件上，一般遠遜於母語學習者。研究亦指出，影響非母語學習者語文發展的因素眾多，動機、學習策略等都最為關鍵（丁安琪，2010）。這些相關領域的成果都可以作為下一步探討該問題的重要依據。

問題（二）：新課標強調「認知性學術語言能力（CALP）」（Cummins, 1980）的發展，這與 Moje（2008）所提出的「學科語文能力（Disciplinary Literacy）發展有不少相通之處。Fang 和 Coatoam（2013）進一步指出，「學科語文能力」是工具，而非目標。依賴於學科語文能力，學習者才能有效掌握和學科相關的文本，並形成和學科系統相一致的嚴謹思考能力。換言之，學科自有本身的表達特點和知識體系，只掌握「基礎語文能力」並不足以讓學習者在不同學科裏，順利開展學習。Adoniou 等（2016）研究報告的第四點也提到基礎語文能力要過渡到學科語文能力的問題，這點在新課標裏有了較明確的遞進關係。

以「字詞」中「音」的學習範疇為例，七級的學習指標是這樣描述的：「能

讀準及書寫常用字詞的拼音，包括多音字、輕聲、兒化音、通假字及一些不常見的但在學科專業中常用的字詞。」又以閱讀中「篇章」的學習為例，從一級至八級可見文本合適度、複雜度的上升，對學生提出了越來越高的要求：主題上，從熟悉過渡到不熟悉，再到專業領域的主題；文本上，從短小、淺易到不同格式、類型環境的文本，再到更專業的、不熟悉的或複雜的文本。

縱觀新課標不同能力範疇的具體描述，合計有 18 條清晰顯示從基礎語文能力到學科語文能力的過渡，具體表現在對「題材」「資訊」「交際情形」「文本格式」「類型」「環境」「表達技巧」等關鍵字眼的各級描述。所以具體落實時，課標的使用者可使用各個學科的學習資源，而不囿於傳統意義下的文學文本。與此同時，新課標的內涵指向能力的培養，不光是指一般意義下的聽說讀寫能力，而更多的是在不同語境、目的及對象下這些能力的發揮。這也就意味著中文除學科性，更具備有跨學科及超學科的特徵。

此外，也有實證研究（Shanahan & Shanahan, 2008）發現，不同學科的專家在處理閱讀和寫作任務的方式上有明顯的不同，而學科教師也認識到許多通用的語文策略與學科教學無關。因此，不同學科中特定的體裁（genre）和表達方式，是需要清晰的指引和專門的學習的。這方面新課標與國際文憑中、小學項目一樣，都沒有進一步的補充或說明。專科語料庫及系統功能語言學中專科體裁（崔維霞、王均松，2013；岑紹基、祁永華，2008）的相關研究對後續課標發展應有一定的指導作用。

綜合以上討論，新課標與國際文憑中小學項目一樣採用了語言及語文連續體的概念，但新課標的連續體要求同時適用於母語與非母語學習者，也適用於初中及小學學習階段。這讓個案教育機構的教師或學習者可以在一個較為清晰可循的發展順序中了解學習者或各自的能力分佈及目標。然而，在深（淺）度及其銜接的問題上，新課標還涉及兩個大問題。這兩個問題的核心、對應方案及後續研究大致可以歸納如下：

表八　新課標深（淺）度及其銜接所涉及的問題、對應方案及後續研究概覽

	問題（一）	問題（二）
核心問題	• 融入了母語課標的四階八級（尤其是語言學習的起始階段）是否仍適合多元背景的非母語學習者？ • 中、小學母語學習者與非母語學習者的起點及發展差異問題是否已被充分考慮？又是否需要為非母語學習者進一步發展更細緻的能力描述？	• 融入了非母語課標的四階八級又如何兼顧不同「學科語文能力」的發展？
對應方案	• 編制了《零起點新生詞表》（少兒／青少年） • 編制了《零起點新生語法表》	• 18條課標顯示從基礎語文能力到學科語文能力的過渡，具體表現在對「題材」「資訊」「交際情形」「文本格式」「類型」「環境」「表達技巧」等關鍵字眼的各級描述。 • 新課標的內涵指向能力的培養，在不同語境、目的及對象下聽說讀寫能力的發揮。
後續研究	• 是否需要制定每級課標之間的過渡性學習指標？ • 為非母語學習者增加過渡性學習指標，需考慮哪些因素？	• 如何加入不同學科特定體裁與表達方式的學習？

　　上述兩個問題分別涉及漢語二語習得以及分科語體教學的理論與研究，也涉及到對基本人際溝通技巧（BICS）及認知性學術語言能力（CALP）這兩種能力在語言及語文連續體裏的發展順序、深淺、跨度的再思考。

四、結語

　　語文課標同時回答該學科學習者需要「學什麼」和「學會什麼」這兩個問題，而本個案研究回應的是後者。本報告闡述了個案教育機構，因應雙語國際教育中基礎教育階段的實際需要，在中文科的課標上所作的嘗試。報告從「學會什麼」的廣度和深度兩方面，分析了新課標在學習範疇及水平表現上的變化及其理論依據，並指出該四階八級設計現時存在的兩塊「缺板」，或者說值得進一步討論的兩個問題：一個與針對非母語學習者的過渡性學習指標有關，另一個與專科語文能力的具體內容有關。這兩個既是學術領域的研究議題，也是實際應用時要面對的下一個難題。相信隨著研究的發展，學者

對於語言、語文的發展會有更多的實證研究成果，也隨著前綫教師的實踐，會有更多值得參考和借鑒的經驗，這些對本研究問題及報告中所涉及的其他問題，會提供更豐富的回答。

參考文獻

1. 岑紹基、祈永華（2008）：《以專科語體教學促進跨學科語文與學習》，香港：香港大學教育學院中文教育研究中心。
2. 崔維霞、王均松（2013）：國內學科專業語料庫研究現狀及發展趨勢，《西安外國語大學學報》，第 21 卷，第 1 期，第 55—58 頁。
3. 崔允漷、郭洪瑞（2021）：試論我國學科課程標準在新課程時期的發展，《全球教育展望》，第 9 期，第 4 頁。
4. 鄧莉（2018）：《美國 21 世紀技能教育改革研究》，上海：華東師範大學教育學部國際與比較教育研究所。
5. 丁安琪（2010）：《漢語作為第二語言學習者研究》，北京：世界圖書出版公司。
6. 董蓓菲（2015）：語文課程標準研制的國際視域，《全球教育展望》，第 10 期，第 84—93 頁。
7. 金範宇（2018）：《韓國留學生漢語口語教學中交互式教學的應用研究》，長春：東北師範大學出版社。
8. 金荷華、左長旭（2012）：國際視野與本土行動——2011 版語文課程標準的解析與反思，《教育研究與評論·小學教育教學》，第 9 期，第 4—10 頁。
9. 廖先、祝新華（2010）：從國際閱讀評估項目的最近發展探討閱讀評估策略，《全球教育展望》，第 12 期。
10. 劉愛書、龐愛蓮等編（2013）：《發展心理學》，北京：清華大學出版社。
11. 羅伯特·米爾斯·加涅（2007），王小明等譯，《教學設計原理》（第 5 版），上海：華東師範大學出版社。
12. 安妮塔·伍爾福克（2012），伍新春、賴丹鳳、季嬌等譯，《伍爾福克教育心理學》（第 11 版），北京：中國人民大學出版社。
13. 周質平（1995）：異中求同：用漢字寫普通話，《第一屆兩岸漢語語彙文字學術研討會論文專集》，北京語言文化大學。
14. 祝新華（2005）：閱讀認知能力層次—測試題型系統的進一步發展，《華文學刊》，第 2 期，第 18—39 頁。
15. 祝新華（2012）：閱讀能力層次及其在評估中的運用，「促進學生閱讀能力的評估：提問與回饋」研討會，香港：香港教育局課程發展處。
16. Adoniou, M., Toner, G. & Lee, M. (2016). *The Potentials of K-12 Literacy Development in the International Baccalaureate PYP and MYP: Final Report*, University of Canberra.
17. Anderson, L.W., Krathwohl, D.R., Airasian, P.W., & Cruikshank, K.A. (2001). *A taxonomy for learning, teaching, and assessing: A revision of Bloom's Taxonomy of Educational Objectives*. New York: Longman.
18. Cummins, J. (1980). Psychological assessment of immigrant children: Logic or intuition? *Journal of Multilingual and Multicultural Development, 1*(2), 97-lll.
19. Fang, Z. & Coatoam, S. (2013). Disciplinary Literacy: What You Want to Know About It. *Journal of Adolescent & Adult Literacy, 56*(8), 627-632.
20. Kress, G. (1997). *Before Writing: rethinking the paths to literacy*. London: Routledge.

21. International Baccalaureate (2009). *Primary Years Programme Language scope and sequence,* Cardiff: International Baccalaureate Organization.

22. Lankshear, C. & Knobel, M. (2003). *New Literacies: changing knowledge and classroom practice.* Buckingham: Open University Press.

23. Moje, E. B. (2008). Foregrounding the Disciplines in Secondary Literacy Teaching and Learning: A Call for Change. *Journal of Adolescent & Adult Literacy, 52*(2), 96-107.

24. Shanahan, T. & Shanahan, C. (2008). Teaching disciplinary literacy to adolescents: Rethinking content-area literacy. *Harvard Educational Review*, 78(1), 40-59.

25. Skutnabb-Kangas, T. & McCarty, T. L. (2008). Key Concepts in Bilingual Education: Ideological, Historical, Epistemological, and Empirical Foundations. In Cummins, J. and Hornberger, N. (eds). *Encyclopaedia of Language and Education*, 2nd edition. Volume 5. New York: Springer, 3-17.

26. Thier, M., Fukuda, E., Knight, S., Sykes, J. and Chadwick, K. (2017). *Alignment and Coherence of Language Acquisition Development in the International Baccalaureate Middle Years Programme.* Education Policy Improvement Center.

27. Williamson, G. L., Fitzgerald, J. & Stenner, A. J. (2013). The Common Core State Standards' Quantitative Text Complexity Trajectory: Figuring Out How Much Complexity Is Enough. *Educational Researcher, 42*(2), 59-69.

附件一

〈新課標閱讀範疇中「理解」能力的六個層次（節錄首三層）〉

課標描述	一級	二級	三級	四級	五級	六級	七級	八級
複述：認讀原文，抄錄詞句，指出顯性的事實。								
摘錄詞句，找出某信息或得出某結論的某事實（依據）。	• 能找出一項獨立的顯性信息，一般只須符合任務中的單一標準，所處理的文本中沒有易混淆的信息。	• 能找出一項獨立的顯性信息，一般只須符合任務中的單一標準，所處理的文本有少量易混淆的信息。	• 能找出一項獨立的顯性信息，一般只須符合任務中的單一標準，所處理的文本有一些易混淆的信息。	• 能找出兩至三項獨立的顯性信息，一般只須符合任務中的單一標準，所處理的文本有一些易混淆的信息。	• 能找出多項獨立的顯性信息，一般只須符合任務中的單一標準，所處理的文本有一些易混淆的信息。	• 能在信息資源中找出一項或多項和任務相關的信息，每項信息符合任務中所要求的多種標準，所處理的文本有不少較易混淆的信息。	• 能夠在眾多不同來源的信息資源中識別和任務相關的多項信息，每項信息符合任務中所要求的多種標準，所處理的文本有不少較易混淆的信息。	• 能夠在眾多不同來源的信息資源中識別和任務相關的多項信息，每項信息符合任務中所要求的多種標準，所處理的文本含有極易混淆的信息或文本中所需的信息不明顯。

課標描述	一級	二級	三級	四級	五級	六級	七級	八級
解釋：用自己的話語概説詞語、句子的表面意思。								
解釋文中詞、句、標點的表層意思（命題意義）。	•對於熟悉的的主題、簡短的文本，能根據上下文和個人經驗推斷生詞和語句的表層意思，但推斷經常有誤。	•對於熟悉的主題、簡短的文本，能結合上下文和個人經驗解釋詞語和句子的表層意思，但推斷偶有錯誤。	•對於主題熟悉、簡短的文本，能結合上下文和個人經驗解釋詞句和常用標點符號的表層意思，基本正確。	•對於主題熟悉和部分不熟悉的文本，能根據上下文和個人經驗推斷生詞、語句和標點符號的表層意思，但不熟悉的主題，在推斷過程中會出現錯誤。	•對於主題熟悉和部分不熟悉的文本，能結合上下文和個人經驗解釋詞句、標點符號的表層意思和深層意思。	•對於熟悉和不熟悉的主題，能根據上下文和個人經驗解釋詞句、標點符號的深層意思，以及不易理解的或結構複雜的詞句的意思。	•能藉助注釋、工具書及閱讀和生活經驗，結合語境解釋詞句、標點符號的深層意思，以及陌生的、或專業的文本中不易理解的，或結構複雜的詞句的意思。	•能讀懂題材廣泛的、具有相當難度的長篇文章，包括能解釋抽象的、結構複雜或充滿俗語的語句的意思。
重整：概括篇章內容，辨識內容關係、表達技巧。								
理清文本的層次和內容關係。	•能理清文本的內容關係，對於淺易文本能分段分層，偶有錯誤。	•能理清文本的內容關係，對於淺易文本能分段分層，基本正確。	•能理清文本的內容關係，對於淺易文本能準確分段分層。	•能理清文本的內容關係，對結構簡單、清晰的文本能分段分層。	•能理清文本的內容關係，對題材熟悉的文本能分段分層，對於複雜的長文本需要簡介方能理清內容關係。	•能理清文本內容關係，對結構複雜的文本有時無法準確分段分層。	•能理清文本內容關係，能對結構複雜的文本分段分層，基本正確。	•能理清文本複雜的內容關係，如觀點與論據，能正確地對文本進行分段分層。
從文本中概括特定信息、表達風格和技巧。	•能嘗試概括淺易的、不同類型文本的主要思想觀點，但偶爾有誤。	•能概括淺易的、不同類型文本的主要思想觀點，基本正確。	•能概括淺易的、不同類型文本的主要思想觀點和特定內容，基本正確。	•能概括主題熟悉，不同類型文本的主要思想觀點和內容大意。	•能概括主題熟悉，不同類型文本的主要思想觀點、內容大意、表達技巧等。	•能概括主題廣泛的、不同類型文本的主要思想觀點、內容大意、表達技巧等，但偶有錯誤。	•能概括主題廣泛的、不同類型文本的主要思想觀點、內容大意、表達技巧等，基本正確。	•能使用不同的閱讀策略正確概括文本的內容大意，不同的文本類型以及不同的表達技巧。

A Case Study of Chinese Language Curriculum Development in International Education at the Primary and Lower Secondary: Development and Analysis of New Curriculum Standards

LAM, Tung Fei   YANG, Bao Ling   CHEN, Ming Jun

Abstract

This paper is a case study that aims to answer the question of "what to learn" in the development of Chinese curriculum standards in the context of bilingual international education. The report shows the method and the process adopted by the case schools to develop school-based standards from Years 1 to 9 with reference to the International Baccalaureate Primary and Middle Year Programs as well as the Common European Framework of Reference for Languages. It further analyzes the changes and theoretical basis of the new curriculum standards in terms of both its learning scope and sequence. It also points out two issues in relation to the application of the standards to learners of Chinese as an additional language and to the language needs associated with interdisciplinary learning, which form the basis for future research and development.

Keywords: *international education, language/literacy development, curriculum standard*

LAM, Tung Fei, Yew Chung Education Foundation, HK.
YANG, Bao Ling, YCYW Education Network.
CHEN, Ming Jun, YCYW Education Network.

從教學目標到評估——
「IBDP 語言 A：語言與文學」新舊課程比較

陳曙光

摘要

2019 年，國際文憑組織（IBO）更新「語言 A」的指南（包括文學、語言與文學及文學與表演藝術三門課程），無論學習目標、教學重點、作者名單及評核內容都與舊版本有很大差別。其中「語言與文學」的教學組成部分由「文化背景／語境中的語言」「語言與大眾傳播」「文學——作品的背景／語境」「文學——批判性研究」（2015 年版）改為「讀者、作者和文本」「時間和空間」「互文性：文本的相互聯繫」（2019 年版），可見兩者在教學設計上出現根本性改變。為了順利推行，IBO 為教師舉辦不少講座及工作坊。新的評估於 2021 年正式實施，原則上能體現新大綱的內容。目前，對於新大綱的研究不多，本文擬以「語言與文學」為對象，透過文獻研究方法，比較新舊大綱以及落實到評估時（試卷一）的異同，分析未來教學的方向。

關鍵詞：語言與文學　評估　文本　互文性

一、引言

國際文憑組織（IBO）於 1968 年成立，目標是培養具備國際情懷的人才，這些人才將具備博愛精神，幫助建立更和平美好的世界。組織期望學習者能具備十種不同的特質（國際文憑組織，2017）。為了達成目標，IBO 目前提供四個不同程度的教育課程，涵蓋小學、中學、大學預科以及職業教育，

陳曙光，香港教育大學中國語言學系，聯絡電郵：cchukwong@eduhk.hk。

其中大學預科課程（IBDP）廣泛獲世界大學認同。IB 課程在香港越來越受歡迎，根據國際文憑組織網頁（2021），目前香港開辦 IB 的學校達到 69 所，提供預科課程的學校有 31 所。報讀學生的人數也一直上升，2021 年 5 月，共有 2,193 名學生報考預科考試，考生成績彪炳，取得滿分的人數達 130 人，佔全球的 11%。可以預見在香港，IBDP 課程會繼續發展，並吸引更多高質素的學生報讀，故此社會也需要培訓更多優秀的教師以應付需求。

IBDP 的學生須在六個學術領域各選修一門學科，當中「語言與文學研究」屬於母語課程（語言 A）；「語言習得」則屬第二語言（語言 B）。語言 A 又分為三門課程，包括「文學」「語言與文學」以及「文學與表演藝術」，學生須任選其一。2019 年，組織公布了最新的課程指南，其中對「語言 A」進行了大規模的修訂。研究指南的改動是理解課程精神的關鍵，也有助設計有效的學與教和師資培訓活動。

二、文獻回顧

以往對於 IB 的研究，可分為宏觀和微觀兩大方向。宏觀方面包括對於 IB 理念的探究、不同程度的課程內容、師資培訓等研究。微觀方面則有對於個別學科的課程、教材、教學內容及評估的研究。理念方面，IB 重視國際情懷，提倡課程的十大培養目標，貫串於所有課程裏，包括積極探究、知識淵博、勤於思考、善於交流、堅持原則、胸襟開闊、懂得關愛、勇於嘗試、全面發展、及時反思。何玉帛（2018）和施仲謀（2019）都以 IB 理念與以孔子為代表的傳統儒家教育思想進行有系統比較。何氏和施氏不約而同指出兩者的共通之處甚多，如 IB 培養「獨立思考」和「國際情懷」，便與孔子「學思並重」和「以天下為己任」的精神不謀而合，可見傳統教育理念仍符合現代社會的需要。相關研究較聚焦兩者相同之處，而兩者差異以及如何做到傳統與現代、中華文化與國際情懷的溝通與對話則仍有待深入研究。宏觀的課程研究方面，蔡雅薰、余信賢（2019）分析了國際文憑組織、培養目標、學與教方法，並聚焦於國際華語教學與小學項目（PYP）、中學項目（MYP）及預科項目的關係以及在教學、教材與評量等重點，是目前較有系統分析 IB 中文教學的專著。師資培訓方面，容運珊（2012）以三位職前受訓教師、兩位在職教師及兩位大學培訓教師為研究對象，發現受訓教師在實習前對 IB 的了解不

足，並提出促進 IB 中文科教師培訓的專業化。施仲謀、王嬋娟（2021）結合 IB 理念及國際漢語教學理論，並以香港教育大學的國際漢語師資培訓課程為例，分析未來 IB 師資培訓的方向。微觀的課程研究方面，針對 IBDP 的研究較少，蔡雅薰主編（2021）的專著收錄了 IBDP 教師教學能力分析、語言 A 及語言 B 的教學實踐案例與研究，主題包括學習方法、修辭教學、意象基模、國際關係及漢字教學等。禹慧靈（2013, 2019）、董寧（2012, 2017, 2018）編寫了一系列的課程學習指導，包括了語言 A 的「文學」「語言與文學」兩門。王怡方（2020）以《莊子》為例，設計 IBDP 的文學課程並研究其成效。吳盈臻（2017）針對「語言與文學」進行實踐研究。昌晶（2020）分析了「文學」的測評內容，認為論文部分能做到由知識轉移至運用，及鼓勵學生探究的興趣，讓閱讀真正的「活起來」。對新大綱的研究方面，王憶蓉、陳靜怡（2021）梳理「語言與文學」新指南的課程重點、改變及未來走向；陳曙光（2021）則梳理 IBDP 和香港中學文憑試的大綱，比較兩者目標、教學內容及評估，分析以培養「國際情懷」為目標的 IB 對「中華文化」本位的香港文學課程有何啟示。總括而言，兩岸三地對於 IBDP 課程的研究仍在起步階段，尤其對新大綱的成果更為有限。評估是課程重要的一環，用以體現課程大綱的落實，目前 IBO 已提供了樣本卷、考生作答示例以及評語，而新的評核也於 5 月及 11 月完成，提供了更多原始材料進行深入研究。

三、研究方法

IB 強調語言 A 的三門課程對語言運用、分析以及批判思維的要求相同，然而由於「語言與文學」兼習非文學文本，而選讀文學文本的數目也較少，往往給人較淺的感覺。本文將以「語言與文學」為對象，以文獻研究方式，比較新舊指南的教學內容及評估的異同，分析重點包括新大綱對三門課程的統整、教學內容與文學理論發展的關係、教學與評估如何培養學生國際情懷及評估是否能配合課程的轉變，進而探討未來學與教和教師培訓的方向。

四、語言 A：「語言與文學」課程的轉變

三門課程有七點共同的宗旨，包括學習不同時間、風格及體裁的作品；

建立細緻的分析及聯繫能力；認識作品的創作和接受情境；理解其他文化觀點等。而各課程都有獨立的宗旨，「文學」的宗旨是「培養學生對各種文學批評技巧的理解力」；「培養學生獨立的文學評判能力並能夠做到言之有據」（國際文憑組織，2011a）。「語言與文學」的宗旨是「培養學生了解語言、文化和背景／語境如何決定著建構作品／材料的意義的方式」；「鼓勵學生對作品／材料、受眾及目的之間的不同互動進行批判性思考。」（國際文憑組織，2015a）可見除了所選讀的作品不完全相同外，兩門課的側重點也略有不同，「文學」著重對文學作品的分析和批評能力。「語言與文學」則更強調文本如何被建構以及解讀，例如對文本與世界、文本與讀者之間的關係進行批判思考等。新大綱統一課程的宗旨為以下八點：1. 品讀來自不同媒介及形式的，出自不同時間、風格及文化的各類文本；2. 培養聽、說、讀、寫、視看、演示和表演技能；3. 培養詮釋、分析和評價技能；4. 培養對正式的或具有美感的文本質量的敏感度，並了解它們如何讓人們產生不同的感受和理解；5. 提升對文本與各種觀點、文化背景以及地區性和全球性問題之間的關係的理解，並欣賞它們是如何讓人們產生不同的感受和理解的；6. 發展對學習語言與文學和學習其他學科之間關係的理解；7. 以自信並富有創造力的方式進行交流及協作；8. 培養對語言和文學的終生興趣，並能享受其中。（國際文憑組織，2019a，2019b）

　　對比新舊大綱，可見課程的宗旨和強調的核心價值基本不變，但也有值得留意的細微改動。新大綱刪去各課程的獨立宗旨，尤其「文學」不再刻意強調文學的批評能力，使「文學」和「語言與文學」的教學方向趨向同質化，顯示 IBO 對文學與非文學的理解及統一各課程要求和難度的決心。其次，舊大綱雖然在所需技能部分提到「視看」，但宗旨只集中於書面和口語溝通技能。隨著數碼科技日益進步，新的平台（如抖音、WhatsApp、Instagram）興起，人與人的交流和溝通方式也出現了重大變化，新世代也不習慣單純以文字溝通或進行創作，而會加入大量表情圖標（emoji）或圖像。靖鳴（2020）研究表現符號的社會功能及傳播機制，指出表情符號弱化了文字表達，視覺化和未規範化的符號也造成不同年齡和不同文化的隔閡，而符號系統的出現衝擊了傳統的溝通方式。衣若芬（2020a）從「圖像」「形象」「意象」三方面分析，指出圖文結合的「文圖學」對於古典文學頗有裨益。如何結合文字、語言、相片、圖像、視頻以至身體語言等形式進行有效溝通；新表達形式的出現如

何與傳統文本對話和互動都是未來值得探索的方向。新大綱的宗旨加入了視看、演示及表演技能，實現表達形式多樣化，能回應當前社會的需要。IB 對文本的包容程度向來甚高，只要可以提取信息的任何材料都可視為文本，例如圖像、媒體、電子材料和口頭文本，甚至接受模仿性或惡搞作品為非文學文本（國際文憑組織，2019a，2019b）。而中國內地和香港課程仍以學習傳統經典為主，而且採取「詳遠略近」的原則，特別重視學習古典作品而忽略現當代文學。尤其作為必修的中國語文科，2018 年起重新加入範文評核，悉數是文言篇章，這往往令學生失去學習語文及文學的興趣和動機。IB 對於文本的理念和課程設計有值得借鑒之處。新大綱強調文化背景與地區及全球性問題、語言文學與其他學科的關係等，都呈現 IBDP 正在致力打破不同學科、不同地域的界線，建立真正屬於國際的課程。

為了落實宗旨，新的教學綱要亦有大幅修訂。舊大綱的「文學」分為「翻譯作品」「精讀作品」「按文學體裁編組的作品」和「自選作品」四部分，精讀與文學體裁作品必須是本國語言的文學作品；「語言與文學」則分為「文化背景／語境中的語言」「語言與大眾傳播」「文學——作品的背景／語境」及「文學——批判性研究」。各部分分工明晰，前兩項屬於語言範疇，資料來自各種資料和媒體，而且多從語言傳播的角度分析，較少文學元素；後兩項則屬文學範疇，需在指定作家名單選取作品，學生必須兼選本國及翻譯文學作品，以平衡全球性和地域性。對學生技能的要求方面。除了相關的語言技能外，「語言與文學」只要求能對文本作精細的分析，而「文學」則需要學生掌握各種文學批評的方法以及文學創作的各種手法，可見兩科仍相對獨立。新大綱卻統一了兩科的教學組成部分，歸入「讀者、作者和文本」「時間與空間」「互文性：文本的相互關係」三大範疇。1953 年，美國學者艾布拉姆斯（Meyer Howard Abrams）提出文學由作品、世界、作家和讀者四個重要元素構成。作品與其他元素的關係分別形成模仿理論（世界）、表現理論（作家）、實用理論（讀者），至於關注作品本身則形成客觀理論，這對文學批評理論發展產生巨大的影響（艾布拉姆斯著，酈稚牛、張照進、童慶生譯，2015）。劉若愚（2006）則在此基礎上建構由世界←→作者←→作品←→讀者←→世界的雙循環系統。新大綱首兩項正是回應文學四元素之間的關係，學生須理解文本的細節，了解作者創作的各種方式以及不同背景的讀者在建構、詮釋作品時所

起的作用；也會把作品放回「世界」的脈絡裏，分析文化和歷史背景對文本產生和理解的重要性，探究在不同的時代與地域裏，不同文本如何被創造和閱讀，甚至同一文本在不同的時空如何獲得新的解讀和詮釋。至於「互文性」則由法國學者克里斯特娃於 1969 年首先提出，她認為任何文本都由其他文本交錯和拼貼而成（薩莫瓦約著，邵煒譯，2003）。互文性對於現代文學理論研究的影響極大，它打破了文學原創性等觀念，也不再簡單地將文本視為獨立和內部自足。學者透過比較研究，力圖發掘文本之間存在的複雜關係，當中有明顯的因襲、引用，也有隱性的影響，令文本的詮釋變得更複雜和多樣化。在這個主題下，新大綱要求教師帶領學生共同設定並探究一系列作品，分析相同體裁、主題、概念以致典故的引用如何影響文本之間的關係和詮釋意義。新大綱以同一教學概要處理兩門課程，不再強調學習重點的差異，兩者的差異只在於「語言與文學」兼習「非文學」材料，而選讀文學作品的數目也較少。然而，即使「非文學」作品也能以相同的文學理論分析，令「文學」和「非文學」作品之間的界線更為模糊，體現對兩科的要求更趨一致。

國際情懷是 IB 的核心價值，國際文憑組織（2017）把其定義為具有多種含義的思維方式，要了解世界並對世界持開放態度；也要承認人與人之間存在相互關係。IB 課程透過探究式學習、多語學習、參與世界性的社區服務等，讓學生具備國際視野；反思自己與他人的觀點、文化和身份，可見國際情懷兼及知識、技能和情感。人類既是命運共同體，互相依存，但彼此存在不同程度的差異，人類應該尊重這種多樣性，並且共同合作，建立和平和美好的世界。安德森指出語言對建構共同體有舉足輕重的影響，尤其主導「民族意識」的孕育（安德森著，吳叡人譯，2011）。「語言與文學」的舊教學大綱裏「文化背景／語境的語言」分析語言如何影響世界及塑造個體和群體認同，例如探討語言與群體、語言與權力、語言與性別的關係等，有助學生理解語言背後的運作機制及其影響力，從不同維度理解語言的功能和其所引起的紛爭，有助培育學生的國際視野和情懷。新大綱不再獨立劃分語言及文學兩部分，而在「時間和空間」部分強調研究語言的背景及各種文本如何反映和塑造社會的各種方式，令學生得以考慮各種個人和文化的觀點，認識本地與全球互相聯結的複雜關係。這既與舊版本互相呼應，也進一步落實宗旨裏對於地區性和全球性問題的關注。新舊大綱都另闢專節討論語言與文學和國際情懷

的關係，內容相同，提及學生透過閱讀不同語言表達世界的方式建構身份認同和尊重其他文化。舊大綱高級課程須選讀六部作品；普通課程則為四部，其中至少一部屬於翻譯文學。新課程選讀作品數目不變，高級課程必須涵蓋《指定閱讀書單》裏三種文學體裁、三個不同時期和至少兩個洲三個國家或地區，其中最少有兩部翻譯作品；普通課程則涵蓋兩種體裁、時期和地區，其中最少一部翻譯作品。新課程不單增加了翻譯文學的佔比，更要求學生檢視來自不同大洲、不同文化觀照世界的方式以及他們關心的議題等，進一步拓寬學生的國際視野和培養對遠方世界的關懷。

　　IB 在制定《指定書單》時，已盡力保持古典與現代、各種方言以及性別的平衡。原來的《指定書單》分為詩詞、散文、長篇小說和中短篇小說四種體裁；新的分類則為詩歌、戲劇、虛構文學和非虛構文學，更新增了繪本小說作為子分類，收錄了接近十位繪本家，他們的風格也多樣化，如幾米、王澤主要是原創作品，蔡志忠、夏達等則多把傳統經典改編為漫畫；又在詩歌部分收錄了崔健的歌詞。文學作品一向以文字表達為主，繪本小說並非傳統意義上的文學，甚至受文學界的輕視。然而，不少傳統文學都是由通俗文學發展而成，《詩經》《樂府》多是當時低下階層的民歌，內容多是歌頌勞動生活或揭示現實黑暗等；宋詞本來只於青樓樂坊流行，早期內容多與飲宴、離別等相關，後來因為文人加入填寫才進入文學的殿堂；小說、戲曲更是一直於民間流行，直到近代，武俠小說仍受到正統文學界的排擠，唯這些作品現在都已經成為文學的一部分。《指定書單》加入繪本小說，代表對通俗文學的重視，甚至是對文本／作品定義的反思，意義重大。而且，繪本小說的表達形式較為輕鬆活潑，容易吸引學生閱讀。學生也可以研究圖片與文字之間的關係、繪本改編與原著的互文性以致不同文化對於繪本處理手法的異同等，使文學不致脫離生活。此外，舊《指定書單》的當代文學以中國大陸和台灣為主，香港作家只有六位，分別為西西、李碧華（中短篇小說）、高陽、金庸（長篇小說）、小思及董橋（散文），而詩歌更完全沒有香港作家，其他華人地區的文學作品更少。新《指定書單》的香港作家多達 19 位，包括科幻小說作家倪匡、兒童文學作家阿濃、詩人飲江和也斯等。這可能與香港近年修讀 IBDP 學生數目上升有關，在大華語的系統內，同時關注個別地區關心的主題和表達手法的差異，貫徹 IB 兼顧同一語言區內各種方言的理念。

五、評估

評估是課程的最後一環，用以評核學生的表現及教學的成果，由於新課程的教學宗旨和教學內容均有變化，評估目標亦須作相應的調整。舊大綱的評估目標分為「知識與理解」「運用與分析」「綜合和評價」及「選擇並運用適當的表達形式和語言技能」，當中有兩細項只適用於高級課程，都與撰寫具批判性的文章有關，以配合高級課程書面作業的要求。新大綱與「文學」採用完全相同的目標，分為「了解，理解和詮釋」「分析和評價」及「交流」，相對提升了對文學分析的要求，如需理解各種文學、文體、修辭、視覺／表演手法的要素、技巧運用和效果。過往只有「文學」要求學生提交反思陳述及文學論文，「語言與文學」則只需提交書面作業和簡短提綱，兩者無論字數、難度要求均不同。新大綱統一評估目標後，兩學科的核估項目完全相同，普通課程和高級課程都必須應考有引導的分析（試卷一）和比較論文（試卷二），而且考核的時間也完全相同，分別只在於試卷一的選文是否屬於文學文本。另外。普通課程不再要求提交書面作業，高級課程則須提交 1,450 — 1,800 字論文，以拉大兩者的難度差異。

試卷一是「語言與文學」的特色，所選的題材都是非文學文本，新大綱的實施會否影響評核的內容非常值得研究。茲將近年普通課程試卷一試題臚列如下：

年份	材料	題目
2021 年 11 月	1. 百年涼茶店歲晚結業，三代人獨沽廿四味，告別春園街鄰里，回味苦甘情懷。（《星島日報》）	1. 試論本文如何表達變與不變的主題。
	2. 人工智能給人們帶來的利弊（《人工智能的趣事》）	2. 試論本文中偏見的運用及其效果。
2021 年 5 月	1.《淄博日報》廣告	1. 討論本廣告如何使用不同元素達到宣傳效果。
	2. 我們最大的恐懼：數據失控，成為透明人（《南方週末》）	2. 評論專欄以何種說服讀者的技巧來呈現作者的觀點。
樣本卷	1. 飢餓扶貧體驗何必「凡事必疑」（《湖北日報》）	1. 語言使用如何有助於表達作者觀點？
	2. 香港集體的回憶：雪糕流動車——富豪雪糕（Hong Kong D）	2. 文字內容和視覺元素如何結為一體，使文章具有特定的語調？

年份	材料	題目
2019 年 5 月	1.《未斷奶的民族》（孫隆基）	1. 討論作者如何利用寫作技巧來闡述及發展其論點。 對這篇文本的中心思想的展現，以及對不同受眾所可能產生的不同效果，有什麼看法？
	2.《明報》（2018 年 4 月 5 日）	2. 談論這篇文本如何挑戰受眾去重新思考他們的原有想法。 討論這篇文本如何呈現主人翁，以及其呈現方法如何使得文本更具說服力。
2017 年 5 月	1.「中國式過馬路」是規則失範的縮影（唐吉偉德）	1. 討論作者如何論述他的個案和如何說服受眾接受他的論點。 試論作者如何運用風格和語言技巧來表達他的含義，及其所達到的效果。
	2. 父親追憶，完成心願。追賊學生化身遊戲人物（《星島日報》2016 年）	2. 作者如何運用其敘述角度來呈現文本中的事件，以及對受眾產生的效果。 討論文本如何展示對吳宏宇和他的行動的不同觀點。
2016 年 5 月	1. 沒來的請舉手（《網易博客》）	1. 作者怎樣通過一系列的手法，表達了對什麼社會問題的深切關注？ 作者如何在行文中展現了自身的價值觀並以此影響受眾？
	2. 消除職業倦感的 10 個 tips（《三聯生活周刊》）	2. 作者如何通過語言風格和行文形式有效傳達了觀點和意見？ 圖片與內容的配合使用如何彰顯了文章的內涵？
2015 年 5 月	1. 一條吞掉自己的大蛇（《南方週末》）	1. 作者通過怎樣的文章結構逐步揭示所要討論的問題並闡明自己的主旨？ 作者在文章中利用哪些語氣、意象或論證方式表明了自己的態度和觀點？
	2. 霧霾天氣頻襲，敲響中國經濟轉型警鐘（《中國金融信息網》）	2. 文章的段落結構和論述方法對讀者認識理解核心信息起了哪些有效的作用？ 作者如何通過資料、語氣、詞彙和句式等寫作手段強調了問題的相關和嚴重。

資料來源：國際文憑組織

　　從上表可見，2019 年以前偶然還會選用較為學術文章或文學作品擬題，而新課程的樣本卷和兩次考核都選取了報章、廣告等日常生活可見的文章。

在題材上「非文學化」頗為明顯。然而，考題設計的精神卻仍然一致，例如討論「變與不變」的主題、視覺元素與作品語調的關係，都是要求考生以文學評論的角度分析非文學文本。值得注意的是，以往高級課程和普通課程的試卷，考生須在兩題任選一題作答，高級課程每題均設兩篇文本，考生須撰寫比較分析；普通課程每題只有一篇文本，考生只須撰寫分析，可見兩卷的難度並不相若。新評核兩課程的題目完全相同，分別在於普通課程考生只須答一題而高級課程則兩題全答，可見兩者難度相同，只是作答量的分別。考卷每道題目由兩問改為一問，對考生分析能力、闡述能力的要求進一步提高。首席閱卷人對樣本卷的評語（國際文憑組織，2019c）也透露了擬題理念和考生表現，考官強調所選取的材料並非完美的範文，這反映互聯網時代文字精粗混雜的情況，選材也正在考核考生篩選閱讀的能力。不少試答樣卷考生大肆讚美選材的內容及手法，甚至以糟粕為精華，暴露其分析力不足的問題。此外，首席閱卷人也強調不同文本甚至文類之間相通之處甚多，考卷並非要求學生背誦手法或專用名詞，而要分析文字帶出或隱藏的信息，考生只須具備分析和寫作能力，則能用以分析不同類型的文本。可見 IB 在擬題時充分回應現代社會的處境和面對的難題。

六、總結及建議

本文以「語言與文學」新大綱為中心與舊大綱作縱向對比，同時與「文學」作橫向比較，有以下數點值得留意：

1. 新大綱有意統整「文學」和「語言與文學」兩學科，不論從課程宗旨、教學大綱以致評核的目標和方法都越趨接近，分別只在於課程是否研究非文學文本，「語言與文學」的文學元素提升，更符合兩學科的難度和思維方法相同的目標。

2. 以往兩學科的教學重點差異較大，新大綱同樣分為「讀者、作者和文本」「時間和空間」及「文本的相互聯繫」，兼及文學評論的不同維度，其中「時間和空間」關注作品的文化和歷史背景對文本生成和詮釋的影響以及如何反映和建構文化等議題，有助學生從本國語言和文化以外的角度思考，培養國際情懷。

3. 新大綱的教學架構相近，而且探究的主題和方法也相同，淡化語言與文學的分別；《指定書單》加入了崔健的歌曲和繪本小說，使教師在選擇文本時更具彈性，也令課程對學生而言更具吸引力。評核時即使選材來自非文學文本，也引導學生從文學角度作為評論的切入點，各種設計都在模糊文學和非文學的界線，令文學走進生活。

4. 新大綱要求選讀更多翻譯文學作品，且必須來自不同大洲和地區，學生能認識不同文化所關注的主題和文學表現手法的異同；《指定書單》除了中國內地和台灣外，大量增加了香港作家，部分作家更同時具有兩個地域的身份，嘗試兼顧地域性和世界性議題。

5. 新評核的公開評核部分嘗試重整高級課程和普通課程，以論文作為區分難度的主要手段，至於試卷一和二則統整成為只有量差而非質差的考核，對兩者學生分析能力的要求更為一致。有引導的文本分析題目減少，考生需更深入分析。無論宗旨、教學和評估目標都強調了「視看」能力，目前所見新大綱下試卷一選材更趨日常化，都體現了「文學生活化」的理念。

新大綱對「語言與文學」的要求較以往更高，學生既須閱讀更多不同地域的作品，並對不同文化有深刻的理解；也須具備不同的文學知識和批評技巧，用以評論文學和非文學文本。IB 課程一直提倡探究式學習，探討不同的主題；學生須具主動性，實現學習自主化，並且對特定題目進行深入和獨立的研究。這與中國傳統語文教學重視講授、練習大相逕庭，對教師的要求也非常高。在培訓 IB 的教師時也須作相應的調整，筆者認為教師首先須認同 IB 的理念，他們本身也應該是成功的 IB 學習者，具備國際情懷和十種特質。知識方面，教師不單要熟悉本國的文學，也要涉獵其他地區的文學議題和表達手法。國際文憑組織（2020）要求教師將全球性問題納入學習與教學，如殖民主義、宗教與性別平等、世界貿易不平等。以往的培訓更多集中提升教師的語言能力和文學技巧，未來有必要更重視文學批評和文化理論，如形式主義、馬克思理論、讀者反應理論等，這部分的訓練有待加強。技巧方面，教師應避免單向式的傳授，應營造自由開放的氣氛，鼓勵學生勇於發表意見。新評核對教師批改準確性的要求也再次提高，教師必須定期參加培訓，才能掌握標準。

本文並未進行個案研究，分析課程落實時的情況、教材與評估的關係；

也未有觸及新課程與核心課程，如知識論的關係等。而受疫情影響，2020 年的 IBDP 考試史無前例地取消，2021 年「語言 A」也取消了試卷二，目前對於該卷所知的不多。這些都是本文研究的限制，隨著新課程的實施，未來有必要繼續研究教學大綱、課堂、教材與評估之間的關係，方能改善學與教和教師培訓。

參考文獻

1. 安德森著，吳叡人譯（2011）:《想象的共同體：民族主義的起源與散佈》，上海：上海人民出版社。
2. 艾布拉姆斯著，酈稚牛、張照進、童慶生譯（2015）:《鏡與燈：浪漫主義文論及批評傳統》，北京：北京大學出版社。
3. 蔡雅薰主編（2021）:《IBDP 國際文憑大學預科中文教學實踐與研究》，台北：新學林出版社。
4. 蔡雅薰、余信賢（2019）:《IB 國際文憑與中文教學綜論》，台北：新學林出版股份有限公司。
5. 昌晶（2020）:讓閱讀「活起來」──國際文憑大學預科項目「語言 A：文學課程」測評綜述，《語文教學通訊》，10，頁 77─80。
6. 陳曙光（2021）:IBDP 語言 A：文學指南（2019 年版）對香港中學文憑試文學課程的啟示，第六屆國際漢語教學研討會暨工作坊論文。
7. 董寧（2012）:《國際文憑大學預科項目中文 A 文學課程指導》，香港：三聯書店（香港）有限公司。
8. 董寧（2017）:《國際文憑大學預科項目中文 A 課程文學術語手冊（繁體版）》，香港：三聯書店（香港）有限公司。
9. 董寧主編（2018）:《國際文憑中學項目語言與文學》，香港：三聯書店（香港）有限公司。
10. 國際文憑組織:《中文 A 指定作家名單》，載於 https://ibpublishing.ibo.org/prl/?lang=en。
11. 國際文憑組織（2011a）:《語言 A：文學指南（2013 年首次評估）》，取自 www.ibo.org。
12. 國際文憑組織（2011b）:《中文 A（繁體字）指定作家名單》，取自 www.ibo.org。
13. 國際文憑組織（2015a）:《語言 A：語言與文學指南（2015 年首次評估）》，取自 www.ibo.org。
14. 國際文憑組織（2015b）:《國際文憑大學預科項目指南》，取自 www.ibo.org。
15. 國際文憑組織（2017）:《什麼是國際文憑教育》，取自 www.ibo.org。
16. 國際文憑組織（2019a）:《語言 A：文學指南（2021 年首次評估）》，取自 www.ibo.org。
17. 國際文憑組織（2019b）:《語言 A：語言與文學指南（2021 年首次評估）》，取自 www.ibo.org。
18. 國際文憑組織（2019c）:《語言 A：評估過的學生作業》，取自 www.ibo.org。
19. 國際文憑組織（2020）:《語言教師參考資料（2021 年首次評估）》，取自 www.ibo.org。
20. 何玉帛（2018）:IB 精神和儒家經典竟如此相似，載於 https://www.gushiciku.cn/dc_hk/104872490。
21. 劉若愚（2006）:《中國文學理論》，南京：江蘇教育出版社。
22. 靖鳴（2020）:顏文字：讀圖時代的表情符號與文化表徵，《西南民族大學學報》（人文社會科學版），11，頁 149─155。
23. 薩莫瓦約著，邵煒譯（2003）:《互文性研究》，天津：天津人民出版社。
24. 容運珊（2012）:《香港國際學校 IB 中文科教師的知識建構：多個個案研究》，香港大學教育碩士論文。
25. 施仲謀（2019）:IB 教學理念與孔子教育思想比較，《國際中文教育學報》，6，頁 85─111。

26. 施仲謀、王嬋娟（2021）：IB 理念與漢語教學的培訓課程研究：以香港教育大學為例，《國際漢語教學研究》，2，頁 13—19。

27. 吳盈臻（2017）：《IBDP 中文 A 語言與文學之課程個案研究》，國立台灣師範大學華語文教學研究所碩士論文。

28. 王憶蓉、陳靜怡（2021）：IBDP 中文 A 課程現況探討：2019 年版中文 A「語言與文學」指南，第六屆國際漢語教學研討會暨工作坊論文。

29. 王怡方（2020）：《IBDP 中文 A 文學課程研究與設計——以莊子作品為例》，國立台灣師範大學國際與社會科學學院華語文教學系碩士論文。

30. 衣若芬（2020a）：圖像‧形象‧意象：當中國古典文學研究遇到文圖學，《文學論衡》，36，頁 79—91。

31. 衣若芬（2020b）：《春光秋波：看見文圖學》，南京：南京大學出版社。

32. 禹慧靈（2013）：《國際文憑大學預科項目中文 A 語言與文學課程學習指導》，香港：三聯書店（香港）有限公司。

33. 禹慧靈（2019）：《IBDP 中文 A 語言與文學課程學習指導》，香港：三聯書店（香港）有限公司。

From Teaching Objectives to Assessment - A Comparison of the Old and New "IBDP Language A: Language and Literature" Courses

CHAN, Chu Kwong Alex

Abstract

In 2019, the International Baccalaureate Organization (IBO) renewed the "Language A: guide" (including Literature, Language and Literature, Literature and Performance). There are significant differences between the new and old editions, including the learning objectives, teaching focus, author list, and assessment. The syllabus components of Language and Literature are changed from "Language in cultural context", "Language and mass communication", "Literature-texts and contexts", "Literature-critical study" (2015 edition) to "Readers, writers and texts", "Time and space", and "Intertextuality: connecting texts" (2019 edition). It marks that there are fundamental changes in teaching curriculum and design. In order to implement it smoothly, IBO organizes many lectures and workshops for teachers. The new assessment is formally implemented in 2021, and in principle, it can reflect the content of the new guide. At present, there are few research studies on the new syllabus. This article intends to focus on "language and literature" as the research object. Through literature research methods, this study compares the similarities and differences between the old and the new syllabus and the external assessment (paper 1), and analyzes the direction of future teaching.

Keywords: *language and literature, assessment, texts, intertextuality*

CHAN, Chu Kwong Alex, The Education University of Hong Kong, HK.

IBDP 語言與文學研究課程新大綱管窺—— 從 2019 年版《國際文憑指定閱讀書單》說起

彭振

摘要

在 IBDP 語言與文學研究課程中，《國際文憑指定閱讀書單》對於文學部分教學內容的選擇和確定，具有重要的參考和指導意義。從 2019 年新版的《國際文憑指定閱讀書單》來看，不論是作品的界定、分類方式還是數量，較之舊版書單都發生了巨大變化。從書單的變化中，可以窺見 2019 年版語言與文學研究課程指南呈現出的課程理念的發展變化。本論文擬通過對新版書單的簡述及對書單中重點推薦作家的分析，指出新版大綱的基本特點及新綱變化背後的深層原因，並提出應對這些變化的建議。

關鍵詞：語言與文學研究　IBDP 大綱　指定閱讀書單　課程發展

2019 年，IBDP 課程第一組別語言與文學研究課程中的文學和語言與文學課程，都開始啟用新的大綱。較之 2011 年版的舊大綱，新大綱從課程構成到評估方式等都發生了一些改變，但要求研習一定數量的文學作品這一基本要求沒有變。構成課程的三大探索領域（讀者、作者和文本，時間和空間，互文性）和驅動課程的七個核心概念（認同、文化、創造力、交流、觀點、轉化、呈現），都需要落實到具體文本或者作品的研習中。比如文學課程的普通和高級水平課程就分別需要研習至少 9 部和 13 部文學作品。為了配合語言與文學研究課程的教學，國際文憑組織也制定了一份涵蓋不同時期、地區和語種的新版《國際文憑指定閱讀書單》。從這份新書單的基本特點，尤其是它與舊書單的不同之中，也可以窺見新大綱在課程理念方面的一些新變化。

彭振，中國常熟世界聯合學院，聯絡電郵：zhpeng@uwcchina.org。

一、《國際文憑指定閱讀書單》概況

跟中國內地高中語文課程強調整本書閱讀卻沒有對「整本書」作出明確界定不同，語言與文學研究課程對「作品」有非常清晰地界定：「單獨的一部長篇文學文本，例如一部小說、自傳或傳記；由兩篇或多篇中篇小說構成；由 5—10 個短篇故事構成；由 5—8 篇雜文構成；由 10—15 封信函構成；由一首長詩的主要部分，或一首完整的長詩（至少 600 行）構成；或由 15—20 首短詩構成。將多篇文本當做一部作品的組成部分學習時，他們必須是由同一位作者創作的，並且屬於一種文學體裁的同一子類別。」（國際文憑組織，2019c，頁 26）這一針對「作品」所包含的文體類型及不同文體作品的篇目數量和容量的限定，不僅明確了教學的內容，也可確保不同類型「作品」所需的教學時間是大致均衡的。

弄清楚了「作品」的定義，再來看看新綱書單和舊綱書單有何不同。舊綱書單分兩類，一類是翻譯文學作品名單（Prescribed literature in translation list），其中有包括中文作品在內的來自不同時期、民族和地區的近千部作品可供選擇；另一類則是用本國語言（中文）寫作的指定作家名單（Chinese A: Prescribed list of authors），包括從古至今的一百多位中國作家。而配合新大綱推出的《國際文憑指定閱讀書單》（Prescribed Reading List）整合了原有的兩類書單，不再限定具體作品，是一份涵蓋了 55 種不同語種、跨越五大洲不同國家和地區、貫穿古今的可線上檢索的作家名單，其中中文作家有 263 位，英語作家 288 位，法語作家 235 位，西班牙語作家 264 位，德語作家 228 位，日語作家 194 位。[1] 舊書單只是一份靜態的作家名錄文檔，而新書單則存在於一個可供設置關鍵字進行查詢檢索的線上網站中。

新的指定閱讀書單所對應的文學體裁類型包括四種：虛構文學（Fiction）、非虛構文學（Non-Fiction）、詩歌（Poetry）、戲劇（Drama）。這種分類有別於之前書單按照詩歌、戲劇、小說（短篇，中長篇）、散文來分的方式，尤其是虛構和非虛構的文體界定，賦予了書單包容不同作家創作多樣性的更大可能。而在子類別中又有細分，非虛構文學包括了傳記和自傳等，虛構文學包括了長篇、中短篇小說和繪本小說等等各種不同類型。歌詞和繪本

---

[1] 本文所提及的書單信息均由筆者整理自國際文憑指定閱讀書單網站 https://ibpublishing.ibo.org/prl/index.html

小說被收錄為文學文本，使得傳統的文學體裁類型變得更加豐富多樣。值得一提的是，指定閱讀書單上列出的作家所寫的任何體裁的作品，都可以被選擇來研習。以「作家」而不是「作品」來指引研習作品的選擇，加上作家所寫作品的「不限定性」，這種方式賦予了新書單幾乎有無限選擇的可能性，使得具體教學內容的建構更加具有自主性和靈活性。

雖然書單涵蓋的範圍廣泛，單個作家或單部作品的選擇可以有無限多的可能性，但當不同文學作品組合在一起構成教學內容的時候，作品涵蓋的體裁、時期和地區等，還必須達到相應的要求。具體要求見表1：

表 1

課程	水平	作品數	翻譯作品《指定閱讀書單》	母語作品《指定閱讀書單》	自選作品 不限書單	探索領域一 讀者、作者和文本	探索領域二 時間和空間	探索領域三 互文性
文學課程	高級	13 部	4 部	5 部	4 部	≥ 3	≥ 3	≥ 3
			4 種體裁、3 個時期、至少 2 個洲的 4 個國家或地區					
	普通	9 部	3 部	4 部	2 部	≥ 2	≥ 2	≥ 2
			3 種體裁、3 個時期、至少 2 個洲的 3 個國家或地區					
語言與文學課程	高級	6 部	2 部	2 部	2 部	≥ 2	≥ 2	≥ 2
			3 種體裁、3 個時期、至少 2 個洲的 3 個國家或地區			學習文學作品和非文學文本時間要相等		
	普通	4 部	1 部	1 部	2 部	≥ 1	≥ 1	≥ 1
			2 種體裁、2 個時期、至少 2 個洲的 2 個國家或地區			學習文學作品和非文學文本時間要相等		

關於書單，需要注意的另一點，就是新綱不再有所學作品與相應考核形式的嚴格對應。比如在文學課程的舊大綱中，第一部分「翻譯作品」對應的評估是書面作業（Written Assignment），第二部分「精讀作品」對應的是個人口頭評論（Individual Oral Commentary），第三部分按體裁編組作品對應的是試卷二（Paper2），第四部分自選作品對應的是個人口頭表達（Individual Oral Presentation）。而在新大綱中，不論是試卷一、試卷二和個人口試，還是高級

課程論文，都沒有跟構成課程的三大領域（讀者、作者與文本，時間與空間，互文性）直接對應。只要不重複在不同評估中使用同一部作品，所學作品都可以運用在不同考核中。這也使得針對每一部作品的學習，可以有多種不同的評估和訓練形式。具體的評估構成見表 2：

表 2

			文學		語言與文學	
			HL	SL	HL	SL
校外評估	卷一	題型	有引導題的文學分析	有引導題的文學分析	有引導題的文本分析	有引導題的文本分析
		文本類型	文學文本	文學文本	非文學文本	非文學文本
		篇數	2	1	2	1
		時長	135 分鐘	75 分鐘	135 分鐘	75 分鐘
		分值	40 分	20 分	40 分	20 分
		比重	35%	35%	35%	35%
	卷二	類型	比較論文	比較論文	比較論文	比較論文
		題數	4 選 1	4 選 1	4 選 1	4 選 1
		時長	105 分鐘	105 分鐘	105 分鐘	105 分鐘
		分值	30 分	30 分	30 分	30 分
		比重	25%	35%	25%	35%
	高級課程論文	類別	針對課程中學過的一部文學作品	無	針對課程中學過的一部非文學作品集或一部文學作品	無
		篇幅	1500—1800 字		1450—1800 字	
		分值	20 分		20 分	
		比重	20%		20%	
校內評估	個人口試	作品要求	一中 一外	一中 一外	一文學 一非文學	一文學 一非文學
		篇幅	節選	節選	節選	節選
		要求	通過學的兩部作品的內容和形式，考察所選全球性問題的呈現方式		通過學過的一部作品和一部作品集，考察所選全球性問題的呈現方式	
		時長	15 分鐘（10 分鐘表達＋5 分鐘提問）		15 分鐘（10 分鐘表達＋5 分鐘提問）	
		分值	40 分	40 分	40 分	40 分
		比重	20%	30%	20%	30%

二、《國際文憑指定閱讀書單》中的重點推薦作家

縱觀整個書單，「國際文憑組織努力爭取在較傳統和較新穎的意見之間取得平衡，並包括來自盡可能多的地區的作家。為了確保較新穎的文學形式得到代表，一些耳熟能詳的作者被排除在外。」（國際文憑組織，2019b，頁16）而在另一方面，大綱也給出了關於不同語種作家選擇的建議，即「建議每個語種至少探索6位作家的文學作品。教師們可以決定是否遵循這一建議。」（國際文憑組織，2019c，頁25）因此，在數以萬計的作家名單中，每個語種又有六位重點推薦作家。雖然這個佔比極小，但從推薦作家中還是可以窺見一些傾向性。這裏就以漢語、英語、法語、德語、西班牙語、俄語和日語這七種不同語種對應的重點作家為例，來看看這批被重點推薦的作家名單（表3）有何特點。

表3

漢語	英語	法語	德語	西班牙語	俄語	日語
關漢卿	艾米麗·勃朗特	巴爾扎克	貝托爾特·布萊希特	豪爾赫·路易斯·博爾赫斯	果戈里	川端康成
王安憶	海倫·奧耶耶美	安娜·埃貝爾	弗里德里希·迪倫馬特	卡米洛·何塞·塞拉	列夫·托爾斯泰	三島由紀夫
余華	阿蘭達蒂·洛伊	莫泊桑	馬克斯·弗里施	費德里科·加西亞·洛爾迦	契訶夫	村上春樹
張愛玲	喬治·桑德斯	莫里哀	埃爾弗里德·耶利內克	加夫列爾·加西亞·馬爾克斯	葉甫蓋尼·扎米亞京	夏目漱石
北島	威廉·莎士比亞	列奧波爾德·塞達·桑戈爾	丹尼爾·凱曼	加夫列拉·米斯特拉爾	米·布爾加科夫	大江健三郎
魯迅	蒂姆·溫頓	瑪格麗特·尤瑟納爾	尤麗·策	馬里奧·巴爾加斯·略薩	瓦西里·舒克申	吉本芭娜娜

首先，20世紀以來的當代作家更受青睞。42位重點推薦作家中有25位生活在20世紀，有17位生活到21世紀，最年輕的作家是出生於1984年的海倫·奧耶耶美。而縱觀整個書單，當代作家也是明顯佔據大頭，比如書單中的中文作家就有超過70%來自20世紀以後。從教學準備的角度來說，這要求教師對於全球範圍內的當代文學最新進展要有關注和敏感，尤其是新銳的

青年作家以及最新的文學創作潮流等等；從教學實操的角度來看，一方面和學生距離比較近的作品易於激發學生共鳴，另一方面由於很多當代作家作品的經典性尚在「沉澱」中，這也有利於檢驗學生對文本品質的敏感度。

其次，傳統文學史意義上的經典作家依然佔據重要地位。如果以著名文學獎項作為參照，上述重點推薦作家中獲得諾貝爾文學獎的西班牙語作家有四位、日語作家有兩位，其餘還有「英國布克獎」「美國國家圖書獎」「邁爾斯・弗蘭克林獎」「麥克亞瑟天才獎」獲得者若干。如果就文學史意義上的傳統經典作家而言，像莎士比亞、巴爾扎克、莫泊桑、列夫・托爾斯泰、契訶夫等等，在重點推薦作家中佔比也頗高。在整個書單中，這些經典作家如同「定海神針」，確保了文學課程的文學性。在幫助學生把握文學的性質和各種文體的特徵、培養高水準的閱讀品味方面，這些經典作家依然具有不可替代的重要作用。這一點也特別需要教師在作品選擇時留意。

再次，有跨文化背景，有跨行業或者多文體創作經歷的作家更受矚目。從文化背景來看，所推薦的重點作家中，有相當一部分具有多重文化背景並掌握多種語言，出生和成長經歷跨越多個不同國家與地區。比如有秘魯和西班牙雙重國籍的略薩，生於尼日利亞、成長於倫敦的海倫・奧耶耶美，瑞士的德語作家狄倫馬特，有著英國血統的阿根廷作家博爾赫斯，出生於加拿大法國移民家庭的安娜・埃貝爾等等。跨文化背景的經歷，使得這些作家的創作在展示文化衝突與融合、身份認同等方面往往更加深刻。對於強調全球性問題和概念驅動教學的新課綱而言，這些推薦作家大大降低了教師在自行搜尋合適作家作品時的難度。從創作偏好來看，所推薦的重點作家中有相當數量的作家創作聚焦於性別、種族、政治、宗教等全球性問題，他們個人經歷豐富，創作的文學體裁類型也比較多樣。比如用英語寫作的印度作家阿蘭達蒂・洛伊學的是建築，做過記者和編輯，用法語寫作的桑戈爾被稱為「塞內加爾國父」，是知名政治家和外交家。選擇這些有著跨行業、多文體創作經歷、創作題材聚焦全球性問題的作家，更有利於學生從他們的創作中挖掘更豐富的多元性與易辨識的獨特性。

總的來說，重點推薦作家名單體現出了對經典性和當代性的兼顧，也展示出與新大綱強調全球性問題和概念性理解的高匹配性，為教師的書單選擇，提供了一個很好的參考。

三、從新版《國際文憑指定閱讀書單》看新大綱變化的特點

其實舊大綱的課程設計本身已經非常靈活，因為舊版書單中也有 50 個語種的指定作家及相應作品可以選擇。但如果從師生的自主性和課程的靈活性來看，新大綱的要求和新書單的設計無疑為課程學習提供了更為廣闊和自由的天地。首先，所學和所考的對應被打破，作品的學習過程受到評估要求的束縛相對減少，作品學習可以更多地回歸課程宗旨和目標而非單純的「應試」。比如在文學高級課程所需學習的 13 部作品中，除了要自選出兩部作品用於試卷二的回應，兩部作品用於個人口試，一部作品用於高級課程論文，剩下的八部作品並沒有相應的考核要求，這就使得作品學習可以在由七大核心概念貫穿的三大探索領域中更靈活和自由，更有利於實現文學研究的多樣性。其次，不同作品進行單元組合的自由度更大，可能性也更多。新大綱課程三大探索領域的設計強調的是對文學文本不同的研究方法，對作品組合不再有文體或語種方面的硬性要求（不同於舊大綱按翻譯作品和按體裁編組的組合方式）。課程可以基於概念、基於探究問題或者基於探索領域來進行單元設計和作品組合，因為沒有了文體或語種的限定，加之書單範圍極其廣泛，使得作品的組合具有了更多的可能性。再次，新大綱除了賦予教師構建課程的極大自由，也鼓勵學生參與對所學作品的選擇，以便能兼顧學生們的個人偏好。傳統經典作家和大量當代作家的組合，使得作品選擇更易於貼近當下，這也有利於契合到當代學生的興趣愛好。

除了助力課程建構的多樣化和自主化，新綱書單還進一步體現了國際文憑教育的核心——國際情懷。「創建《國際文憑指定閱讀書單》時，國際文憑組織旨在包括廣泛的作家，並試圖盡可能照顧到經典作家和當代作家，來自不同地區和國家說各種方言的男作家和女作家之間的平衡。」（國際文憑組織，2019c，頁 13）新大綱書單通過凸顯作家、時代、地區、語種和文體的多元性與豐富性，就是要「使學生能夠充分欣賞人類經驗可以採取的形式的多樣性」，「能夠更好地理解人們體驗和呈現世界的不同方式」（國際文憑組織，2019c，頁 13）。

最後，新綱書單還充分體現出了新綱課程宗旨的變化。語言與文學研究課程組所包含的所有三門課程（文學，語言與文學，文學與表演）有著共同的

宗旨。歸納下來，新大綱的課程宗旨可以包括三個方面：其一是使學生能品讀各種不同類型的文本，培養對文本質量的敏感度，最終使其對語言和文學產生終身興趣；其二是培養學生的各項技能，包括聽、說、讀、寫、視看、演示和表演，詮釋、分析和評價，以自信並有創造力的方式交流與合作；其三是發展學生的對兩類關係的理解，第一類是文本與各種觀點、文化背景及地區性和全球性問題之間的關係，第二類是語言文學研究與其他學科間的關係（國際文憑組織，2019c，頁17）。較之舊大綱的課程宗旨描述，新大綱最突出的變化就是新增了對「兩類關係」的理解。從某種程度上說，新綱書單的重點推薦作家名單之所以包括了許多有跨文化經歷的、特別關注地區性與全球性問題的、有過文學創作之外其他職業經歷的作家，也是為了幫助學生在研讀他們作品的過程中進一步提升對前述兩類關係的理解。此外，傳統經典作家和當代作家的平衡，也使得學生在訓練對「文本質量的敏感度」方面，具有了更多可供選擇的樣本。

四、書單變化引發的對新大綱的思考與應對

作為配合新大綱的相應舉措，編制新書單使課程學習內容可以有更廣闊的選擇空間。筆者對新書單最強烈的感受可以表述為：沒見過新書單，不知道自己的舞台有多大；見過新書單，才知道自己的視野有多小。但書單能引發的思考還遠不止於此。如果說書單的變化，折射出的是課程新大綱的新理念，那課程新大綱的出台，體現出的就是國際文憑組織不斷自我革新的充沛活力和當代社會環境對課程改革的巨大影響。

首先，從國際文憑組織和國際文憑課程自身來看。第一，國際文憑課程所有學科都是每隔五年啟動一次大綱的更新，使得課程能夠始終與時俱進，既可避免教學思維陷入定勢，也能防止「應試」思維的產生。語言與文學研究課程新大綱的設計，不僅聚合了全球最頂級和資深的語言A教師與專家，也充分參考借鑒了教育界和文學界最新研究成果（2019版新大綱附錄列出的主要參考文獻就多達46種），有力保證了課程大綱的合理性與先進性。第二，不同於2004版和2011版的DP語言A課程大綱，本次2019版新綱首次提出「保持對概念的聚焦」（國際文憑組織，2019c，頁15），並提出「語言與文學

研究課程是基於概念性學習這一觀念」（國際文憑組織，2019c，頁 24），這就使得 DP 課程一改往年自成一體的「姿態」，與一直以來將概念性學習置於課程核心位置的 PYP（小學項目）和 MYP（中學項目）課程真正實現了前後貫通，課程的一體性大大增強。這也從一個側面顯示出國際文憑組織大力推廣從 PYP 到 MYP 再到 DP 的完整課程體系的「雄心」。新綱書單在數量上的幾何級增長，可以說為檢驗學生的概念性學習提供了足夠寬廣的舞台。

其次，從當今世界教育發展和不同專業學科的的發展趨勢來看，課程大綱的變化體現和呼應了時代潮流的大方向。當今社會，全球一體化速度不斷加快，全球性問題日益複雜和凸顯，加之新媒體時代的資訊大爆炸，都對教育的改革和發展提出了新要求。前文已提到，國際情懷是國際文憑教育的核心，新大綱更強調全球性問題並在書單中新增更多長於書寫全球性問題的作家，可視為國際文憑大學預科項目對現實的一種積極回應。再次，新綱課程宗旨提出要發展學生對本學科與其他學科「關係」的理解，將「表演」能力加入，讓「文學」和「語言與文學」課程共享內容與評估架構，都顯示出整個課程對學科融合的強調。有學者曾指出，「當代教育正在根本轉變以專業為主導的模式。跨學科的主題教育、實踐情境討論，以實際經驗性的課題為學習平台，正在逆轉 19 世紀以來的專業分科格局。芬蘭融合學科專業的教育變革正在成為包括中國在內的世界性教育模式與專業分科的轉型代表。」（尤西林，2017，頁 131）語言與文學研究學科組新大綱的這些「跨學科」特徵，或許正是對當代教育「轉向」大趨勢的一種體現和回應。此外，語言與文學課程大綱將「文本」定義為「可以從中提取資訊的任何材料，包括社會中呈現的最廣泛的口頭、書面和視覺材料」（國際文憑組織，2019a，頁 25），大量全新的文學樣式和各種新媒體形式都可被納入到課程書單和學習內容中，文學文本類型的多樣性和非文學文本的無限開放性，與當代國際文學理論界的「文化轉向」暗合——「文化，在此成為融合文學、美術、音樂、戲劇、電影等傳統藝術與傳媒技術，乃至社會政治經濟的符號表達的場域」（尤西林，2017，頁 131）。新書單在文體類型上的邊界拓展和作家對應作品的不設限，也可視為這種時代潮流的一種反映。

弄清了課程大綱變化的內因和外因，再來看看該如何應對新大綱變化帶來的挑戰。筆者認為有幾個關鍵點值得注意。其一，「認知」要跟得上。組成

課程新大綱的三個探索領域，前兩個其實脫胎於艾布拉姆斯提出的「文學活動四要素」，即「作品、世界、作家、讀者」（童慶炳，2004，頁 5），第三個「互文性」則來自於茱莉亞·克里斯蒂娃提出的互文性理論（國際文憑組織，2019b，頁 71）。三個探索領域提出的問題關係到讀者、作者和文本之間的關係，時間和空間的關係，文本之間的相互聯繫。形式主義和新批評理論，讀者反應理論，結構主義和後結構主義理論等等各種西方文學理論，對課程建構起到了關鍵作用。《教師參考資料》更是明確指出，理論問題「處於語言 A 課程的核心位置」（國際文憑組織，2019b，頁 33），該文件還專列了《文學理論在語言 A 學習中的價值》一章，介紹了 11 種西方的文學理論流派及其與語言與文學的關係。從這個意義上說，只有理論認知跟得上，理解新大綱才能既知其然也知其所以然。關注書單作家的同時，還可多關注這些作家所持的理論主張。其二，「課程」要貫得通。由於新綱聚焦「概念」，使其與 MYP 和 PYP 的銜接更加緊密。在理解 DP 新綱的同時，必須要能向下貫通，對 MYP 和 PYP 的教學內容有全面的了解，才能真正理解概念驅動在不同學習階段的不同作用。在 DP 和 MYP 階段，對書單的選擇和作品的處理，應該有不同的側重。其三，「問題」要連得起。在文本的選擇和學習過程中，除了要關注文本的文學特色或目的、受眾與語境，更要能夠將其與全球性問題關聯起來。只有建立起敏銳的全球性問題意識，才有可能及時發現文本和現實世界的關聯點，真正將國際情懷的培養滲透到文本研習中。其四，「融合」要滲得進。學科融合既是課程自身發展的要求，也是當代教育轉向的大趨勢。如何能既保持學科「本色」，又能與其他學科打通界限，這需要有更開闊的視野，在縱向與 MYP 和 PYP 貫通的同時，也要能橫向與 DP 的其他學科聯通起來。在這一點上，書單作品如果選擇得當，滲透學科融合會容易很多。

總之，書單只是教學內容選擇的一個切入點，只有把新大綱的前世今生和來龍去脈都弄清楚，才能更好地應對新大綱變化帶來的種種挑戰。

參考文獻

1. 國際文憑組織（2019a）：《大學預科項目語言 A：語言與文學指南》（2019 年 8 月修訂版），載於：https://resources.ibo.org/data/language-a-language-and-literature-guide-first-assessment-20_e90d51bd-80c3-4aa5-a335-9358416bed08/language-a-language-and-literature-guide-first-assessment-20-zh_4c9bb9f6-a6f9-4146-b318-7848932a7264.pdf

2. 國際文憑組織（2019b）：《大學預科項目語言 A 教師參考資料》（2019 年 8 月修訂版），載於：https://resources.ibo.org/data/language-a-teacher-support-material-first-assessment-2021_61077a59-95bf-4305-bc48-e0d66346d4c0/language-a-teacher-support-material-first-assessment-2021-zh_a42a96b0-5eae-4d3f-9a6b-aab8479fd34a.pdf

3. 國際文憑組織（2019c）：《大學預科項目語言 A：文學指南》（2019 年 9 月修訂版），載於：https://resources.ibo.org/data/language-a-literature-guide-first-assessment-2021_30128591-407e-4eb8-ab15-163bd543c8a8/language-a-literature-guide-first-assessment-2021-zh_3dca2646-619d-4e34-91f6-d2860fa9db90.pdf

4. 童慶炳（2004）：《文學理論教程》，北京：高等教育出版社。

5. 尤西林（2017）：走向「評」—「論」相融共生的文學評論，《西安交通大學學報（社會科學版）》，37（05），130—132。

Unpacking IBDP Chinese Language and Literature Guide through Understanding Changes in the 2019 Prescribed Reading List

PENG, Zhen

Abstract

In IBDP Language and Literature Courses, the Prescribed Reading List is an important reference for selecting teaching contents for the literature section. With reviewing the 2019 edition of the reading list and comparing it with the old edition, we find that significant changes have been made in terms of definition, classification, and quantity of literary works, which is a manifestation and reflection of the changes from the 2019 Language and Literature Course Syllabus. Through a close review of the new reading list and an analysis of the recommended authors in the list, the paper aims to further understand the building principles and features of the new course syllabus and the reasons behind those changes, and to propose suggestions to address these changes.

Keywords: *language and literature studies, IBDP syllabus, reading list, curriculum development*

PENG, Zhen, UWC Changshu China.

精心耕耘，播撒新種——
「蘇州 50」理念和 IB 課程的反思

高小剛

摘要

2018 年舉辦的「蘇州 50」圓桌座談會上，與會人通過反思國際教育在中國的發展，並提出了對「洋高考」現象的擔心和對國際教育「學習生態」問題的關切，並指出這個問題關係到國際教育課程理念的實施質量以及國際教育在中國是否可以得到健康可持續的發展。「學習生態」是一種現實的教學環境，同時又有寬泛的社會內容，需要中國國際教育的所有參份人加以重視並參與討論，方能帶來必要的改變。其中，教師是構成「學習生態」的重要組成，他們的專業素養和職業操守事關重大。準確地理解學科理念，不斷精專自己的專業技能，帶領學生進行概念探究式的學習，是他們在營建健康「學習生態」中能夠做出的重要的，也是務實的貢獻。

關鍵詞：國際教育　IB 教育　蘇州 50　學習生態　洋高考　概念探究

一、學習生態，一個現實的存在

國際文憑教育在大中華地區的發展，從初期的一套帶有實驗性的非主流課程，躍身成為具有廣泛影響力的國際教育強力選項，也就是上世紀九十年代以後的事情。其中對母語學習者心智發展最為重要的大學預科文學和語言與文學課程（中文 A），幾經調整變化，到今天以它開放包容的國際視野，書面課程、教學方法以及教學評估的三位一體的總體設計，贏得了地區內人們的認可。這個課程突出的不僅僅是語文知識的累積，而是在理念指引下通過

高小剛，香港哈羅國際學校，聯絡電郵：lgao@harrowschool.hk。

文本學習對分析和表達能力的綜合培養。對那些即將升讀大學，尤其是海外大學的 15—17 歲的中文母語學習者來說，意義更不一般。他們中的一些人在未來很長一段時間裏會在海外生活和發展，使用中文的機會非常有限，因此如果能把握好這兩年的機會，對中國語言和文學進行一些系統到位的學習，會對他們往後的人生產生巨大影響。這種情況需要有關老師們做好足夠的心理及專業準備，了解到時間的緊迫和課程的獨特。並且認識到，在傳統的中學語文和 IB 新課程之間，儘管存在很多相似之處，但教學經驗不能橫向照搬。

國際文憑 DP 階段語言 A 科目的學習，是在廣闊的國際視野和歷史上下文關係中展開的，它需要學習者在短短兩年時間裏，進行多種文本的深入閱讀，在廣泛比較和批判性的思考中，學會進行言之有理、言之有據的觀點陳述。這中間不同學科知識的調動和互相支撐，概念探究與合作式的學習過程，需要密切地組合在一起。有經驗的老師都知道，要想把課程精髓真正體現出來，就必須在強調結構和指引的同時，不忘在學習過程中營造相對寬鬆、包容的學術空間，以便學習者能夠從中思考，進行嘗試，對問題進行不拘一格的探討。對這樣一種亦緊亦鬆的學科設計，學校、家長和老師能否在教學目的和學習方法上達成理解和共識就很重要。如果緊巴巴地強調考試結果的立竿見影，或不切實際地將學習質量和概念範圍硬性拔高，都會出現課程重心的偏離。鑒於此，有人提出了要營造語言語文學科的良好「學習生態」，其目的就是要在更廣泛的背景下，讓學習社區所有相關人都能對目標及實施方法有一個合理的認識。在尊重中文學習內部規律的前提下，把握住學科能力培養的基本理念，不至劍走偏鋒，或華而無實，或「舊瓶裝新酒」，在功利的心態下走回傳統教學的老路。

「學習生態」是一個寬泛的概念。它決定著學習在學校如何發生，反映著整個學習社區的價值取向以及辦學人的策略目標。它也和學科領導的管理水平以及每一位教師的專業能力、行為操守息息相關，是這些因素綜合到一起後形成的一種現實教學環境。它影響著老師怎麼教，學生如何學，大家對目標有怎樣的期待以及對結果會做出怎樣的評價。重要性非同小可。在 DP（大學預科）階段，老師無不面對具體而繁重的課程要求，學生也要面對升學、分數、個人成長、來自家長和社區的期望等多方面壓力，「學習生態」更是一個現實骨感的存在。我們只有在理解了它的重要性，在悉心照顧和平衡到各方面利益和需求後，才能將課程有效推行，將它落實到位。

二、「蘇州 50」帶來的啟示

有關對 IB 學習生態環境的討論，最早是在「蘇州 50」圓桌會議上提出的。事情是這樣的：2018 年，是 IB 成立 50 週年，標誌著這個在全球發揮著重大影響的國際教育組織走過了半個世紀的歷程。為了做出紀念，大陸、香港、台灣、韓國、泰國、澳大利亞等地一些教育界人士，以相約自發的方式聚首蘇州，在金雞湖畔一所新建的國際學校裏共話歷史，回顧 IB 歷程。

參會的人正好也是 50 位。他們都是一些 IB 的「老人」。其中有曾經的中國第一批 IB 學生（上世紀 80 年代）；也有在上世紀 90 年代便開始在 IB 學校工作，後來擔任國際學校校長、學校董事會成員的資深領導。更多的，則是 IB 中文學科的現任考官、培訓官、課程審核小組成員、資深教師等。從人員構成上說，他們不但是長期協助 IB 在中國運營的「過來人」，更是 IB 中文教學，特別是大學預科項目教學的一部分骨幹力量。座談會上，大家回顧了 IB 在地區內的快速發展，談到它面臨的挑戰，同時對未來做了展望。會議結束前，發出了以倡導「文明、健康、可持續發展的國際教育生態」，以及「發展具有中國特色的國際教育課程與實踐」這兩項共識。在隨後的文件中，這兩項共識又總結成為「倡導國際教育健康的理念和文明；提升從業者的專業素質和技能；發展優質國際教育課程和實踐」的具體表達，促成了被人們稱為「蘇州 50」理念的誕生。

「蘇州 50」是一次自發的不帶任何官方色彩的同仁集會，並且是在地區內 IB「爆棚」發展的特殊的情況下進行的。從具有代表性的 DP 中文課程發展這一角度看，這時的學科已擺脫了 80 年代以來小規模、探索性的運作，通過和傳統中文教學的持續對話，達到了理念上互相滲透，技能上相互交流，總體上日臻精緻和成熟的境界。以前自豪地被國際教育視為囊中之物的一些特有概念表達，例如單元設計、跨學科學習、概念探究等，幾乎成為現在所有人都在使用的「標準陳述」和實際操作；而傳統中文教學中的結構性特點和嚴密的知識點佈局，也在國際中文課程的教與學中繼續體現並發揮作用。圍繞 DP 中文課程的研討，引發了中文教師群體中巨大的能量和研究興趣。人人似乎都在享受著一種學術興奮，看到了中文教學突破傳統框架的一條嶄新可行的路徑。新的教學經驗在四處開花的工作坊和各種研討平台上分享，語言是

新的，做法是新的，變化顯而易見。

但是，出現的問題也多而深刻。會議上人們談論最多的，是學科賴以生存的「生態環境」方面出現的令人擔心的狀況。大家看到，隨著國際文憑課程的快速普及，中文學科面對的挑戰已不再是物質資源的短缺和人手經驗的不足。由於地區內經濟發展和中產階級家庭對國際教育的擴大需求，新老學校的規模一天天在擴大，招生人數越來越多，資金熱錢不斷湧入，各類教育服務機構和教育商業市場開始形成。這些因素形成了社會上對國際教育逐漸拔高的文化期待，助推著學校間的品牌競爭，分數掛帥，應試化學習、唯大學錄取排名是瞻等現象的蔓延⋯⋯這些，反映著社會上實用主義和功利主義價值觀，影響著國際文憑課程的教與學。其結果，是使課程發展遭遇「瓶頸」，學生的學習效果在功利主義目的下的下滑。IB 倡導的學習者能力培養目標，在各種實際考量和數字指標中被打折扣。

具體的例子可以舉出很多。表象不同，結果都很類似。以 DP 中文語言 A 課程為例，為了體現學科「成果」，滿足辦學人期望，很多學校從課程建構開始，注意力就聚焦在，或者不得不聚焦在考試結果這一目的上。無論是學習材料的選擇，教學計劃的安排，教與學的過程落實，統統圍繞這個中心。學生能力培養的目標成為表面的裝飾，說說而已。平庸、保守和實用主義在課程運營中受到鼓勵。很多學生的學習體驗不是圍繞著讀書和思考問題，而是圍繞著「評分標準」對應試技巧進行反覆打磨，通過刷題和模擬練習，揣摩如何在「正確的地方」說「正確的話」和「適用的話」，學習如何通過掌握結構和陳述技巧，把老生常談變成換取分數的保險係數。這種國際教育「應試化」的學習策略在學校上下受到廣泛的默許和鼓勵，發生在學生成長最寶貴的 DP 階段，把本應活潑、充滿彈性的 IB 語言 A 科目的學習，變成了背書式的操作和不折不扣的「洋高考」。

有趣的是，隨著「洋高考」領銜的「學習生態」在社會上儼然成風，卻沒有帶來預期的學術效果，副作用倒顯而易見。我們聽到的反映是，儘管 IB 課程的設計充滿活力和挑戰性，在學校的具體實施卻往往使它興趣索然。為考試而學習的結果，是學生們學得越來越吃力，壓力越來越大。平均分數雖然時有上升，能力卻不見相應提高。文字表達上可能精緻化了，內容和思想卻走向蒼白。在最近幾年的學科反饋中，國際文憑主考官都通過年度大考以後

公佈的「科目報告」（Subject Report）發出預警。其中反覆提到的一條是：「教師應鼓勵學生運用個性化和批判性思維，對所選作品進行深入詮釋。要敢於提出問題，說明問題，引出結論。千篇一律，工業化生產式的應試文章不應是 IB 考生模仿的對象。」（年度報告，2018，頁 7）還有：「我們的很多考生還是缺乏大膽的、多角度的思維和表達的能力。很多考生面對文本時不願意發表自己的觀點，甚至不敢提出問題，人云亦云，走穩妥路線，這使得回應出現內容的雷同和構思的窄化現象。」（年度報告，2019，頁 7）學科報告為此提出的忠告是：「普遍來說，他們應該表現出比較真實、個性的對文本的分析和認識。目前情況看來，很多考生主要還是求穩為主，文字中少有深入分析和批判思維痕跡，隨聲附和，堆砌概念現象嚴重。這樣的答卷在評分標準面前很難能得到高分。」（年度報告，2021，頁 9）

面對國際教育中功利主義、應試化和「洋高考」現象的普遍蔓延，「蘇州 50」提出了要「關心學科的健康與文明，注意營造良性學習生態」的號召。它揭示了現實中的一些敏感「痛點」，涉及到國際教育的價值觀和未來的發展方向，引起反響是意料之中的。「蘇州 50」以後，主要參會者發起了「中華國際教育工作者協會」（CIEA），並在香港成功註冊，以此為平台發言立說，在多個城市舉辦了多期線上線下工作坊，在接續理念，團結同仁，呼籲大家重視對國際教育「生態」問題討論的同時，努力將大家的共識導入務實的課程開發和學術創新的軌道。總體來說，「蘇州 50」作為對 IB 教育在大中華地區發展過程中的一次（也是迄今為止唯一的一次）嚴肅反思，直面中間的問題，號召從業者從各自的角度關心這一事業的健康和可持續發展，值得所有國際教育從業者加以肯定並予以關注。

三、生態問題，一個需廣泛參與的討論

應試化的學科設計和「洋高考」的背書式學習，是一種建築於功利主義之上的鄙俗教育文化，有悖 IB 全人教育的初衷。它在國際教育界的出現和蔓延其實帶有一絲反諷——因為社會上很多家長正是出於想擺脫傳統「應試化」的教育，才做出了讓子女接受國際教育的慎重選擇。但是，在時下 IB 國際教育的種種負面「學習生態」下，很多學生的學習體驗，又被帶回到了原點。

形成實用主義和應試化「學習生態」的原因多種多樣，既和文化傳統，社會風習，政府法規等聯繫密切，也和辦學人的價值導向，學習社群的現實需求以至教師團隊的專業水準有關。當然，它也關係到 IB 課程授權和評估體系的運營監管。多方面原因互為表裏，糾結在一起，才形成目前的這種「剪不斷，理還亂」的現實狀況。我接觸過的不少老師都深有同感。他們認為，「學習生態」是一個真實的存在，是社會價值觀在教與學上的具體映射，對每一位學生每一位老師都產生影響，形成約束，想躲也躲不掉。同時它又是抽象的，沒有確定的界限和形式，彷彿和所有的人有關，但又和具體的人無關，因此很難讓人進行有焦點和針對性的討論。當你議論和它相關的一件事的時候，討論對象不知不覺又變成了其他的什麼。猶如文化，瀰漫在人們周圍，人們怎麼能跟周圍的空氣進行爭辯呢？因此現實的情況是：大家似乎都理解了「學習生態」問題的突出，為此憂心忡忡，同時又感到問題十分寬泛，個人無能為力，所以只能在憤世嫉俗中順其自然，眼睜睜觀其蔓延發展。

這種認識，客觀準確地說明了需要討論的問題的嚴重性，但對於負責的國際教育從業者來說，卻很難成為讓人心安理得的選擇。我們在這件事上的「不作為」或者「少作為」，小而言之會影響到 DP 課程的學術質量，大而言之，會有礙中國國際教育長期的健康發展，因此加以重視是必須的。理想的「一攬子」解決方案也許可遇不可求，而最好的辦法，恐怕還是要讓所有國際教育的「持份人」都在這件事上發言出聲，形成社會上熱烈的關注和討論，像「蘇州 50」那樣，把營造「健康、可持續發展的國際教育生態」，當做我們反思教育的一個日常內容，點滴匯聚，慢慢促成事情的變化。

這中間，辦學人當然需要反思。作為中國國際教育的經營者和建築師，辦學人在整個事業中的作用舉足輕重。他們是否能夠高瞻遠矚，立足長遠，在不斷功利化、內捲化、實用主義風行的社會競爭中保持清醒頭腦？還是屈服於眼前各種誘惑，選擇分數掛帥、名利掛帥、考試結果第一的策略，任由「洋高考」風習在學校蔓延，試圖在人才培養的長途跋涉中尋找捷徑？

學習社區特別是家長群體也要反思。作為重要的參份人，他們把子女送進國際學校，辛辛苦苦支撐著整個國際教育的生存和發展。但同時，他們中間也應該有持續的討論：什麼是教育的真諦，什麼是最寶貴的兒童的學習成長體驗？國際教育的終極目的是孩子成績單上的數字和大學的錄取，還是對

他們長期潛能的開發和創造力的培養？在他們人生馬拉松長跑的毅力與耐力磨練上，社區家長群體應該有著怎樣的心態，支持學校的健康運作？通過怎樣有建設性的溝通，為孩子們營造出健康放鬆的成長空間……

學校運營團隊當然也要反思。它們在落實國際教育各項標準、執行董事會決策的時候，是否能夠做到秉持原則，不圖虛名，克服短視焦慮，把最好的留給學校和學生的成長？是否能夠在繁重的日常運營中，營建有利於學習者全面發展的校區文化，並且給予老師和學生們足夠的空間，讓他們在專業成長和身心健康方面受到支持，做到可持續發展……

當然，教師群體的反思更為重要。有一種廣泛流行的說法，認為教師是整個教育生態圈中出力最多、影響面最小、作用極為有限，並且是最為無奈的一些人。這種說法客觀上反映了教師群體在整個國際教育決策結構中的位置，但就對學習者的影響和整個學科質量的落實而言，並不完全符合實際。正是教師們的職業操守、專業水平和學術認知，營造了教與學每一天的性質和效果，決定了一所學校學生的能力培養目標是否能夠達成或怎樣具體地達成。很多時候，教師們學術上的積極探索會大力促進學生們的學習熱情，而他們的某些定勢思維和對某些教學習慣的長期固守，也會妨礙學生知識的增長，成為「教育生態」中某些負面因素的助推。這也是為什麼「蘇州50」肯定了教師在建構健康的教育生態中的重要角色，把「提升從業者的專業素質和技能；發展優質國際教育課程和實踐」作為解決問題的重要途徑並加以倡導。教師，是整個教育「生態環境」中重要的一個組成部分，每個人都不應置身事外。

四、歧義是健康學習生態的根本

為給事情帶來轉機，教師們需要打消在「學習生態」問題上的無力、無為心態，相信能夠通過專業成長，在建構良好學習生態上做出主動的貢獻。

由於教學管理工作的需要，我常常到中小學不同年級教室裏去聽課。每一次都會有新的發現。一次在高年級文學評論寫作課上，學生在學習如何理解並掌握文本背景和文本形式之間的聯繫。這方面 IB 課程指引一再強調，作者對意義的建構，總是在廣闊的歷史、文化和文學的上下文關係中進行的。交上來的單元寫作練習是對杜甫《賣炭翁》的評論，只見好幾個人的開頭都

很類似:「詩人創作此詩時,社會黑暗,官府無能,人民生活水深火熱⋯⋯」文字有些籠統概括,但並非不得當,我只能接受。等到新的學習單元開始,學生評論老舍的《駱駝祥子》,交來的作業一開頭還是那幾句話:「作者創作這部小說時,社會黑暗,官府無能,人民生活水深火熱⋯⋯」此時我只有苦笑了。猜想下面的內容,跑不出談作者怎樣通過故事反映了人民疾苦,批判了社會不公,用怎樣的情節突出矛盾,用什麼方法描寫了人物⋯⋯在這種可以高度預期的刻板文字,和可以橫向移植的版塊內容拼接背後,我看到了師生們在語文學習中長期擁有的一種固化思維,嚴重性讓人震驚。一些老師的解釋是:從小學到中學,學生們都是這麼寫的呀!既符合大綱要求,又有寬廣的適用性⋯⋯不用説,我想,待下次他們評論北島詩歌創作的時候,我看到的也許還會是那幾句話——「詩人創作這部作品的時候,社會黑暗,官府無能,人民生活水深火熱⋯⋯」

這種「操作性」主導的中文學習方式長期存在於我們身邊的課堂上,很多教師熟視無睹,甚至不斷為之添油加碼,已成為一種文學學習的習慣流程。我了解很多從事國際教育的中文老師,他們大都經歷過從傳統中文教學向 IB 教學的過渡。由於自身教育背景和後來的專業訓練,不少人都摸索出了一套經驗,知道語文是什麼,重點在哪裏,怎麼教才能出效果,才能讓學校、家長和學生皆大歡喜⋯⋯這些經驗和認知慢慢轉化為套路,固化了他們有關文學的思維,成為落實 IB 理念、在技能上與時俱進的掣肘。儘管中間一些老師教授 IB 課程有年,參加過無數 IB 教學工作坊和學術論壇,並且可以對 IB 文件和課程大綱倒背如流,可他們一旦回到課堂,還是按照自己的習慣,很少做出改變。

不幸的是,這種語文教學標準化、拼接式的操作,在很大程度上受到學科管理和評估體系的默許接納,成為一種讓學生在考試中得高分的有效策略。它把學習降低為一種整齊、格式化的生產,釋放出的是一種有害的、可能會伴隨學習者終身的文學和文化觀念。如果我們的老師要想給「學習生態」帶來任何改變,首先要在認識上和這種規範化、整齊化的文學文化觀劃清界限。

以開放和包容的態度看待世界,是國際教育從業者的一種核心素養。它要求師生在教學中承認並自覺接受不同意見,突破「一元論」思維框架,以擁抱「歧義」的態度從事文本學習(鄭敏,2004,頁 14)。這種核心素養要

求我們承認認知分歧，尊重不同意見，甚至允許概念上的暫時含混不清。如國際文憑組織倡導的那樣，要鼓勵學習者以開放的態度進行學習，強調「他人也可能是正確的」（國際文憑組織使命宣言）。

把「歧義」意識帶入國際文憑語言與文學課程的學習意義重大。因為面對任何一部文本作品，學生都可以學習到文本內部的美學性質以及蘊含的社會思想。了解作者如何通過寫作建構多樣的意義。文本閱讀讓學生進入不同的探索領域，深化人們對世界多樣的認識。在這個過程中，如果我們的老師抱著一元論的觀點，認為一切文本寫作都承載著確定不移的意義，告訴學生可以通過某種固定的方法，遵循因循的路數和格式對其進行「發現」和「呈現」，那麼無異於切斷了學生思想探索的路徑，助長應試化「學習生態」的蔓延。

現實中，並不是所有教師都有足夠的勇氣和自覺的意願把「歧義意識」帶到教學中來。因為如此，人們必須衝出頭腦中多年來建構起來的令人感覺舒適和習慣的思想方法，這樣才會讓一些固有的文化和社會觀念產生動搖。課程單元的設計可能不再那麼「順理成章」，文本意義也不再那樣明顯並且讓人「確信不疑」，學生考試的結果會更缺少某些「確定性」。但是，「歧義意識」鼓勵學生和現成的結論保持距離，鼓勵他們留意那些存在於熟悉概念背後的那些暫時還沒有被關注、被界定，以及被排斥和邊緣化的問題。這樣的態度和這樣的教學，營造的是一種思想活躍、富有知識彈性的「學習生態」，這也正是國際文憑課程所強調的對學習者分析批判能力的培養。

教師們是「學習生態」的直接建構者。他們應該擁有主動意識，通過專業成長不斷挑戰自己固有的認知，引導學生意識到並尊重「他者」的聲音，在叩問自己習慣性立場的同時進行知識的重建。這種專業負責的教學過程，必然會充滿問題和懷疑，不那麼穩定和順暢，和背書式的實用主義學習方法大相徑庭。但非如此，不能帶領學生通過主動探究，在建構意義方面釋放出創造力。

五、良好學習生態離不開概念探究

為營造健康的學習生態，教師們需要做好多樣的學術準備。除了上面提到的擁有正確的文學觀和文化觀，另一項較為核心的要求，是他們對 IB 學科本質的到位理解——教好一門課，需要探究、行動和反思的互相滲透結合

（國際文憑組織，2014，頁 11），並且在課程的各個部分建立內部聯繫（國際文憑組織，2019a，頁 15）。一句話，視 IB 課程為一個多面整合的學習體驗過程，而不僅是課堂教學活動的單一操作，或為學生提供一些串板上釘釘的標準答案。

道理不難理解，在實際當中執行卻不容易。時至今日，很多 IB 學校的老師在思考教與學關係的時候，仍然不自覺地把「學習」理解為一種「任務制定──任務執行──任務評估」這樣一種單循環的直線運作，而不是把它當做一個動態的循環過程。我觀察到很多中文課堂設計，基本上都是依循──按大綱要求制定任務，針對評估要求選擇和學習材料，按照評估標準體現結果這樣一個階梯模式，任務明確，步驟清晰。教師下意識中，還是把文本學習的目的，聚焦在對作家預設主題的挖掘，和對作者採用的文學手法進行識別和陳列上。學生拿到一部文本，他們需要做的無非是將作家「埋伏」的答案「挖掘出土」，讓它們「重現天日」，或加以「整舊如新」。一切有章可循，順序井然。學生不需要冒什麼風險，繞不必要的圈子，進入不熟悉的文本領域，用尚不確定的方式去探究文字後面的別種可能。學者黃子平曾經表達過他對社會上流行的文本學習方式的深惡痛絕。他說：

> 人物穿著高底靴做著誇張的動作，情節按既定方針極速地奔向高潮，細節則是可以到處挪用的標準化零件。多年來困擾我們的似是而非的文學的術語，給小說藝術形式帶來直接的危害。千篇一律，枯燥乏味！（黃子平，1991，頁 166──167）

這種忽略研習過程，一切為了結果的語文「操作式」學習，剝奪了學生面對文本進行獨立思考和進行多角度解讀的可能，把千變萬化的人類情感統統整合進一些「標準化」的渠道進行包裝表達。逐漸，這種學習造就了一種「視野」，一種讓人覺得舒服順暢的思維。世界在其中變得簡單，一切問題都有了清晰的答案──當然，這也是人文學習的末日。現實說來，如果說這樣的學習完全是為了應試，多數情況下它也可能是一種反智行為。因為世界上沒有很多閱卷的考官，在讀了很多了無新意的老生常談後，願意將高分拱手相送。

把重視結果的學習變成重視過程的學習，IB 為此提出了具體的路徑──

那就是通過概念探究。在 IB 學科文件中，我們看到的描述是：「國際文憑項目更為重視把教育作為個人理解的變化和對意義的協作構建，而不是把教育僅僅作為知識的傳播和對事實的記憶。因此，在國際文憑項目中，概念性理解是教學重要和持久的目標。」（國際文憑組織，2014，頁 16）

概念探究是一種組織性、綜合性的思維方法，我們每一個人每天都在自覺不自覺地應用。大家都是通過具體、一般的知識，在廣泛的比較和綜合後，上升為新層次的認知。在今天知識破碎、信息紛紜的社會裏，掌握這種認知方式對學習者來說尤為重要。因為概念探究式的學習能有助學生融會貫通知識，找到紛紜事物之間的內在聯繫，具備更強大的處理信息和表達創意的能力。

概念探究的本質，決定了學習不可能沿著既定渠道穩步進行，而必須是一個動態的過程。IB 鼓勵語言 A 科目的教師，在當學生初步了解了文本知識和作品細節以後，不要停下腳步，要把所得知識放到一個更廣泛的上下文聯繫以及不同的時空視野下，進行總結、比較、發散和歸類。如有可能，提煉為帶有普遍性的高層次的認知。這種概念探究的學習強調知識的醞釀、流動和生長，知識之間不再有著界限和層別，學習者應該在這種充滿活力的學習生態當中主動暢泳。

重視過程、強調概念探究的 IB 學習，與功利主義的應試化教學南轅北轍，具有本質區別。我們的老師如果能夠掌握概念探究的相關技能，自覺把它帶入課堂，那麼不用說，就會從學術專業的角度，為健康學習生態的營建，做出他們實際的貢獻。

六、結語和後續問題

「蘇州 50」是中國國際教育發展中一個具有里程碑式的會議。它在國際文憑課程迅速走紅的情況下重提理念和價值觀的重要，呼籲大家關注中國國際教育的廣泛生態問題以及它的長期健康發展，具有警示作用。「學習生態」歸根結底，關係到國際教育理念目標的落實和人才培養的終極質量，不是一件小事。自問題提出後，所引發的業內人們的響應和接續關注，可以感到社會上尋求變化的迫切願望。不過客觀來說，教育生態問題的內容複雜，涉及到整個社會的價值取向和多種辦學執份人、家長群體以及學校管理團隊的不同

訴求，遠非一兩次會議或部分學校教師的大聲疾呼所能解決。再有，就是「蘇州 50」會議上提出的要讓國際教育「回歸本質」的倡議，也由於未能對「本質」的含義做出清晰界定並加以必要的理論說明，故也難轉化為後續具體的行動。這些是「蘇州 50」在大聲疾呼之餘留下的未竟工作，需要更多關心中國國際教育的有識之士們在這些不同方面做出持續的努力。

學習生態同社會價值觀關係密切，同時也關係到教師們的學術認知和他們的專業技能。一個健康的學習生態的營建，需要社會上不同教育持份人的集體反思。其中教師們的專業水準，他們的文學文化觀念以及在學生面前展示的日常教學技能，直接影響到這一「生態」的性質，因此他們在這一反思和討論中不應被動，覺得此事抽象遙遠，而應該通過積極的參與以帶來改變。除了擁有上面提到的兩項比較根本的學科素養（具有歧義意識和重視過程的學習）外，還有其他一些問題值得老師們思考，例如 —— 用什麼樣的方法可以營造「學習的課堂」而不是「背書的課堂」？教師們怎樣才算全面理解了課程要求，在教學和評估設計中有效體現出能力培養目標？教師們怎樣才能兼顧好學生探究學習和考試表現的關係，做到不是非此即彼，相互對立？學科單元內容設計將如何做到彈性開放，既有概念探究的引領，又能體現出文字基本功的明確要求？教師們怎樣做好同家長的溝通，打消他們在子女學科表現以至升學上的不必要焦慮？教師們又怎樣才能獲得學校領導以及學科領導的支持，讓他們了解你在課堂上關注的是提高學生的能力，而不僅僅是分數和應試技巧……

方方面面的問題很多，落實每一件事都不容易。但無論如何，國際教育是我們選定的事業，對此我們責無旁貸。

參考文獻

1. CCG 全球化智庫（2016—2021）：《中國國際學校藍皮書》，取自：http://www.ccg.org.cn/yjlist?fjcat=%E5%9B%BD%E9%99%85%E6%95%99%E8%82%B2&zjcat=%E5%9B%BD%E9%99%85%E5%AD%A6%E6%A0%A1
2. 國際文憑組織（2014）：《中學項目：從原則到實踐》。
3. 國際文憑組織（2019a）：《大學預科項目語言 A：文學指南》。
4. 國際文憑組織（2019b）：《大學預科項目語言 A：語言與文學指南》。

5. 國際文憑組織（2022）：國際文憑組織學科項目數據資料，Diploma Programme Statistical Bulletin，取自：https://www.ibo.org/about-the-ib/facts-and-figures/statistical-bulletins/diploma-programme-statistical-bulletin/

6. 國際文憑組織：國際文憑組織學科項目資源系統科目年度報告（May 2018），IBIS - International Baccalaureate Information System，取自：https://ibis.ibo.org/examnet/library/index.cfm?request=browse&path=%2FSubject%5Freports%2FNovember%5F2018/Group%5F1

7. 國際文憑組織：國際文憑組織學科項目資源系統科目年度報告（May 2019），IBIS - International Baccalaureate Information System，取自：https://ibis.ibo.org/examnet/library/index.cfm?request=browse&path=%2FSubject%5Freports%2FMay%5F2019/Group%5F1

8. 國際文憑組織：國際文憑組織學科項目資源系統科目年度報告，（May 2021）IBIS - International Baccalaureate Information System，取自：https://ibis.ibo.org/examnet/library/index.cfm?request=browse&path=%2FSubject%5Freports%2FMay%5F2021/Group%5F1

9. 宮繼良著，田菁編（2018 年 7 月 18 日）：從「大家庭」到「星巴克」，IB 50 年的變與不變，下一個路口在哪裏？取自：https://www.sohu.com/a/241927705_621112

10. 鄭敏（2004）：《思維・文化・詩學》，鄭州：河南人民出版社。

11. 黃子平（1991）：《倖存者的文學》，香港：香港遠流出版公司。

From Suzhou 50 to Learning Ecology: A Reflection on IB Education and its Gaokaolization

GAO, Xiaogang

Abstract

At the "Suzhou 50" Symposium held in 2018, participants raised concerns about the increasing phenomenon of "Gaokaolization" in the international education in China. This matter impacts the quality of implementation of the international curriculum and the further development of international education in China. Thus, a healthy "learning ecology" needs to be emphasized and promoted. Learning ecology is an educational environment with broad social content. In order to bring about necessary changes, it will require all the stakeholders who are part of this 'ecology' to pay attention and to participate in the discussion. Among them, teachers shoulder a great responsibility as their professionalism and day-to-day classroom practices shape the fundamental nature of international education. Embracing an accurate understanding of subject concepts, constantly refining their professional skills and leading students to carry out conceptual, inquiry-based learning are some contributions they can make in building a healthy "learning ecology" in the international education.

Keywords: *international education, IB education, Suzhou 50, learning ecology, Gaokaolization, conceptual inquiry-based learning*

GAO, Xiaogang, Harrow International School, Hong Kong.

IB 國際文憑項目語言 B 大綱
在華文教育中的運用策略

潘麗麗

摘要

　　華文教育是海外傳承中華民族語言、傳播中華民族文化的教育。IB 國際文憑項目為遍及全球的學生提供從小學、中學到大學預科以及職業教育的連貫且高質量的國際教育體系。兩者在教育對象及教育目的上有許多相似的共同點。比如教育對象都是處在多元文化、多語言環境中。教學目的上則都是培養具有跨文化理解的國際人才等。IB 國際文憑項目 50 年來跨越國家語言、文化與民族界限的教學為華文教育帶來一定的參考價值，特別是 IB 語言學科的教學對於華文教育具有一定的啟示意義。本文主要從 IBDP 項目中的語言 B 課程大綱出發，分別討論語言技能與評估、教學內容 / 方法、IB 教學理念在華文教育中的運用策略。

關鍵詞：IB 國際文憑教育　華文教育　運用策略

一、引言

　　國際文憑組織（International Baccalaureate Organization，簡稱 IBO）於 1968 年設立於瑞士日內瓦。為遍及全球的學生提供從小學、中學到大學預科以及職業教育的連貫且高品質的國際教育體系。IB 課程發展迅猛，經過近五十年持續地發展壯大，根據 IBO 官網（https://www.ibo.org/）提供的統計數據，2021 年全球有 159 個國家超過 5,400 所學校開設 IB 課程，學生人數多達

潘麗麗，西班牙華文學校，聯絡電郵：lyly123pan@hotmail.com。

1,950,000 人。新華社北京 9 月 5 日電（高敬、趙琬微）2020 年中國國際服務貿易交易會國際教育服務貿易論壇上，教育部國際合作與交流司司長劉錦介紹，目前 70 多個國家將中文納入國民教育體系，全球 4,000 多所大學、3 萬多所中小學、4.5 萬多所華文學校和培訓機構開設了中文課程，中國以外累計學習和使用中文的人數達 2 億。從以上數據中可見，海外 4.5 萬多所華文學校和培訓機構開展的華文教育是國際中文教育的主力軍。海外華文教育是華僑華人社會的產物，是華僑華人在海外傳授本民族語言和文化的一種教育，其主要對象是在國外出生的華裔新生代，主要載體是華僑華人籌資創辦管理的華文學校（劉芳彬，2016）。華文教育對傳承民族語言和文化，促進文明互鑒具有重要意義。近年來，隨著中國國力的不斷增強以及海外移民數的不斷增加，華文教育不僅僅越來越受到海外華裔家長的重視，在國家層面及和學術研究層面，越來越多的關注點也都投向了華文教育。但是多年來海外的華文教學沒有一個相對統一的標準和參考大綱，坐落在各個國家的華文教育體系因為國家和地區的差異性也呈現出巨大的差異性和特殊性，同時也面臨著如師資、教學質量問題等嚴峻的挑戰。

而 IB 國際文憑教育跨越了各個國家和地區的文化和民族界限自成一套教學體系框架。IB 國際文憑教育特別是 IBDP 語言 B 教學大綱可為全球的華文教育提供一定的參考價值。

二、華文教育的歷史以及當前處境

中國是一個有著悠久移民歷史的國家，近年來，中國海外華人華僑的人數還在不斷增加。由中國華僑華人研究所編撰的《世界僑情報告（2020）》藍皮書指出，2019 年，包括新移民在內的華僑華人在世界各國的人數總量依然有所增長。據新華社北京 8 月 3 日電，國務院原僑辦主任裘援平在「2013 年海外華裔及港澳台地區青少年『中國尋根之旅』夏令營」記者會上說：「目前有 5,000 萬華僑華人遍佈在海外 170 多個國家和地區，各國的華僑華人為了留住中華民族的根、中華傳統文化的魂和對祖（籍）國的情，一代代僑胞艱苦奮鬥，創辦了形式不同的華文學校，滿足了海外僑胞對中華文化傳承的渴求和需要。目前全世界已有華文學校近 2 萬所，數百萬學生在校接受華文教育，

海外華文學校教師達數十萬人。」

　　海外華文教育的主要對象是海外華人子弟,主要載體是華僑華人籌資創辦管理的華文學校。它是華僑華人社會的產物,是華僑華人在海外傳授本民族語言和文化的一種教育。但由於僑胞所住在國家的政策、文化、習俗不一,且各個國家的華僑華人的移民歷史、移民群體本身也存在重大的差異,海外的華文教育具有一定的複雜性。東南亞地區是華僑華人傳統的僑居地,是海外華文教育的發祥地,華文教育歷史悠久,曾在 20 世紀 30—40 年代達到鼎盛時期,形成了從幼稚園、小學、中學到大學比較完整的華文教育體系(李學民、黃昆章,2005)。歐洲、美洲、大洋洲及非洲等地區的華文教育起步較晚,20 世紀 70 年代以來,隨著新移民的大量湧入,華僑華人數量驟增,週末及課後制的華文學校應運而生,但普遍是補習班的性質。據統計,在歐洲的華僑華人總人數約有 250 萬人,華僑華人社團組織有 800 多個,開辦華文學校有 340 所,就讀的華人子弟有 5.5 萬多人。在美國,根據全美中文學校協會會長湯年發的介紹,「目前全美中文學校協會會員學校已達 410 餘所,遍及全美 43 個州的幾乎所有大中城市,協會會員學校的在校學生已達 10 萬以上」(丘進,2011),在加拿大,華人已成為加拿大的第二大少數民族,目前除了各類民辦華校外,「有近 40 所高校及 300 多所中學開設了中文課程」(葉靜,2012),漢語成為加拿大僅次於英語、法語的第三大語言。以澳大利亞和新西蘭為主的大洋洲華文教育始於 20 世紀初,和其他地方不同的是,在澳大利亞各地政府的民族平等及多元文化政策的鼓勵下,除大部分中小學校及大學開設中文課程外,華文學校也是遍地開花。在非洲,1912 年,毛里求斯成立非洲第一所華文學校——新華學校(耿紅衛,2008),馬達加斯加、南非等非洲國的華僑也隨之紛紛興辦華文學校。

　　劉芳彬(2015)在《當前海外華文教育發展之處境與對策分析》一文中指出,隨著「中文熱」的持續升溫,雖然海外華文學校不斷增加,但由於海外教育在各地呈現出的差異性和特殊性,華文教育面臨的挑戰也越來越多,甚至直接影響華文教育的效果和目標,成為制約海外華文教育進一步發展的瓶頸,這一現象突出表現在教材、師資、教法及辦學資金等方面,如,在教材方面缺乏統一規範,適用性低;在師資方面,教師隊伍良莠不齊;在教法上,因為沒有相對完整的教學目標和評估方案做指導而顯得較為隨意。

三、IB 理念與 IBDP 課程中的語言 B 教學

據 IB 官網（www.ibo.org）介紹，國際文憑組織的目標是培養勤學好問、知識淵博、富有愛心的年輕人，他們通過對多元文化的理解和尊重，為開創更美好、更和平的世界貢獻力量。為了實現這個目標，國際文憑組織與眾多的學校、政府以及其他國際組織進行合作，開發出一系列具有挑戰性的國際教育項目和嚴格的評估制度，這些項目鼓勵世界各地的學生成長為既積極進取又富有同情心的終身學習者，他們理解儘管人與人之間存在著差異，但他人的意見也可能是正確的。

國際文憑組織（IB）旨在創造一個更美好、更和平的世界。通過教育培養同理心、熟練掌握多種語言以及對多元文化的尊重，造就愉快而全面發展的年輕人並促使他們具備所需要的知識、技能和目的性，以便終生事業興旺，生活幸福。國際文憑課程是特意安排具有靈活性的，使學生、教師和學校能夠開發個性化的教育，以適應他們的文化、背景、需要、興趣和學習能力。這種靈活性使國際文憑項目能夠與當地的評估要求和學術標準相互配合而並行不悖。在當地和全球的相關背景下，學生把自己的學習經驗與真實生活經驗相聯繫，在社區中參與改革，學習掌握實際解決問題的技能、養成批判性思維和終身探究意識。同時，國際文憑組織提倡多樣性，鼓勵學校利用國際文憑課程來反映他們的文化，使學習與學生息息相關，同時又把學習與全球社區聯繫起來。國際文憑教育旨在於全球背景中培育國際情懷。國際文憑教育創建學習社區，學生可以在其中提高他們對世界各地語言、文化和社會的理解，從而在師生中發展這種意識。通過培養國際情懷，國際文憑組織促使年輕人成長為積極主動的學習者，並致力於當地乃至全球的社區服務。

IB 課程非常重視多語言的學習，在 DP 階段，學生要求選擇母語之外的另一門語言學習，目的是使學生在經過一定時間的學習後能掌握必要的語言技能，並對目的語文化有一定的理解，從而能夠在所學語言的真實環境中針對一定的話題成功地進行交流（IB, 2018）。中文也是 IBDP 階段可選語言學習之一。IB 中文有兩大類別，第一類是為以中文為母語的學生而設，分為兩個組別，第一組別是語言和文學（language and literature），第二個組別是文學（literature）每一個組別還分有標準級水平和高級水平（standard level and higher level）；另一類則是為語言學習（language acquisition）的學生而準備的，這一個組別也同樣地分有標準級水平和高級水平（SL and HL）。標準級水平和高級水平無非就是難度的高低而已。但不管選擇哪種類別，在語言學習過程中都要堅守 IB 課程鼓勵的「終身學習」「跨文化理解」「國際情懷」以及 IB 課程提出的十項學習者培養目標（IB Learner Profile），這十項培養目標包括：（1）積極探究；（2）知識淵博；（3）勤於思考；（4）善於交流；（5）堅持原則；（6）胸襟開闊；（7）懂得關愛；（8）勇於嘗試；（9）全面發展；（10）及時反思。

四、IB 和華文教育的聯繫

　　嚴格地說，華文教育的內涵相當寬泛。從廣義上講，是指華僑、華人在居住國對華僑、華人以及其他要求學習華語的人員施以中國語言文字和文化的教育，包括華文媒體的宣傳活動、華社團體所組織的社會文化活動、華文作家的創作活動乃至華僑、華人家族所舉行的各類宗親聯誼活動等。從狹義上講，華文教育是指華校主要對華裔青少年兒童實施的、以傳授中國的語言文字和文化為基本內容的民族教育（黃端銘，2014）。近年來，各國華僑華人學習華語、學習中華文化的熱情高漲，具有悠久歷史的人類的寶貴文化遺產，也越來越受到世界的關注。華文教育在情感意義上具其特殊性，是各國華僑華人的「留根工程」，是保留民族語言，傳承和傳播中華民族文化的事業。但因為華文教育遍佈世界各地，華文教育的實施須建立在尊重各異的文化基礎之上。而華文教育從另一層面出發，回歸於教育本身，它是培養人的活動。作為華文教育的對象，華裔青少年成長在各國不同的文化和習俗中，同時擔任著華裔的這個角色。這些因素讓華文教育和 IB 無形中有了聯繫。華文教育的目標和國際文憑組織的目標相符，旨在培養理解和尊重多元文化，勤學好問、知識淵博、富有愛心的年輕人。而 IB 課程 50 年來的跨越國家文化和民族界限的教學也為華文教育帶來一定的參考價值，特別是 IB 語言學科的教學對於華文教育具有一定的啟示意義。

五、IBDP 語言 B 教學大綱在華文教育中的運用策略

雖然 IB 語言 B 課程是存在於大學預科項目中，且是為 16 至 19 歲年齡段學生設計的，但大綱內容值得各個年齡段華文教育去借鑒。

IBDP 語言學科中可選語言 A 或語言 B，語言 A 包括文學和語言與文學，主要是針對某一語言為母語學習者的學生，而語言 B 則是針對某一語言為第二語言，有過語言學習經驗的學生。一方面，雖然中文是海外華裔的母語，但是因為生長在非祖籍國，大部分的國家沒有中文語言作為交流的大環境，所以 IB 中文語言 A 的教學框架不大適合大部分生活在海外的二代、三代華裔青少年。另一方面，海外華裔相比較中文作為純二語學習者而言，他們大多數因為有中文作為家庭用語溝通的優勢，而在學習中文前就基本具備了中文聽説能力。IB 語言 B 雖然是針對二語學習者，但其分為語言 B 標準課程及語言 B 高級課程，針對不同教學對象呈現出不同難度的教學標準。語言 B 標準課程及高級課程和海外的華文教育有相當的異曲同工之處，因為海外華文教育在各地因為教學時長、教學對象等因素呈現出不同的教學難度係數。本文主要討論語言 B 課程教學大綱在華文教育領域的運用策略。

2018 版（2020 年首次考試）IB 語言 B 的教學大綱概要分為三個不同的層次：A. 語言技能評估；B. 教學內容／方法；C. IB 教學理念。大綱概要中的語言技能是語言 B 學習的核心目標，教學內容和方法是實現語言 B 目標的手段，而貫徹 IB 教學理念則是 IB 使命宣言中的培養目標對語言 B 的要求。（下文關於語言 B 的描述均來源於 2018 版（2020 年首次考試）IB 語言 B 指南。）

（一）語言技能與評估在華文教育中的應用

華文教育在宏觀上的教育目的有兩方面，一是教授漢語，二是傳承中華文化。IB 語言 B 課程的目的是使學生經過一定時間的學習後能掌握必要的語言技能，並對目的語文化有一定的理解，從而能夠在所學語言的真實環境中針對一定的話題成功地進行交流。華文教育在宏觀層面的目的和 IB 語言 B 課程教學的目的其實非常相似，一是培養語言技能，二是對於文化的理解。在海外，華文教育又被視為社區語言教學，移民語言又或是少數族群語言的教育，除馬來西亞、新加坡、澳大利亞等為數不多的國家和地區之外，在海外

大多數國家並不能被認定為主流社會的教育。既沒有當地的教育方針做具體指導，也沒有正統的考試做規範考核，因此在大部分國家，華文教育的教育目的並不明確，華文教育承載的華校形式、管理方式、所使用的教材、教學方式及評估方式也是大相徑庭。IB 語言 B 課程規範和具體的語言目的技能也為華文教育的目的具體化提供了參考。

IB 語言 B 高級課程要求學生擴展他們使用和理解語言的範圍和複雜度，以便進行交流。他們要繼續發展他們的詞彙和語法知識，以及他們對語言如何發揮作用的概念性理解，以便建構、分析和評價與課程內容和所學語言文化相關的各種話題的論點。學生在學習階段需掌握以下三項技能。

接受技能：學生能夠理解和評價廣泛的，各種各樣的，書面和口頭形式的，真實的個人文本材料、專業文本材料和大眾傳媒文本材料；他們能夠理解文學作品的基本要素，例如主題、情節和人物。他們能夠分析論點，區分主要觀點與相關的支持性細節和解釋。他們能夠使用多樣化的策略來推斷意思。

表達技能：學生能夠以口頭和書面的形式介紹和展開他們對各種話題的看法和見解。他們用解釋和例證來建構和支持論點。他們能夠有目的地進行長篇發言和寫作，以便滿足廣泛的交流需要：描述、敘述、比較、解釋、說服、論證、評價。

互動交流技能：學生能夠發起、持續和結束口頭交流，顯示出在調整方式或重點方面具有一定的能力。他們能夠使用各種各樣的策略來持續關於課程內容和所學語言的文化的各種話題的對話和討論。學生們擅長推敲意思和促進溝通交流。

為實現這些教學目的，IB 語言 B 高級課程實施了一套強有力的教學評估。作為一項全球範圍內非常權威的教學體系 IB 的一部分，IB 語言高級課程採用校外評估與校內評估相結合的方式，校外評估佔 75%，校內評估佔 25%。校外評估包括試卷一和試卷二，分別為寫作及聽力 / 閱讀理解，分別佔比 25% 及 50%。校內評估為個人口頭活動，佔比 25%。華文教育因為各地教學目標的差異性，在學校層面至今沒有一個相對完善的評估體系。有些華文教育機構直接把中國境內的書面測試卷拿來作為華文教學的考核標準。但是因為華文教育的對象——海外華裔的成長環境和中國國內孩子的完全不同，

所以直接把中國境內的考試作為評估標準是不科學的。華文教育因為缺乏像IB官方組織機構的統一標準化管理，校內外結合的評估方式顯然對華文教育並不適用，但是寫作、聽力／閱讀理解及個人口頭活動的結合評估方式卻值得借鑒，特別是這幾項評估中非常具體和完善的評估目標及評估中的實際運用。2018版（2020年首次考試）IB語言B指南中提到IB語言B課程的評估目標為：

1. 在一系列情景中，出於各種各樣的目的清晰和有效地進行溝通交流。

2. 在各種不同的人際和／或跨文化場合，面對不同受眾恰當地理解並使用語言。

3. 理解並運用語言流利、準確地表達和回應各種不同的思想觀點。

4. 針對一系列話題，識別、組織和介紹各種思想觀點。

5. 理解、分析和反思一系列書面、語音、視頻和音像材料。

如為實現評估目標一，在寫作測試中要求學生通過在書面作業中運用各種類型的文本材料做出恰當地回應，展示他們的概念性理解。在口語表達測試中則要求學生針對一件啟發材料（普通課程中的視覺資料，高級課程中的文學作品節選）進行口頭表達，回答問題並參加一次綜合對話。而為實現評估目標二，要求學生通過在書面作業中運用各種類型的文本材料做出恰當地回應，展示他們的概念性理解。而試卷二則要求學生做出的反應顯示對書面和語音材料的理解。在校內評估部分，學生需運用適合情景和受眾的一系列語言結構和語體與教師進行互動交流。

如上文所述，華文教育在海外大部分國家並沒有以主流教育的形式存在，換一句話說，大部分地區的華文教育的評估方式是靈活自由的，而作為全世界領先的IB教育的方式特別是IB語言B的具體化的評估方式是非常值得去借鑒的。

（二）教學內容／方法在華文教育中的應用

目前海外華文教育的教學內容基本上是圍繞著各類教材進行。新加坡、馬來西亞等華文教育歷史相對悠久的國家基本有了國別化的教材及一套成熟的教學系統；歐洲等地區的華文教育因為基本為週末制，更多採用的是暨南大學華文學院編寫的《中文》或是北京華文學院編寫的《漢語》，而近幾年越

來越多的華校則直接使用中國大陸使用的部編版《語文》教材。美國、加拿大、澳大利亞等地除使用《中文》《漢語》等教材外，當地華文教師也自編一些漢語教材供學生使用。不過因為涉及到各個國家的差異性，為數不多的教材是完全符合華裔所在國本土文化特色和習俗教育需求的。如何選用合適的教材一直是海外華文教育面臨的一大問題。和傳統教學模式不同的是，IB 並沒有固定的教材，而是採用主題式教學方式達到教學目的。以下五個規定性主題通用於 IB 語言 B 課程，這五個規定性主題是：1. 身份認同；2. 體驗；3. 人類發明創造；4. 社會組織；5. 共享地球。其目的是使學生能夠把所學的語言和文化與他們所熟悉的其他語言和文化進行比較。除此之外，教師們可以自由利用這些主題，以最佳方式組織編排課程計劃、幫助學生對所學語言及其文化產生興趣、並且在語言和文本方面最佳地幫助學生達到教學大綱的要求。大綱中還給出了每個規定性主題的推薦性話題，用來幫助學生達到課程的目的和目標。比如「身份認同」主題中，IB 語言 B 大綱給出的指導原則是「探索自我的本質以及怎樣做人」，可選用的推薦性話題有「生活方式、健康和幸福、信念和價值觀、次文化、語言與身份認同」等，可能提出的問題有「什麼構成身份認同？」「我們如何表達我們的身份認同？」「我們把哪些思想觀點和形象與健康的生活方式聯繫到一起？」「語言與文化如何對形成我們的身份認同做出貢獻？」等。這些主題不僅僅與我們的生活息息相關，還和華文教育有著千絲萬縷的聯繫。特別是主題一「身份認同」似乎就是為華文教育而量身定做的。通過一系列這一主題推薦的探索性話題可實現華文教育的身份認同感目的。作為華文教育本身，對於教材的使用是自由的，華文教師針對以上不同的 IB 語言 B 的主題進而對各類教材進行適當的選用以達到教學目的未嘗不是一個好的嘗試。

另外，另一項值得華文教育借鑒的 IB 語言 B 教學內容是課程中使用的個人文本／材料、專業文本／材料和大眾傳媒文本／材料。2018 版 IB 語言 B 大學大綱指出，大學預科項目語言習得課程使用文本材料的指導原則是，要引導學生注重好的溝通者的各種交流方式，認識到在選擇和開發一種適當的文本類型以傳達信息的過程中，這些作者是怎樣考慮具體受眾、情境以及他們想要說或寫的目的，從而使學生學習掌握所學語言的接受技能、表達技能和互動交流技能（IB, 2018）。在各類華文教育會議中經常有華文教育人士對教

材提出批判性的建議，如教材老舊、不符合當地文化習俗等觀點，而 IB 語言 B 中使用的文本材料是對華文教育現有教材的強有力的補充。這些文本 / 材料包括博客、日記、電子郵件、個人信件、社交媒體發貼 / 聊天室、論文、正式信函、提案、調查問卷、報告、説明書、調研報告、廣告、文章（報紙、雜誌）、博客、小冊子、電影、訪談、傳單、文學作品、新聞報導、評論專欄 / 社論、宣傳冊、播客、招貼佈告、公眾評論（社論 / 讀者信件）、廣播節目、評論、演講稿、旅行指南、互聯網頁（IB, 2018）。至少學習兩部文學作品（用所學語言撰寫的原著）也是 IB 語言 B 高級課程的要求。這些對於華文教育的內容選擇非常有借鑒意義。

IB 的教學方法是實現其教學目的的有效手段，華文教育在教學實施過程中可適度效仿一些有效的教學法，如探究式教學、體驗式教學、問題開展學習、情景教學、團隊合作教學等等。小組課題、小組辯論、角色扮演等協作式學習活動都是可效仿的非常好的教學方式。

（三）IB 教學理念在華文教育中的應用

國際文憑組織的使命是要通過對多元文化的理解和尊重，開創更美好、更和平的世界，與大學預科項目的任何其他成分相比，CAS 對完成這一使命可能會作出更多的貢獻（IB, 2018）。IB 旨在鼓勵學生成為知識淵博和努力探究的人，但同時也關心他人並富有同情心。大學預科項目十分強調鼓勵學生發展多元文化理解、開放的情懷和正確的態度。大學預科項目的核心成分是所有學生都要參加對構成項目模式核心成分的三大要素的學習。這三大要素分別為：認識論（TOK），創造、活動與服務（CAS）及大學預科項目的專題論文（EE）。其中，認識論（TOK）是一門對認識過程進行批判性思考和探究的課程，與大學預科項目的專題論文（EE）一樣對專業知識及理論知識要求技能頗高，這裏主要討論創造、活動與服務（CAS）在華文教育中的應用。IB 非常重視用開放的情懷去接納社會，通過服務感知社會並體恤弱勢群體。華文教育的目的旨在讓中國海外華裔學好中華語言，傳承和傳播中華民族文化。在華文教育中設計類似於 CAS 中類似於服務當地所在國社會的一些活動（如志願者行動、養老院探視等）不僅僅將鍛煉華裔孩子的語言、交流、應變等能力，同時也幫助華文教育實現其宏觀意義上的使命。

六、結語

　　華文教育是海外一種本著傳承中國語言和文化的極其富有意義的特殊教育，IB 教育為是培養有多元文化理解和尊重的、為世界和平貢獻力量的高品質的國際教育。這兩者本身在培養目標上並不相悖。IB 的多元文化理解、教學目的、教學方式等可為海外的華文教育提供很多借鑒意義。未來 IB 的教學系統和華文教育的模式定能擦出更多更亮的火花。

參考文獻

1. 高敬、趙琬微（2020 年 9 月 5 日）：新華社新聞，載於：http://www.xinhuanet.com/world/2020-09/05/c_1126456867.htm
2. 耿紅衛（2008）：海外華文教育的現狀、特點及發展趨勢，《東南亞縱橫》，（06）：頁 64。
3. 黃端銘（2014）：菲律賓華僑華人的留根工程——菲律賓華文教育，華僑華人藍皮書，頁 49。
4. IB（2017）：《教育使世界更美好》，載於：https://www.ibo.org/globalassets/new-structure/brochures-and-infographics/pdfs/education-for-a-better-world-apac-ch.pdf
5. IB（2018）：語言 B 指南（2020 年首次考試），載於：https://www.fjuhsd.org/cms/lib/CA02000098/Centricity/Domain/233/lang%20B%20guide%202020%20in%20Chinese.pdf
6. 李學民、黃昆章（2005）：《印尼華僑史（古代至 1949 年）》，頁 376，廣州：廣東高等教育出版社。
7. 劉芳彬（2015）：當前海外華文教育發展之處境與對策分析，《八桂僑刊》，（2）：頁 35—39。
8. 劉芳彬（2016）：海外華文教育動態，《當前海外華文教育發展之處境與對策分析》，頁 43—47。
9. 劉珣（2005）：《對外漢語教育學科初探》，北京：外語教學與研究出版社。
10. 丘進（2010）：大陸與台灣的海外華文教育比較《新視野》，頁 78。
11. 丘進主編（2011）：《華僑華人藍皮書‧華僑華人研究報告》，頁 313，北京：社會科學文獻出版社。
12. 葉靜（2012）：海外華文教育的歷史與現狀，《理論與實踐》，頁 6。
13. 張春旺、張秀明、胡修雷主編（2020）：《世界僑情藍皮書：世界僑情報告（2020）》，北京：社會科學文獻出版社。

Strategies for the Application of the IB International Baccalaureate Program Language B Syllabus in Chinese Heritage Language Education

PAN, Lili

Abstract

Overseas Chinese language education (Chinese Heritage Language Education) is to inherit the Chinese language and spread the Chinese culture. The International Baccalaureate (IB) Program provides a coherent and high-quality education system from elementary school, middle school to pre-university and vocational education for students all over the world. The two curriculums have many similarities in learning objectives as well as educational purposes. For example, their implementation process is related with a multicultural and multilingual environment. Both education systems hold the same purpose of educating international talents with cross-cultural understanding. With 50 years of experience that crosses languages, cultures, and ethnic boundaries circumscription, IB program has brought certain reference value to Overseas Chinese Education, especially concerning that IB language B subjects have certain enlightening value for Overseas Chinese language Education. This article discusses the application of teaching approaches for Overseas Chinese Education that are learned from IB language B syllabus through skills and assessment, teaching content/methods, and strategies of IB teaching concepts.

Keywords: *International Baccalaureate (IB), overseas Chinese language education, IB approaches*

PAN, Lili, BOSI Intercultural Language School

IB 全球情境中文教材教法
與 TPACK 學習成效分析

蔡雅薰　張孟義　余信賢

摘要

　　同儕觀課與回饋為一種教學的反思與合作，是透過同儕互相學習精進。大部分的同儕觀課與回饋研究多關注被觀課者的反思與觀課者的回饋，而無兩者的差異比較。因此，本研究主要議題為探討教學內容知識（Pedagogical Content Knowledge, PCK）、科技教學內容知識（Technological Pedagogical and Content Knowledge, TPACK）、講課時的認知策略（Cognitive Strategies in Lecture, CSL）的觀察容易性，是否因被觀課者與觀課者兩者代表教與學不同身份而有所差異？本研究透過國際文憑預科課程（IBDP）中文教師職前教育課程，安排學期結束前的小組試教活動。問卷搜集時程為 2019—2020 年間的三個學期，研究對象為參與「華語文教材教法」大學課程的國際文憑師培生，共計搜集 68 個有效樣本，並運用獨立樣本 t 檢定調查觀察容易性是否有顯著差異。

　　研究結果發現試教者與觀課者對「教學內容知識」與「講課時的認知策略」觀察容易性的認知有顯著的差異。然而，試教者與觀課者對「科技教學內容知識」觀察容易性的認知沒有顯著的差異。本研究不僅可作為未來強化國際文憑師資及國際華語師資培訓教學能力的有效鑒別，更可以進一步釐清目前在第一線教學的華語教師思考教學準備度認知策略與學習者感受接受度之間可能產生的教與學認知落差，找出為何教師已盡力教學，但學生始終無法改善學習成效的癥結原因所在，從而幫助教師具體找到教學盲點，進而反思調整，改善教學。

蔡雅薰，台灣師範大學華語文教學系，聯絡電郵：yahsun@ntnu.edu.tw。
張孟義，台灣師範大學華語文教學系，聯絡電郵：chang.mengi@gmail.com。（本文通訊作者）
余信賢，佛光大學外國語文系，聯絡電郵：xianyu05@gmail.com。

關鍵詞：同儕觀課　師資培育　教學內容知識　科技教學內容知識　講課時的認知策略

一、前言

　　國際文憑（International Baccalaureate, IB）明確地規範語文課程的設計需要符合「教學方法」（Approaches to Teaching, ATT），亦即運用探究式教學、注重概念性理解、融入全球情境、注重差異化教學等等。IB 預科課程（Diploma Programme, DP）的中文師資培育與一般的華語師培所面對的挑戰截然不同，不僅強化在語言原理與文學文本的深度教學，過去華語師資培訓所忽略的教師同儕協作、同儕觀課、共同備課等國際文憑師培的重要環節，皆需要在現今的華教師培過程中融入課堂，建立認知與專業演練。由此可見，現有的華語師資培育與國際文憑師培生的教學專業知能已形成明顯落差（蔡雅薰、余信賢，2019；蔡雅薰、洪榮昭、余信賢，2019）。IBDP 中文師培在進行教學演練時，試教環節與同儕觀課的觀察檢核既是培訓教學能力的重要過程，更是探討國際文憑師培生在自我覺察教學專業知識及教學方法，分析及反思教學方案設計和講課的認知策略等細項，成為試教者與觀課者在國際文憑師資培育課程的最有意義的雙向對話與學習價值。

　　同儕觀課為一種教學的反思與合作，其目的在於協助教師增進教學品質，而終極目標為提升學生學習品質與支援教師的專業發展和教學知能。然而大部分的同儕觀課研究多關注被觀課者的反思與觀課者的回饋，而無兩者的差異比較。有鑒於此，本研究主要議題為探討教學內容知識（Pedagogical Content Knowledge, PCK）、科技教學內容知識（Technological Pedagogical and Content Knowledge, TPACK）、講課時的認知策略（Cognitive Strategies in Lecture, CSL）的觀察容易性，是否因被觀課者與觀課者兩者代表教與學不同身份而有所差異？

二、文獻探討

　　國際文憑組織（International Baccalaureate Organization, IBO）強調自我反思的重要性，且將「反思的」（reflective）列入十項「國際文憑學習者培養目標」之中，鼓勵學習者對自己的學習和經歷能進行縝密的思考、對個人

的本質和發展能評估優缺點及局限的能力。同時，教師更應根據「學習方法」（Approaches to Learning, ATL），極力培養學習者的「思考技能」（thinking skills）：針對學業學習及未來生存所需而提升批判性思考、創新性思考及反思等技能（Costa & Kallick, 2009）。因此，作為一位稱職的教師，除了具備專門知識、教育專業及教學技藝外，更應具備高層次反思（reflective thinking）的批判能力（駱怡君、許健將，2010）。此一理念也符合 IB 國際文憑所追求的終生教育（education for life）（國際文憑組織，2017，頁 11）。

（一）教學的反思與回饋

反思是一種有意識的認知過程，是教師專業成長重要的課題之一。而且，這種看法並非是最近幾年才有的概念（Dewey, 1933; Van Manen, 1995）。Dewey（1933）曾將反思定義為「一種積極的、持續性的，且仔細的考慮斟酌行為；根據所回饋的意見和可能改善方法，也即會產生深思熟慮的信念或多元的觀點，形成新的知識」。相關研究也持續關注教師反思的應用範圍，在教學專業成長中，加深培養反思知能的重要性。Romano（2006）指出，教師的教學知識應具有情境性、互動性和思辨性等特質的探討。Civitillo 等人（2019）透過實驗探討「以學生文化背景作為的教學設計的基礎」「教師具文化多樣性的教學信念」，以及「教師對自身教學的自我反思」三者之間的動態關係。該研究發現，在教學過程中能以學生文化背景作為教學基礎，設計並善用文化連結的教師，較能在自我教學反思中展現更為細膩的行為。Zimmerman（2002）與 Pintrich（2004）均認為，反思是一種認知及情感的過程。在反思的過程中，學習者評估已完成工作的品質，嘗試解釋當中優劣之處，並提出正面或負面回應。作為有效學習的關鍵，反思協助個人內化並重建從外部團體所學之事，進而轉化並精進個人知識與技能。Gibson、Hauf 與 Long（2011）認為反思練習可能是教師可以使用的最重要和最有效的工具。這種做法使教師能夠調查解釋課堂上使用的教學策略有效性的可能原因。通過深思熟慮的反思、實驗和評估，教師可以更好地為學生創造有意義的學習體驗。在自我反思運用於師資培育的研究方面，許多師資培育者均認為反思的探究、知識的分析及知識的實際運用都是職前教師重要的工作（Bembenutty & Chen, 2005; Kremer-Hayon & Tillema, 1999; Perry & Drummond, 2002）。

許多相關研究亦著重探討回饋（feedback）。回饋通常具有高度資訊價

值，回饋可以彌補個人「當前有限的認知」以及「更加完善的認知」之間的差異（Hattie & Timperley, 2007）。回饋內容更可以提供「後設認知層面的支持」（metacognitive support）。此種回饋機制能激勵個人的行為，並進行後設認知的自我反思，針對往後的行為持續調控並引導改變（Karaoglan-Yilmaz, 2020; Bardach et al., 2021）。Wilson 等人（2021）認為反思行為是一種源自內心對執行任務的檢討，而同儕回饋則來自外部對執行任務的檢討。善用反思的學習者，比較會採用自我調控學習，亦即善用回饋機制進行學習，提升自己的教學知能與技能。Taylor 與 Tyler（2012）觀察教師回饋機制（teacher feedback）作為特定的教師專業發展之方式，做成效的分析，其結論指出同儕之間的回饋對學習確實有其效益。Burgess、Rawal 與 Taylor（2021）在英格蘭的 82 所高中裏進行一個同儕觀察實驗。所選學校之教師可以隨機擔任觀察者、被觀察者或兩者，其研究也發現被觀察或觀察別人都會有學習的效益。此外，Murphy、Weinhardt 與 Wyness（2021）根據建構好的課程架構，這個架構為同儕之間的學習，設計一項專門在教室內的觀課計劃的重點。該研究發現，課室觀察提供教師一個觀察別人、也被別人觀察的機會。教師回饋能給予教師許多與課室行為有關的改善，這個效果是前所未有的，即便那些教師已具備「高度內在動機」（Dixit, 2002）。該研究指出同儕回饋的實驗可以更進一步精進教師的課前規劃、備課的能力，以及執行教學上表現優異，並提升教師的自我調控學習的能力（Steinberg & Sartain, 2015）。

（二）「科技教學內容知識」（TPACK）架構

Mishra 與 Koehler（2006, 2009）提出「科技教學內容知識」（TPACK）架構，探討教師如何系統性地運用科技知識並融入教學之中。TPACK 的架構包含七個知識領域：教學法知識（Pedagogical Knowledge, PK）、學科內容知識（Content Knowledge, CK）、科技知識（Technological Knowledge, TK）、教學內容知識（Pedagogical Content Knowledge, PCK）、科技教學知識（Technological Pedagogical Knowledge, TPK）、科技內容知識（Technological Content Knowledge, TCK）、科技教學內容知識（Technological Pedagogical and Content Knowledge, TPACK）。許多研究採用 TPACK 架構調查師培生的各個知識領域的發展（陳國泰，2018；Chen & Jang, 2014; Chai, Koh, & Tsai, 2010, 2013; Tokmak, Yelken, & Konokman, 2013）。鄭琇仁（2015）檢測華語師資培訓策略對遠距教學之

TPACK 專業知識的影響，並從反思分析受訓者在 TPACK 專業知能的表現。結果顯示此跨國「教與學」的模式，培育學生教師部分 TPACK 知能的發展，尤其是科技知識（TK）、教學法知識（PK）、學科內容知識（CK）、科技教學知識（TPK）、教學內容知識（PCK）。五項培訓策略中師傅教師與線上實習對學生教師之 TK、CK、PK 的影響深遠，反思更反映了學生教師在 TPK、PK、TK、PCK、CK 的觀察較多。學習者也賦予高度肯定，其文化性知識的理解度，取決於學生教師內容的分量以及話題安排。最後建議培訓時簡化學生教師任務，讓其能從中提升特定其專業知能，也更能集中體驗課程設計的操作方式。Hao（2016）更進一步探討 TPACK 與反思技能的關係，並從師培生在修習相關課程前測與後測中，發現教學知識領域以及反思技能上明顯成長。然而，在當前課堂觀察活動中，TPACK 的適用性是最受到質疑的（Chai, Koh & Tsai, 2010, 2013; Tokmak, Yelken & Konokman, 2013）。為了進一步釐清此議題，同時，有鑑於師培生反思內容廣泛，包含教學法、教材教法、教學內容及教學器材與科技等，若單就其中一項進行分析，恐對教學培訓所提出建議不夠全面。因此，本論文探討教學內容知識（PCK）、科技教學內容知識（TPACK）、講課時的認知策略（CSL）的觀察容易性，是否因被觀課者與觀課者教與學不同身份而有所差異？

三、研究方法

本研究師培生所使用的教材，是依據 IB 國際文憑全球背景與情境規劃設計，並將全球議題與全球永續發展目標 SDGs（Sustainable Development Goals）融入國際華語文教育，進行主題教學活動。以下就 IB 國際文憑全球背景與六項全球情境主題及全球永續發展十七項目標加以說明：

（一）研究架構

1. 全球背景與情境融入華語教學

不同的背景會產生不同的觀點，以全球為背景與情境有助於引起學習者更多的看法與爭論。透過立論、反證、改進、理解之歷程，更能引導學習者進行深度探究，從而達成有效的學習功效（國際文憑組織，2019，頁 22）。

也因此，IB 國際文憑規劃六項全球情境，並基於此六項主題，規劃跨學

科教學與學習課程。全球情境主題包括：「特徵／認同和關係」「公平與發展」「時空定位」「全球化和可持續發展」「個人表達與文化表達」「科學與技術的創新」等六項（國際文憑組織，2017b，頁27）。

舉例來說，本研究師培生的華語教學教案以繪本《我們的樹》作為課堂教材，並從繪本故事中啄木鳥醫生為樹木看病的情境延伸發想一個單元活動：「大樹生病了怎麼辦？」結合全球情境主題之一的「特徵／認同和關係」，增進對樹醫生的認識，也讓學習者了解社會中各職業的辛苦，進而尊重不同的個體、群體、文化與其他生命。此單元活動亦提供學習單，讓學習者能在影片觀賞後持續反思，學習單（部分）如表1所示。

表 1　「大樹生病了怎麼辦？」學習單

樹也會生病？需要看醫生？ 來看看樹木醫生蕭文偉怎麼救樹吧！	
1. 仔細看影片，排列出正確的醫治順序： 　A. 上藥；B. 採集；C. 顯微鏡觀察； 　D. 碳化；E. 清創；F. 吸塵	答：
2. 看完影片後，你覺得你會想成為一名樹醫生嗎？會／不會 　原因是什麼？	原因：
3. 知道有樹醫生這種職業後，發現原來世界上還有好多很酷的工作！回家找找還有什麼新奇的行業是你感興趣或不曾聽過的？	答：

2. 全球永續發展目標 SDGs 融入華語教學

「全球永續發展目標」（SDGs）係由聯合國於2012年6月，於巴西里約召開「永續發展大會」時所提出，以「綠色經濟」作為未來人類社會發展的方向（葉欣誠等，2019）。隨後於2015年9月時，在聯合國永續發展高峰會中，193個會員國支持並通過「2030永續發展議程」，SDGs包括：「終結貧窮」「終結飢餓」「健全生活品質」「優質教育」「性別平權」「潔淨水資源」「人人可負擔的永續能源」「良好工作及經濟成長」「工業化、創新及基礎建設」「消弭不平等」「永續城鄉」「負責任的生產消費循環」「氣候變遷對策」「海洋生態」「陸域生態」「公平、正義與和平」「全球伙伴關係」等17項，如圖1所示。

圖1 聯合國永續發展目標（來源：https://www.undp.org）

在以繪本《小樹苗大世界》設計的華語教學教案中，師培生透過差異化學習任務，進行分享、問題探討、寫信及繪畫等活動，結合「永續城鎮」及「陸域生態」之 SDGs 發展目標，提供學習者思考如何建造個人居住的家及社區，並反思人類與環境生態的問題。華語教案（部分）範例如表2所示。

表2 《小樹苗大世界》華語教學教案

學習活動	任務	提問	目的
一、分享	找一位同學，分享你的看法。	1. 你會想要在大樹上蓋自己的家嗎？ 2. 你覺得為什麼大樹上的城鎮最後會變成廢墟？	練習口說、聆聽他人想法、與他人分享自己的看法。
二、問題探討	找一位同學，討論問題並寫下來。	你覺得動物們或人類有沒有做錯/需要改進的地方？	發現並探討問題、與他人討論並紀錄結果。
三、寫信	寫一封信。	1. 動物們或人類怎麼做會更好？ 2. 寫一封信給住在大樹上的動物們或人類。	提出建議、當堂寫信、練習寫作。
四、繪畫	用老師提供的素材，畫出自己的想象。	你覺得/希望小樹苗將來會成為怎樣的大樹呢？	透過繪畫表達自己，發揮創造力。

對比 IB「全球情境」與 SDGs 所關心的議題，不難發現它們的共同性，如表3所示。

表 3 「全球情境」與 SDGs 之議題對應

IB 全球情境「跨學科主題」	SDGs「實際生活情境」
特徵 / 認同和關係	全球伙伴關係
公平與發展	性別平權、消弭不平等、公平、正義與和平
時空定位	氣候變遷對策、海洋生態、陸域生態
全球化和可持續發展	潔淨水資源、良好工作及經濟成長、永續城鄉、負責任的生產消費循環
個人表達與文化表達	終結貧窮、終結飢餓、健全生活品質、優質教育、
科學與技術的創新	工業化、創新及基礎建設、人人可負擔的永續能源

（二）研究步驟

本研究透過國際文憑預科課程（IBDP）中文教師職前教育課程，安排學期結束前的小組試教活動，師培生隨機地被分派到被觀課組與觀課組。在試教活動前一週，對師培生展示並說明經過信度、效度驗證的教學觀察檢核表（請見附件一）。被觀課組的師培生以 4—5 人為一組，以樹為主題並結合全球背景與情境及全球永續發展相關議題發展教材，每位試教師培生約有 5 分鐘試教自己所編寫教材，試教結束後，被觀課組與觀課組就整組 20—25 分鐘試教內容填答教學觀察檢核表。問卷搜集時程為 2019—2020 年間的三個學期，共計搜集 68 個有效樣本，被觀課者共 33 位，觀課者共 35 位，並運用獨立樣本 t 檢定分析觀察容易性是否有顯著差異。

（三）研究對象

本研究以台灣一所師範大學「華語教材教法」課程結合 IB 理念融入「中文試教」的活動作為本研究標的，研究對象為參與該課程大學部的師培生。

（四）問卷編制

本研究參考相關文獻（Hwang, Hong & Hao, 2018; Mishra & Koehler, 2006, 2009）與專家學者意見發展華語教師教學觀察檢核表，以作為本研究最主要的研究工具。問卷設計包括三個構面，分別為「教學內容知識」（PCK）定義為教師有效將學科內容傳達並使學生易於理解，結合學科知識與教學法知識，根據

特定學科內容加以編排與調整，並透過解釋、舉例等教學方式呈現。「科技教學內容知識」（TPACK）定義為善用科技工具以最佳方式呈現教學內容，並藉以將所運用的科技教學教材融入符合課程內容的教學法。「講課時的認知策略」（CSL）定義為教師在講課時考慮到學習者的認知能力或認知活動。問卷共 32 個檢核題項，並採用 Likert 式五點量表的填答方式，由低至高表示檢核題項觀察容易性的程度，（1. 非常不容易觀察的；2. 不容易觀察的；3. 尚可；4. 容易觀察的；5. 非常容易觀察的。），探討被觀課者與觀課者觀察容易性落差程度。

四、研究結果與討論

（一）信度分析

華語教師教學觀察檢核表信度部分以 Cronbach's Alpha 係數檢測各構面題項的內部一致性，如表 4 所示。被觀課者觀察容易性的內部一致性為 0.93，觀課者觀察容易性的內部一致性為 0.91。同時，三大構面各題項在被觀課者觀察容易性與觀課者觀察容易性的信度係數均大於 0.8，顯示本問卷之內部一致性良好。

表 4　問卷信度檢測

構面	題數	內部一致性 Cronbach's Alpha 係數	
		被觀課者	觀課者
（1）教學內容知識（PCK）	11	0.92	0.85
（2）科技教學內容知識（TPACK）	9	0.89	0.88
（3）講課時的認知策略（CSL）	12	0.84	0.85
總問卷	32	0.93	0.91

（二）效度分析

內容效度（content validity）邀請於大學任教之教育及華語文研究相關領域學者共兩位，且並未直接參與本研究實驗過程，針對華語教師教學觀察檢核表題項內容的周延性、代表性、適切性、測量主題內涵、測量工具內容，

以及所預測的目標等方面，進行判決並加以修改，以確保問卷內容與格式的適宜性（Williams & Penfield, 1985）。

（三）三大構面被觀課者與觀課者觀察容易性落差

針對「教學內容知識」（PCK）、「科技教學內容知識」（TPACK）、「講課時的認知策略」（CSL）三大構面中所述的項目，本研究列出被觀課者與觀課者的觀察容易性平均值（M）與標準差（SD）、t 值、效果量（effect size），如表 5 所示。

表 5　三大構面被觀課者與觀課者觀察容易性

構面	被觀課者 (N = 33)		觀課者 (N = 35)		t 值	效果量 (Cohen's d)
	M	SD	M	SD		
教學內容知識（PCK）	4.40	0.59	3.95	0.63	3.07**	0.75
科技教學內容知識（TPACK）	3.83	0.96	3.65	0.98	0.76	0.18
講課時的認知策略（CSL）	4.22	0.58	3.77	0.71	2.78**	0.68

*$p < 0.05$; ** $p < 0.01$; ***$p < 0.001$

由表 5 結果得知，在三大構面中，被觀課者觀察容易性的平均數介於 $M = 3.83$、$SD = 0.58$ 至 $M = 4.40$、$SD = 0.96$ 之間，而觀課者觀察容易性的平均數則介於 $M = 3.65$、$SD = 0.63$ 至 $M = 3.95$、$SD = 0.98$ 之間，在每一個構面中，被觀課者觀察容易性平均數皆大於觀課者觀察容易性平均數，可見試教師培生與觀課師培生在觀察容易性是有認知落差的。進一步使用獨立樣本 t 檢定分析結果顯示，被觀課者與觀課者對「教學內容知識」（PCK）觀察容易性的認知有顯著的差異，且效果量 d 大於 0.5，屬於中高等效果，t（66）= 3.07，$p < 0.01$，$d = 0.75$。另外，被觀課者與觀課者對「講課時的認知策略」（CSL）觀察容易性的認知亦有顯著的差異，且效果量 d 大於 0.5，屬於中高等效果，t（66）= 2.78，$p < 0.01$，$d = 0.68$。然而，被觀課者與觀課者對「科技教學內容知識」（TPACK）觀察容易性的認知沒有顯著的差異，且效果量 d 小於 0.2，屬於低等效果，t（66）= 0.76，$p > 0.05$，$d = 0.18$。

（四）個別題項觀察容易性之落差感受

除了上述三大構面之觀察容易性的落差程度感受外，本研究更進一步針對教學觀察檢核表中 32 個題項，進行構面之內的感受度排序，如表 6 至表 8 所示，並依序分析討論。

表 6 「教學內容知識」（PCK）各題項排序

題項內容	被觀課者 (N = 33)		觀課者 (N = 35)		觀察容易落差程度	落差排序
	M	SD	M	SD		
（1）本次華語教學活動是依據學習理論（如：情境、探究）設計。	4.33	0.89	4.12	0.82	0.21	10
（2）本次華語教學活動具有邏輯性。	4.48	0.71	4.15	0.87	0.33	9
（3）本次華語教學活動依學生認知（學習）能力規劃。	4.48	0.76	3.81	0.83	0.67	3
（4）本次華語教學活動依不同的學習型態（視覺型、聽覺型、觸覺型等）設計。	4.45	0.72	3.97	0.93	0.48	5
（5）本次華語教學活動與課程目標相結合。	4.25	1.02	3.88	1.32	0.37	7
（6）本次華語教學活動具成果導向（outcome-based）（學習目標：記憶、理解）。	4.23	0.82	3.52	1.12	0.71	2
（7）本次華語教學活動是以主題導向設計。	4.70	0.64	4.30	1.19	0.40	6
（8）本次華語教學活動是整合跨領域學習的內容。	4.76	0.50	4.39	1.03	0.37	7
（9）本次華語教學活動是以專題導向（如：如何蓋房子）設計。	4.09	1.16	3.47	1.05	0.62	4
（10）本次華語教學活動是以問題導向（如：如何解決房子漏水）設計	4.41	0.76	3.48	1.12	0.93	1
（11）本次華語教學活動是以多元化智能發展設計。	4.16	0.93	4.06	0.91	0.10	11

由表 6 結果得知，在「教學內容知識」（PCK）構面中，觀察容易落差程度前三名題項與採用何種探究模式教學和是否依學生認知能力調整有關，依序為「本次教學之教學設計是以問題導向設計」「本課程之教學設計具成果導向（outcome-based）」「本次教學之教學設計是依學生認知能力做規劃」。由於每組師培生約有 20—25 分鐘試教，受限於試教時間較難呈現「全球情境」與 SDGs 相關議題之課程教學設計是以問題導向（例如：如何解決熱帶雨林消

失）、成果導向（例如：理解熱帶雨林消失的影響）設計的，因此，觀課者較不易觀察試教者教學是否使用問題導向、成果導向設計。此外，研究指出，由於新手教師大多數處於核心知識，如 PK、CK 及 TK 的學習前期，其反思內容則鮮少著重在整合類知識領域，如 PCK、TCK、TPK 及 TPACK（Huang, Lin, Chai, Hung & Zhang, 2019; Koh, 2013）。

表 7 「科技教學內容知識」（TPACK）各題項排序

題項內容	被觀課者 (N = 33)		觀課者 (N = 35)		觀察容易落差程度	落差排序
	M	SD	M	SD		
（1）使用適宜的數位媒體材料，提供學習者理解教學內容。	4.55	0.83	4.12	0.95	0.43	4
（2）自製數位媒體材料，提供學習者理解教學內容。	3.72	1.31	3.60	1.38	0.12	8
（3）結合線上社群媒體（如：YouTube），提供學習者作有效學習。	4.65	0.80	4.42	0.94	0.23	5
（4）結合搜尋網站（如：Google），提供學習者作有效學習。	4.10	1.32	3.38	1.38	0.72	3
（5）運用新興科技（如：VR、AR），提供學習者作有效學習。	3.07	1.54	2.86	1.73	0.21	7
（6）運用網絡混成教學模式（如：MOOCs），提供學習者作有效學習。	3.27	1.40	2.50	1.43	0.77	2
（7）運用網絡（媒體）進行不同的翻轉教學（如：前翻轉、後翻轉的教學方式），提供學習者作有效的學習。	3.97	1.02	3.19	1.49	0.78	1
（8）運用數位遊戲媒體，提供學習者作有效學習。	3.55	1.43	3.50	1.45	0.05	9
（9）運用科技找出學習者障礙，提供鷹架促進學習效果。	3.32	1.59	3.09	1.41	0.23	5

由表 7 結果得知，在「科技教學內容知識」（TPACK）構面中，觀察容易落差程度前三名題項，依序為「運用網絡（媒體）進行不同的翻轉教學（如：前翻轉、後翻轉的教學方式），提供學生作有效的學習」「運用網絡混成教學模式（如：MOOCs），提供學生作有效學習」「結合搜尋網站（如：Google），提供學生作有效學習」。此結果顯示受限於試教的時間與主題，當教師運用新的平台或科技工具進行數位教學時，較難運用探究式教學策略設計問題、活

動，讓學習者有時間進行探究歷程。Hong 等人（2020）發現，對於參與課堂觀課活動的教師而言，TPACK 的適用性最不確定。許多研究也指出，教師很難將科學與科技融入教學過程（Voogt & McKenney, 2017），導致從教師主導的學習到以學生為中心的學習的轉變在學校仍然不普遍（Ertmer & Ottenbreit-Leftwich, 2013; Heitink, Fisser, Verplanken & van Braak, 2017）。

表 8 「講課時的認知策略」（CSL）各題項排序

題項內容	被觀課者 (N = 33)		觀課者 (N = 35)		觀察容易落差程度	落差排序
	M	SD	M	SD		
(1) 上課的內容，能結合生活經驗。	4.73	0.52	4.24	0.90	0.49	6
(2) 講課時能運用學生理解的詞彙教授單元內容。	4.52	0.78	3.52	1.12	1.00	2
(3) 運用好（正確）的例子進行範例教學。	4.64	0.62	4.03	1.07	0.61	5
(4) 運用差（不當）的例子進行範例教學。	4.12	1.17	2.77	1.38	1.35	1
(5) 講課時能適切調整教學方式引導學生深度理解。	3.93	0.94	3.46	1.20	0.47	8
(6) 能察覺到學生上課時的認知疲乏，轉換教學方式。	3.71	1.24	3.60	1.20	0.11	12
(7) 提供認知鷹架（由簡單提示到深度解說），提供學生有效學習。	4.13	0.94	3.66	0.72	0.47	8
(8) 注意到學生的認知負荷，調整教材的難易程度。	4.07	0.86	3.36	1.16	0.71	4
(9) 結合不同的評量方法，評測學生是否理解上課內容。	4.41	0.87	3.57	1.26	0.84	3
(10) 本次華語教學活動針對學生迷思概念，設計教學活動。	4.04	1.13	3.56	1.12	0.48	7
(11) 本次華語教學活動有強化工作記憶的效果。	3.86	0.93	3.64	1.19	0.22	10
(12) 本次華語教學活動結合體感活動，以增加認知學習的效果。	4.37	0.97	4.21	0.88	0.16	11

　　由表 8 結果得知，在「講課時的認知策略」（CSL）構面中，觀察容易落差程度前三名題項，依序為「運用差（不當）的例子進行範例教學」「講課時能運用學生理解的詞彙教授單元內容」「結合不同的評量方法，評測學生是否理解上課內容」。此結果顯示觀課者較不易觀察試教者是否運用差（不當）的

例子教學與是否運用學生理解的詞彙教授單元內容，雖然提供正確、不當對比的範例可以使學生得到較好的學習成效（Durkin & Rittle-Johnson, 2012），但由於師培生沒有太多的教學經驗，相較於好（正確）的例子，更需要技巧去使用差（不當）的例子教學，也較難以學習者為中心，依學習者的背景運用不同理解的詞彙教授單元內容（Tomlinson, 2014）。此外，受限於試教時間，觀課者可能較難觀察試教者是否運用多元方式評量學習者的學習成效。

五、結論與建議

本研究就 IB「全球背景與情境」及聯合國之全球永續發展目標（SDGs）所關心之議題發展教材進行教學。將教學和學習與全球情境及 SDGs 結合，除了使學生的學習更加有憑有據，更能讓學生探索實際生活中的問題，而非課堂上假想的、與現實不符的問題。將學習與實際生活情境結合也能幫助學習者意識到「進行這些學習活動的意義所在」。學習者以宏觀的視角，認識他們正在學習的東西。透過一系列當地與全球性問題和觀點進行深入的探究，並關心全球議題，例如衝突、權利和環境，幫助學習者培養國際情懷，成為參與國際的全球公民（國際文憑組織，2019）。此外，本研究的試教觀察檢核的科學歷程，可作為未來強化國際文憑師資及國際華語師資培訓教學能力的有效診斷、評估和諮詢。幫助目前在第一線教學的華語教師思考教學準備度與學習者感受度之間可能產生的教與學認知落差。找出為何教師已盡力教學，但學生卻無法改善學習成效的癥結原因所在，具體找到教學盲點，進而反思調整，教師必須持續精進自己的專業成長與教學知能發展，改善其教學，使教師專業知能更加完備。

儘管本研究分析結果有助精進華語文師資培育，然而，有其研究限制，例如，由於每位師培生分配到的試教時間有限，局限了試教者可以發揮的空間。在後續的研究規劃方面，由於本研究只探討教學內容知識（PCK）、科技教學內容知識（TPACK）、講課時的認知策略（CSL）的觀察容易性，未來可以檢測其他知識領域，例如：學科內容知識（CK）、科技知識（TK）、科技教學知識（TPK）、討論時的認知策略（CSD）等。

參考文獻

1. 蔡雅薰、余信賢（2019）：《IB 國際文憑與中文教學綜論》，台北市：新學林出版股份有限公司。

2. 蔡雅薰、洪榮昭、余信賢（2019）：「國際華語教師學科教學知識問卷」之編制與教師教學能力素養落差分析，《測驗學刊》，66（4），403—428。

3. 陳國泰（2018）：提升中小學教師的 TPACK 之有效策略。《台灣教育評論月刊》，7（1），227—235。

4. 國際文憑組織（2017a）：《中學項目：從原則到實踐》，英國：國際文憑組織出版部。

5. 國際文憑組織（2017b）：《中學項目：在中學項目培育跨學科教學與學習》，英國：國際文憑組織出版部。

6. 國際文憑組織（2019）：《大學預科項目中的教學與學習方法》，英國：國際文憑組織出版部。

7. 駱怡君、許健將（2010）：反省性思考在教師班級經營上之運用。《教育科學期刊》，9（1），71—86。

8. 葉欣誠、于蕙清、邱士倢、張心齡、朱曉萱（2019）：永續發展教育脈絡下我國食農教育之架構與核心議題分析，《環境教育研究》，15（1），87—140。

9. 鄭琇仁（2015）：TPACK 華語師資培訓成效之研究，《高雄師大學報：人文與藝術類》，38，95—122。

10. Bardach, L., Klassen, R. M., Durksen, T. L., Rushby, J. V., Bostwick, K. C. P., & Sheridan, L. (2021). The power of feedback and reflection: Testing an online scenario-based learning intervention for student teachers. *Computers & Education, 169*, 104194. https://doi.org/10.1016/j.compedu.2021.104194

11. Bembenutty, H., & Chen, P. P. (2005). Self-efficacy and delay of gratification. *Academic Exchange Quarterly, 9*(4), 78-86.

12. Burgess, S., Rawal, S., & Taylor, E. S. (2021). Teacher peer observation and student test scores: Evidence from a field experiment in English secondary schools. *Journal of Labor Economics, 39*(4). https://doi.org/10.1086/712997

13. Civitillo, S., Juang, L. P., Badra, M., & Schachner, M. K. (2019). The interplay between culturally responsive teaching, cultural diversity beliefs, and self-reflection: A multiple case study. *Teaching and Teacher Education, 77*, 341-351. https://doi.org/10.1016/j.tate.2018.11.002

14. Chai, C.-S., Koh, J. H.-L., & Tsai, C.-C. (2010). Facilitating preservice teachers' development of technological, pedagogical, and content knowledge (TPACK). *Journal of Educational Technology & Society 13*(4), 63-73.

15. Chai, C.-S., Koh, J. H.-L., & Tsai, C.-C. (2013). A review of technological pedagogical content knowledge. *Educational Technology & Society, 16*(2), 31-51.

16. Chen, Y. H., & Jang, S. J. (2014). Interrelationship between stages of concern and technological, pedagogical, and content knowledge: A study on Taiwanese senior high school in-service teachers. *Computers in Human Behavior, 32*, 79-91.

17. Costa, A., & Kallick, B. (2009). *Learning and leading with habits of mind.* Alexandria, VA: ASCD.

18. Dewey, J. (1933). *How we think.* Chicago: Henry Regnery.

19. Dixit, A. (2002). Incentives and organizations in the public sector: An interpretative review. *Journal of Human Resources, 37*(4), 696-727.

20. Durkin, K. & Rittle-Johnson, B. (2012). The effectiveness of using incorrect examples to support learning about decimal magnitude. *Learning and Instruction, 22*(3), 206-214.

21. Ertmer, P. A., & Ottenbreit-Leftwich, A. (2013). Removing obstacles to the pedagogical changes required by Jonassen's vision of authentic technology-enabled learning, *Computers & Education, 64*, 175-182. https://doi.org/10.1016/j.compedu.2012.10.008

22. Gibson, M., Hauf, P., & Long, B. S. (2011). Reflective practice in service learning: Possibilities and limitations. *Education & Training, 53*(4), 284-296.

23. Hao, Y. (2016). The development of pre-service teachers' knowledge: A contemplative approach. *Computers in Human Behavior, 60*, 155-164.

24. Hattie, J., & Timperley, H. (2007). The power of feedback. *Review of Educational Research, 77*(1), 81-112. https://doi.org/10.3102/003465430298487

25. Heitink, M., Fisser, P., Verplanken, L., & van Braak, J. (2017). Eliciting teachers' technological pedagogical knowledge. *Australasian Journal of Educational Technology, 33*(3), 96-109. https://doi.org/10.14742/ajet.3505

26. Hong, J. C., Ye, J. H., Chen, P. S., & Yu, Y. Y. (2020). A checklist development for meaningful learning in classroom observation. *International Journal of Information and Education Technology, 10*(10), 728-735.

27. Huang, H.-Y., Lin, P.-Y., Chai, C. S., Hung, G.-T, & Zhang, Y. (2019). Fostering design-oriented collective reflection among preservice teachers through principle-based knowledge building activities. *Computers & Education, 130*, 105-120.

28. Hwang, M. Y., Hong, J. C., & Hao, Y. W. (2018). The value of CK, PK, and PCK in professional development programs predicted by the progressive beliefs of elementary school teachers. *European Journal of Teacher Education, 41*(4), 448-462.

29. Karaoglan-Yilmaz, F. G. (2020). Modeling different variables in flipped classrooms supported with learning analytics feedback. *Journal of Information and Communication Technologies, 2*(1), 1-16. https://dergipark.org.tr/tr/pub/bited/issue/54128/693779

30. Koh, J. H. L. (2013). A rubric for assessing teachers' lesson activities with respect to TPACK for meaningful learning with ICT. *Australasian Journal of Educational Technology, 29*(6), 887-900.

31. Kremer-Hayon, L., & Tillema, H. H. (1999). Self-regulated learning in the context of teacher education. *Elsevier Science, 15*(5), 507-522.

32. Mishra, P. & Koehler, M. (2006). Technological pedagogical content knowledge: A framework for teacher knowledge. *Teachers College Record, 108*(6), 1017-1054.

33. Mishra, P. & Koehler, M. (2009). Too cool for school? No way! Using the TPACK framework: You can have your hot tools and teach with them, too. *Learning & Leading with Technology, 36*(7), 14-18.

34. Murphy, R., Weinhardt, F., & Wyness, G. (2021). Who teaches the teachers? A RCT of peer-to-peer observation and feedback in 181 schools. *Economics of Education Review, 82*, 102091. https://doi.org/10.1016/j.econedurev.2021.102091

35. Perry, N. E., & Drummond, L. (2002). Helping young students become self-regulated researchers and writers. *The Reading Teacher, 56*(3), 298-310

36. Pintrich, P. (2004). A conceptual framework for assessing motivation and self-regulated learning in college students. *Educational Psychology Review, 16*(4), 385-407.

37. Romano, M. E. (2006). "Bumpy moments" in teaching: Reflections from practicing teachers. *Teaching and Teacher Education, 22*(8), 973-985.

38. Steinberg, M. P., & Sartain, L. (2015). Does teacher evaluation improve school performance? experimental evidence from Chicago's excellence in teaching project. *Education Finance and Policy, 10*(4), 535-572.

39. Taylor, E. S., & Tyler, J. H. (2012). The effect of evaluation on teacher performance. *American Economic Review, 102*(7), 3628-3651.

40. Tokmak S. H., Yelken Y. T., & Konokman Y. G. (2013). Pre-service Teachers' Perceptions on Development of Their IMD Competencies through TPACK-based Activities. *Educational Technology & Society, 16*(2), 243-256.

41. Tomlinson, C. A. (2014). *The differentiated classroom: Responding to the needs of all learners* (2nd ed.). Alexandria, VA: ASCD.

42. Van Manen, M. (1995). Epistemology of reflective practice. *Teachers and Teaching: Theory and Practice, 1*(1), 33-50.

43. Voogt, J., & McKenney, S. (2017). TPACK in teacher education: are we preparing teachers to use technology for early literacy? *Technology, Pedagogy and Education, 26*(1), 69-83. https://doi.org/10.1080/1475939X.2016.1174730

44. Williams, A. C., & Penfield, M. P. (1985). Development and validation of an instrument for characterizing food-related behavior. *Journal of the American Dietetic Association, 85*(6), 685-689.

45. Wilson, S. G., Young, B. W., Hoar, S., & Baker, J. (2021). Further evidence for the validity of a survey for self-regulated learning in sport practice. *Psychology of Sport & Exercise, 56*, 101975. https://doi.org/10.1016/j.psychsport.2021.101975

46. Zimmerman, B. J. (2002). Becoming a self-regulated learner: An overview. *Theory into Practice, 41*(2), 64-70.

附件一

華語教師教學觀察檢核表

觀課類別：

被觀課者　　　　　　　　觀課者

報告人主題：

| 1 | 2 | 3 | 4 |
| 5 | 6 | 7 | 8 |

填表說明：

依照檢核項目進行評分：

5 非常容易觀察的；　　　**4** 容易觀察的；　　　**3** 尚可；

2 不容易觀察的；　　　　**4** 非常不容易觀察的。

檢核項目	觀察容易性				
教學內容知識 PCK（Pedagogical Content Knowledge）	1	2	3	4	5
（1）本次華語教學活動是依據學習理論（如：情境、探究）設計。					
（2）本次華語教學活動具有邏輯性。					
（3）本次華語教學活動依學生認知（學習）能力規劃。					
（4）本次華語教學活動依不同的學習型態（視覺型、聽覺型、觸覺型等）設計。					
（5）本次華語教學活動與課程目標相結合。					
（6）本次華語教學活動具成果導向（outcome-based）（學習目標：記憶、理解）。					
（7）本次華語教學活動是以主題導向設計。					

檢核項目	觀察容易性				

(8) 本次華語教學活動是整合跨領域學習的內容。

(9) 本次華語教學活動是以專題導向（如：如何蓋房子）設計。

(10) 本次華語教學活動是以問題導向（如：如何解決房子漏水）設計。

(11) 本次華語教學活動是以多元化智能發展設計。

檢核項目		觀察容易性			
科技教學內容知識 TPACK （Technological Pedagogical and Content Knowledge）	1	2	3	4	5

(1) 使用適宜的數位媒體材料，提供學習者理解教學內容。

(2) 自製數位媒體材料，提供學習者理解教學內容。

(3) 結合線上社群媒體（如：YouTube），提供學習者作有效學習。

(4) 結合搜尋網站（如：Google），提供學習者作有效學習。

(5) 運用新興科技（如：VR、AR），提供學習者作有效學習。

(6) 運用網絡混成教學模式（如：MOOCs），提供學習者作有效學習。

(7) 運用網絡（媒體）進行不同的翻轉教學（如：前翻轉、後翻轉的教學方式），提供學習者作有效的學習。

(8) 運用數位遊戲媒體，提供學習者作有效學習。

(9) 運用科技找出學習者障礙，提供鷹架促進學習效果。

檢核項目		觀察容易性			
講課時的認知策略 CSL（Cognitive Strategies in Lecture）	1	2	3	4	5

(1) 上課的內容，能結合生活經驗。

(2) 講課時能運用學生理解的詞彙教授單元內容。

(3) 運用好（正確）的例子進行範例教學。

(4) 運用差（不當）的例子進行範例教學。

(5) 講課時能適切調整教學方式引導學生深度理解。

(6) 能察覺到學生上課時的認知疲乏，轉換教學方式。

(7) 提供認知鷹架（由簡單提示到深度解說），提供學生有效學習。

(8) 注意到學生的認知負荷，調整教材的難易程度。

(9) 結合不同的評量方法，評測學生是否理解上課內容。

(10) 本次華語教學活動針對學生迷思概念，設計教學活動。

(11) 本次華語教學活動有強化工作記憶的效果。

(12) 本次華語教學活動結合體感活動，以增加認知學習的效果。

IB Global Contextual Teaching Materials and Methods of Chinese and TPACK Learning Effectiveness Analysis

TSAI, Ya-Hsun   CHANG, Meng-I   YU, Xin-Xian

Abstract

Peer review and feedback is a kind of reflection and cooperation in teaching and improvement through peer learning. Most peer review and feedback studies focus on the reflection of the teachers and the feedback from the class observers, without comparing the differences between the two. Therefore, the main topic of this study is to explore the easiness of observation of pedagogical content knowledge (PCK), technical pedagogical and content knowledge (TPACK), and cognitive strategies in lecture (CSL) during lectures and investigate whether there is a significant difference between the individual being observed and the individual observing the lesson that represents different identities of teachers and learners. Through the education courses for pre-service Chinese teachers in the International Baccalaureate Diploma Programme (IBDP), this study arranged group trial teaching activities before the end of a semester. The questionnaires were collected for three semesters between 2019 and 2020. The subjects of the research were IB pre-service teachers who participated in the undergraduate course of "Teaching Materials and Methods of Chinese". A total of 68 valid samples were collected, and the independent sample t-test was used to investigate whether there are significant differences in the easiness of observation between pre-service teachers and class observers.

The results revealed that there were significant differences between the trial teachers and the class observers in their perceptions of the easiness of observation of "pedagogical content knowledge" and "cognitive strategies in lecture." However, there was no significant difference in the perception of the easiness of observation of "technical pedagogical and content knowledge" between trial teachers and class observers. This study can not only be used as an effective identification for strengthening the teaching ability of IB teachers and international Chinese teacher training in the future, but also further help Chinese teachers currently teaching on the front line think and clarify the teaching readiness and the cognitive gap between teaching and learning that may arise between teaching strategies and learners' perceptions and acceptances. It can also help to find out the reason why teachers have tried their best to teach but the crux of students' failure to improve their learning outcomes still exists. Finally, teachers can specifically find teaching blind spots, and then reflect, adjust and improve their teaching.

Keywords: *peer review and feedback, teacher training, pedagogical content knowledge, technological pedagogical and content knowledge, cognitive strategies in lecture*

TSAI, Ya-Hsun, Department of Chinese as a Second Language, Taiwan Normal University.
CHANG, Meng-I, Department of Chinese as a Second Language, Taiwan Normal University. (corresponding author)
YU, Xin-Xian, Department of Foreign Languages and Cultures, Fo Guang University

從教學理念到教學實踐——從 MYP 教材編寫與使用看 IB 教學理念對中文教學的影響

董寧　賴彥怡

摘要

IB 課程源於西方，在教學理念、培養目標和教學方法等方面與中國傳統學科教學大相徑庭。自 2014 年開啟「新篇章」的課程改革之後，MYP 開始了概念驅動的探究式教學模式，對 MYP 中文教學影響深遠。鑒於本教材的編寫者同時也是教材的使用者，本文既從教材編寫者的角度，通過引用 IB 文件以及研究者的相關論述，分析及呈現 IB 課程理念對中文教學目標、教材內容的編選及教學實踐的影響；又從使用者的角度例舉具體應用教材的實例以及引用調查表的資料，呈現出 IB 教材在引領中文教學實踐中所產生的積極影響與切實有效的作用。筆者認為，恰當的中文教材編寫構架起教學理念與教學實踐間的橋樑，並切實起到了促進教學模式與教學實踐相互結合的作用。符合教學理念的教材是 IB 中文教學不可或缺的輔助工具。

關鍵詞：中文教學　教材編寫　概念驅動　探究式教學

一、MYP 的重要理念、課程設置與教學方法

IB（International Baccalaureate）課程在全球發展迅速。據不完全統計，目前，全球 159 個國家已擁有授權 IB 學校 5,400 多所，其中在中國內地有

董寧，EiM 集團中文課程及培訓總監，聯絡電郵：ningdong9@gmail.com。（本文通訊作者）

賴彥怡，深圳薈同學校，聯絡電郵：yylai39@163.com。

243 所，香港 69 所，台灣 13 所（IBO, 2022a）。1994 年國際文憑組織（簡稱 IBO）推出了為 11 歲到 16 歲學生設計的中學項目課程 IBMYP（International Baccalaureate Middle Years Programme，以下簡稱 MYP）後，IB 於 2014 年開啟了 MYP 的「新篇章」，更新了教學大綱，試圖從課程規劃上建立起小學項目（PYP）、中學項目（MYP）和大學預科項目（DP）以及國際文憑職業教育證書項目（CP）之間的無縫銜接。相比 DP、PYP，MYP 是 IB 家族的後起之秀且是課程體系中承上啟下的一環，其發展備受矚目，前景可觀。

（一）MYP 的教學宗旨與課程設置

IB 在全球的快速發展與其頗具前瞻性地預測了全球化的世界潮流、確立了具有高瞻遠矚的人才培養目標是密不可分的。MYP 強調以學生為本，旨在將成長於不同國家與地區的青少年培養成為未來的「全球領導者」（IBO, 2014）。

MYP 課程由八個學科組成，涵蓋了語言與文學、語言習得、個人與社會、科學、數學、藝術、體育、設計。還有社會與個人設計（PP），以及社區服務活動（CAS）。該課程意在培養學生成長為具有創造批判和反思意識的思考者，並具有發展、交流、多元文化理解和全球參與等方面的技能，全面發展為未來的學習工作以及終身學習做好準備。同時，MYP 課程希望打破傳統學科間界限，強調知識是一個相互關聯的整體，建立跨學科聯繫，使其相互作用領域成為連接各學科的紐帶（IBO, 2014）。

（二）MYP 的教學理念與教學方法

MYP 中學項目採用概念驅動的教學模式，突出「重大概念」「相關概念」「全球語境」「探究問題」「學習方法」等重要元素。其突出強調概念在知識結構中具有重要地位，要求學生能超越事實或主題進行思想表達。這種概念驅動的課程模式重視學生的探究與體驗，有助於學生通過概念學習掌握應用知識的能力（IBO, 2021）。這個改變打破了以往學科教學中以專業知識為中心的教學傳統。

在 MYP 的學習中，IBO 規定每個學生至少要學習兩門語言，其中一門須達到母語的水平（IBO, 2014）。不難看出 IB 提倡雙語、甚至多語學習，藉以

實現多元文化視野的國際教育。讓學生能夠通過語言學習加強不同學科之間的密切聯繫，在獲得相應學習技能的同時探索更為廣泛複雜的全球性問題，更具批判性思維。以中文學習為例，一個優秀的 MYP 學習者不一定會成為中文專家，但能运用概念進行學科融合掌握中文學習技能，並藉助其在本學科學習知識的方法完成知識遷移，達到其他學科學習的融會貫通，成為能夠適應未來社會發展的世界公民。

綜上所述，MYP 課程構建了一套完整的學習體系框架以實現其對人才培養的教學目標，並突出了以下特點——以培養世界公民為教學目標；以概念驅動為教學模式；突出整體化教育，強調語言作為交際工具的作用。若以此來關照中文傳統的學科教學，兩者間多層面差異則不言自明。

二、IB 中文教學面對挑戰——MYP 中文教材編寫勢在必行

（一）教材的概念

「教材」，教學材料的簡稱。教材是學校教學中各學科的內容，是教師從事教學時所用的材料（康自立，1989）。除教科書外，像書報、雜誌、圖畫、表解、實物、標本、模型、儀器、補充讀物、電影片、幻燈片、教育播音，以及教師的經驗、學生的經驗、社會機關和習俗制度、大自然的現象等，都是教材的資源（孫邦正，1968）。在中國內地，人們習慣於將教學活動中所使用的各種教學資源統稱為教材，如「基礎教育課程教材」（溫儒敏，2016）。據此，本文將這套 MYP 課本稱為教材。

（二）教材的必要性

Lanning（2013）根據 Erickson「概念為本」（Erickson, 2008）的教學理念進行了「課程模式」的探討與設計，給 IB 提供了課程框架。IB 課程一直沿用只有大綱沒有規定固定教材的做法，靈活與便利成為一大亮點。有研究者認為，「在課程指導的框架下，教師有多種建構課程的方法，以適應不同的教育背景、需求和偏好。國際文憑組織鼓勵教師充分利用這一自由，在構建課程時開展創意思考，使學習和教學內容充實、豐富多彩並妙趣橫生。」（武茜，

2020）然而，在具體教學過程中，如何把固定框架、原則與具體教學內容、有效的教學方法結合，以提高學生聽說讀寫的能力，要靠每位 MYP 教師憑自身理解水平，用自身知識儲備，花費時間、精力探索、琢磨與研究。因此，真正能做到融會貫通並非易事。

身為 MYP 教師，筆者十分清楚 IB 中文教師工作量相當「可觀」。即使是一位經驗豐富的 MYP 教師平常也需花費大量時間備課、批改作業、組織各類活動，及處理其他瑣碎的工作，更何況是新手。教學參考資料方面，MYP 只用英語、法語和西班牙語提供評審以及評估監督服務（IBO, 2011）。雖有 IBO 支援網站上提供的英譯中《中學項目教師參考資料》，明確給出的教學範例是英文的，和中文實際教學有一定距離，中文的語言與文學教參少之又少。然而，隨著 IB 課程的快速發展，新手入行上崗數量激增並日漸成為主力軍。伊恩・麥格拉思（2021）曾提到過，教材除能夠有效減少備課所需時間外，還能給全職教師提供一個可見、連貫的工作計劃，解決教師教學壓力大，缺乏時間和系統知識的困難。麥格拉思還指出，教材是學習者的便捷資源，是能助其預覽或回顧課堂上所做的重要資料，促使學習「進步」及獲得安全感。

IBDP 的英文教材一直被廣泛使用，以語言與文學及文學課程為例，劍橋大學出版社出版的《English A: Language and Literature》，牛津大學出版社推出的《English A: Literature Course Book》等教材，一直被用於課堂教學。事實證明，教材提供教學的思路規範化的引導，節省教師準備的時間和精力，有助於教師在有本可依的方便與自由發揮的靈活之間取得平衡，在 IB 教學中發揮著不可取代的作用。

筆者參加、組織過多次教師培訓，了解教師們急需適合 MYP 課程的教材以幫助他們在 MYP 課程框架之下展開課教學，讓 IB 教學理念真正落在中文教學實踐中。從 2014 年開始，筆者及幾位編者開始編寫《IBMYP 語言與文學》教材（以下簡稱 IBMYP 教材），經多所學校的試用反饋，反覆修改後於 2018 年正式出版。這套全球首創的 MYP 中文教材按照 IB 教學理念和思路，根據 MYP 大綱內容，為 IB 大綱的堅實骨架增添了血肉，同時嚴格遵循中文教學的規律和特點，有力地支持了教育者及學習者。

三、IB 教學目標決定教學內容——教材編寫須選擇相應課文

（一）教材編寫目標

「國文教學的目標，在於養成閱讀書籍的習慣，培植欣賞文學的能力，訓練寫作文字的技能。」（葉聖陶、朱自清，1943）葉老強調，學習課文是為了識字寫字、用字用詞、辨析句子及了解篇章結構。筆者所熟悉的傳統語文教材大多精選名家名文為課文。課文是學生閱讀理解的範本，掌握寫作技巧的範例。可見，傳統語文教學的目標是訓練學習者精確地掌握語言文字的基本功，培養具有學科技能的專業人才。

然而，當今社會人際交流與溝通已不單靠語言文字。中文教學須與時俱進，以滿足社會需求。對學習者來說，學習內容和真實生活情景相互結合方能提升學習者興趣，方能助其學以致用。

MYP 語言與文學課程的教學則不局限於語言文字技巧的訓練，是以培養學習者在社會生活中的交流能力為重要目標，具體如下：

中學項目語言與文學的目的是鼓勵學生，並使他們能夠：
1. 把語言用作思考、創造、反思、學習、自我表達、分析和社交互動的手段；
2. 提高在不同情境中進行聽、說、讀、寫、視看和演示的技能；
3. 發展評論、創造和個人獨特的方法來學習和分析文學和非文學作品；
4. 研讀出自不同歷史時期和各種文化的作品；通過文學與非文學作品，探索和分析自身文化、居住國文化和其他文化的各個方面；
5. 通過各種媒體和形式來探索語言；發展對閱讀的終身興趣；
6. 在各種不同的實際生活情境中，運用語言與文學的概念和技能。

——《中學項目：語言與文學指南》，2014 年 9 月，頁 6

IB 人才培養目標，促使筆者重新定位中文學科的教學目標，改變傳統的觀念，確定教材內容的選用。除了文字文本之外，課文中可包含語音、視像、圖像、網絡等各種文本形式。深入學習此類教材，學習者不僅能夠藉此理解語言文字，更能了解交流溝通所涉及的多個層面及要素，以提高學習者在不同場合語境中進行交流溝通的能力。

（二）教材選篇原則

基於上述考慮，在編寫過程中教材選篇遵循全面、均衡、開放、實用的原則，不限於名家名篇。首先，選文以概念為統領，配合概念的學習與理解，配合語言文字知識的掌握，配合思維能力的培養訓練。其次，突出交流表達的語言運用能力的培養，提高學生在口頭和書面交流過程中的思考、判斷分析、創造表達的能力成為本教材的重要考量。經研究探討後，筆者的文本選擇範圍主要集中在以下幾方面：

文本選擇範圍：

- 代表各種體裁和文本特點的作品，包括文學文本與非文學文本；

- 與時俱進、代表學科最近發展的各類文本，包括文字文本與非文字文本，視覺文本、音頻視頻等；

- 結合學生在生活真實情境中運用的文本，選篇時考慮文本的語境、意圖、受眾等；

- 能促進學生高級思維能力，如想象力、創作力、批判力等的作品，能夠儘量引導學生有創意性地表達觀點的作品。

為此，此 IBMYP 語言與文學教材不僅注重經典文本、新興文本、翻譯文本的兼顧，在對本民族語言文化進行系統學習的同時要對世界文學作品做到了解與掌握，更要求選文範圍從文字作品擴展至口語、聽覺、視覺表達等類型，配合日常生活中的意義表達或建構等實踐活動。

為進一步說明選篇原則，筆者將附上單元二的目錄設計藉以說明。

單元二　觀賞表達、見仁見智	
第一課：如何欣賞圖畫作品？	1.1　了解讀、觀、聽後感是什麼 　　　了解為何寫讀、觀、聽後感 　　　熟悉讀後感的內容要點 1.2　熟悉常用的視覺符號 　　　掌握閱讀視覺文本的方法 1.3　熟悉觀後感的內容要點 1.4　學會寫圖畫觀後感

單元二　觀賞表達、見仁見智	
第二課：如何賞析廣告作品？	2.1　了解廣告的功能與作用 2.2　熟悉公益廣告的特點 　　　掌握欣賞公益廣告的方法 2.3　熟悉商業廣告的特點 　　　掌握欣賞商業廣告的方法 2.4　學會寫廣告觀後感
第三課：如何欣賞歌曲與樂曲？	3.1　了解歌曲的文化特色 　　　掌握欣賞歌曲的方法 3.2　了解交響樂名曲的特點 3.3　了解國歌的特點及作用 3.4　學會寫歌曲聽後感
第四課：怎樣賞析動畫片	4.1　了解有關動畫片的一般知識 　　　掌握欣賞動畫片的方法 4.2　熟悉動畫片中音樂的作用 4.3　了解中國動畫片的特點 4.4　學會寫動畫片觀後感

——《IBMYP 語言與文學》課本一，2018 年 12 月，頁 91—93

　　與傳統設計不同之處在於，此單元在對作品的概念「觀點」的驅動下，以問題形式引導學生對讀後感、廣告、歌曲、動畫片等文體進行理解與分析，意在培養學生學習視覺文本的同時了解圖像及語言所傳遞的文化、信仰、價值、觀念等，並引導他們對不同類型的作品由淺至深地思考和分析，參與創建自己的文本，勇於表達自我。通過學習這些內容，令傳統教學中被忽略了的語境、受眾、場合等內容得到了高度的重視。在概念驅動的基礎上確定單元教學內容，讓單元教學更具深度和廣度，滿足 MYP 以下評估要求：

A	分析創作者的選擇對受眾產生的影響；
B	運用適合情境和意圖的組織結構；
C	在創作對創作者和受眾都有影響的文本／材料時，學會做出正確的選擇；
D	使用適合情境和意圖的語體（語域）和風格寫作和説話。

——《中學項目：語言與文學指南》，2014 年 9 月，頁 7—9

四、IB 教學模式改變教學重點——教材編寫須改變體例形式

（一）以概念為核心進行單元設計

Lynn Erickson 認為只有當學生對他們正在學習的內容有了概念性的理解時，才能記住他們學到的知識和技能，並且能夠將知識轉移到新的情境中（Erickson, 2012）。

概念性理解決定了 MYP 教學的獨特性。MYP 要求教學突出重大概念、相關概念、全球語境、探究問題、學習方法等重要元素，徹底打破了中文學科以專業知識為中心的教學傳統。概念教學，不只是教師的教學模式，更是學生的學習模式；不僅指涉學習內容，更是學習方法。以語言與文學這個學科的教學為例，兩者之不同可由下表直觀：

	傳統教學	概念教學
教學模式	單篇教學，以課文為中心，學生須死記硬背特定知識點，對語言與文學的理解相對單一、片面，很難跟其他學科進行有機連結	整體化教學，以概念為中心，學生以問題驅動的形式學習，便於展開對周圍世界的觀察，有助於學生深入理解語言文學和人類社會關聯的各種現象
教學內容	呈現文本的具體內容，分析有限的語言現象與文學技巧	語言文學在真實語境、不同時空下的演變發展，了解學科知識的來龍去脈
知識與技能	學科知識相對單一零碎，學習技能難以構成體系，學生所學的應用範圍較狹窄	學科知識可無限延伸，學習技能可從一個學科到另一個學科轉移，學生所學能夠融會貫通
培養方向	培養專才	培養通才

此 IBMYP 語言與文學教材選擇了最能體現學科精髓的重大概念為單元核心作為指導單元教學的重要思想，並選擇與此配對的相關概念以組織單元教學，冀以拋磚引玉。此 IBMYP 語言與文學教材中，每學年共設計四個單元，在每個單元開始前皆明確列出 MYP 五大要素，每個單元後都附有反思環節，以體現單元學習的完整性。以下，以單元四的設計作為示例。

核心概念：創造	全球背景：
相關概念：故事、敘述	特徵、認同與關係

探究說明：

採用相同的敘事策略，可以創造出不同文體、風格各異的作品，並通過塑造不同角色以反映人與人及人與世界的關係。

探究題：

事實性探究題：什麼是故事？什麼是敘事？什麼叫「講故事」？

概念性探究題：採用哪些敘事策略才能講好一個故事？

辯論性探究題：每個人都必須聽故事嗎？「沒有故事的人照樣能生活」的說法對嗎？為什麼？

學習方法：

方法類別	研究探索	思考表達
技能	媒體素養技能	反思與轉移技能
學習目標	• 理解視覺圖像與音像的表達方式與應用，以及文本所蘊含的歷史文化元素，及對受眾產生的影響。 • 掌握多媒體手段對傳達思想觀點、價值信念的作用； • 學習利用多媒體，多渠道收集相關信息，並能辨別信息的真偽與好壞。	• 探索故事和講述怎樣影響人類對信念和價值觀、文化的認同與改變。 • 把知識、理解和學到的技能結合起來，創造故事表達個人的思想情感。
具體內容	• 閱讀、觀看多媒體多類型的文本，學習比較文字語言和影視語言的特點及其作用。 • 理解影視作品運用符號、文字、音響等技 對觀眾接受的影響的目的效果。 • 看故事影片，鼓勵學生运用分析技能，以批判的眼光評價不同版本的故事影片。 • 運用所學到的多媒體手段技巧、多媒體語言創作自己的故事。	• 理解故事的文化背景、時代特色和深刻寓意。 • 學習掌握故事文本的特點、重要元素、以及一般技巧和語言特色。 • 清楚了解故事的語境，針對不同受眾的需求，思考和選擇各種方式創作自己的故事。 • 嘗試用適合內容的多樣化形式，如戲劇、説唱或簡報等方式創作並演出故事，充分表達自我。

——《IBMYP 語言與文學》課本二，2019 年 1 月，

電子資源庫 https://chinesemadeeasy.com/download/ibmypa2/MYP2 Online.pdf

　　與以往的記敘文單元設計不同，這個單元選取了「創造」作為核心概念，輔之以「故事」「敘述」為相關概念來組織教學。「創造」這個核心概念不僅是中文學科中的一個重要概念，也是人類文明發展歷史中一個至關重要的概

念，適用於 MYP 中的所有學科。人類的物質、精神文明都與創造密不可分，而「故事」和「敘述」兩個概念，在語言與文學課程中都非常重要，可涵蓋人類一切口頭與文字的表達活動，也適用於其他學科。毫不誇張地說，每一個人都在講故事，每一個故事都可以有不同的講法，甚至可以說從事各行各業的人都需要講故事。理解到這一層面，學生會對文本將有更為宏觀、深入的理解。

針對本單元的概念學習，筆者亦設置了反思環節，方便學生在學習每個單元後，結合單元學習的內容進行回顧、思考，促進對本單元核心概念的理解，具體如下：

<table>
<tr><th colspan="2">單元反思</th></tr>
<tr><td rowspan="1">1. 單元核心概念理解：</td><td>
• 我從各種故事以及講述故事的不同方法來理解本單元核心概念：Creativity 創造。
• 我發現了：中國民間故事以 _____ 和 _____ 進行創造；不同時代的故事講述者們以 _____ 和 _____ 進行創造。中國的寓言故事和神話故事在 _____ 方面，以 _____ 方式進行創造。
• 中西各種不同的故事傳播了 _____ 表達了 _____，激發了人類 _____ 的創造力。一個相同內容的故事可以採用 _____ 、 _____ 和 _____ 的藝術形式進行改編，在 _____ 和 _____ 方法進行創造。
• 我可以通過寫作故事 _____，表達自己的 _____ 和 _____ 的創造力。
</td></tr>
<tr><td>2. 單元學習內容理解：</td><td>
• 有人說故事可以改變人對於生活和世界的看法？你覺得這種說法對嗎？
• 你認為故事可能對聽眾產生哪些影響？
• 請舉出自己的例子，說說哪個故事改變了你哪些想法？
</td></tr>
</table>

——《IBMYP 語言與文學》課本二，2019 年 1 月，頁 182－183

通過反思，學生將能更準確地檢查、定位，從中明白自己的學習進度及效果，也能通過問題反向縱深思考。

綜上所述，單元概念的確立有利於學生將這個單元的學習和其他學科有效地聯繫和溝通。因為有了共同的觀念，不同的學科就可以建立起相同的聯繫保證了 MYP 課程的相互溝通和相互影響，使學習者學到的知識更加完整廣

泛更加靈活適用。

需要說明的是，在單元設計中，核心概念、相關概念等 MYP 五大元素的組合並非只有一種可能。不同的單元設計體現著設計者的知識儲備，其對學情的理解，以及對當下現實的關照等。教師在使用時可根據需要調整組合。因需選材、因材施教永遠是教學致勝的法寶。

（二）設計問題為課目開展單元教學

MYP 要求學習者通過學科學習獲得成長所需的各方面知識，掌握必要的方法技能為未來做好準備，特別是「學會如何學習」的技能，強調這種（內容、過程、知識和技能的）双重關注能夠促進學生的學習實踐、深入理解、技能轉移和學業成功（IBO, 2021）。

MYP 學習者應擁有：

成為終身學習者的知識與能力
適應全球迅速變化挑戰的能力
處理問題的嚴謹思維及動手實踐的能力
獨立工作的信心及與他人合作的能力
進行跨文化跨領域溝通交流的能力
尊重他人、求同存異的胸襟與能力

——《中學項目：從原則到實踐》，2021 年 4 月修訂版

傳統的中文教材沿用以課文為中心的編排方式，教學單元或依據主題或按照內容精選幾篇課文組成，教師隨課文講解語文知識，學生隨課文學習讀寫技巧符合中國語文學習「隨文識字」的習慣。

在 MYP 課程框架下這樣編寫暴露明顯的局限。首先，課文選擇較為單一，影響教學伸展，無法滿足 MYP 學科知識前瞻性的需要，較難與學科發展的水平同步。其次，從課文到課文有畫地為牢之嫌，不利於和其他學科溝通聯繫，無法實現 MYP 的跨學科教學，學科知識不能得到交換轉移，影響學習者學用結合。

以下以三種不同教材體例的編排方式進行比對：

香港朗文中國語文 （六下一）	內地部編版語文教材 （七上）	MYP 語言與文學課本一
單元一　放眼世界 1. 我們只有一個地球 2. 同一天空下 3. 兒童和平條約 4. 世界小公民（綜合活動）	**單元一** 1. 春 2. 濟南的冬天 3*. 雨的四季 4. 古代詩歌四首 　觀滄海 　聞王昌齡左遷龍標遙有此寄 　次北固山下 　天淨沙·秋思 寫作　熱愛生活，熱愛寫作	**單元二　觀賞表達、見仁見智** 第一課：如何欣賞圖畫作品？ 1.1 了解讀、觀、聽後感是什麼 　　了解為何寫讀、觀、聽後感 　　熟悉讀後感的內容要點 1.2 熟悉常用的視覺符號 　　掌握閱讀視覺文本的方法 1.3 熟悉觀後感的內容要點 1.4 學會寫圖畫觀後感
以主題為核心組織教學	以課文內容組織教學	以問題為導向展開教學

不難看出，香港《朗文中國語文》是以課文主題組織單元教學的，內地教材是以課文內容組織單元教學的。前者突出課文的思想情感意蘊，後者突出不同體裁的表達手法，但是總的來看都是沿用了隨文識字教學傳統。教學重點在於教會學生如何理清作品思路、組織文本結構；如何使用恰當字詞句增加文字表現力；如何運用不同體裁的文本表達自己；兩者表面有別實則相通，都是以教授學科知識為教學目標。

教材改革「是一種文化的變遷：過去的做法是規定學生必須學到哪些哪些東西，未來的趨勢則是訓練學生在不同環境下，取得和利用各式各樣的資料與技巧」（Stella Cottrell, 2010）。IB 教學順應了此潮流。

此 IBMYP 語言與文學教材改變了以往習慣的編排體例，把學科中的知識要點當做教學重點，圍繞核心概念與相關概念等，提煉出一些學生需要掌握的問題作為課目標題。將問題設為標題，目的在於引導學習者探究思考，讓學習者帶著問題展開學習研究，通過解決問題深入鑽研學科知識理解相關概念，培養應用知識解決問題的能力。每一標題為一個知識點。根據這個要點組織所需課文，提出問題，設置學習任務，引導學生由淺至深地思考，並通過深化文本研讀，讓學習者將學科知識與現實生活緊密聯繫，挖掘其批判思維的潛能，提高其觀察、思考、分析和判斷能力，創作自己的文本。這是一種理論聯繫實際行之有效的學習方法，能讓學生提高學習的效率，牢固掌握

學習的內容。

值得一提的是，每一個單元評估任務都會回應單元中提出來的問題。學生在回答這些問題的同時，也是在回應自己的本單元所學，總結自己在本單元由淺入深的思考。這也往往給了學生實際應用練習的機會，有助於學以致用。

通過實踐，筆者發現此類設計有諸多好處。首先，幫助學習者在協作學習下建構新知識，藉助反思、評價工具培養批判性思維。其次，此種設計亦豐富了學習者的學習體驗，使得單一片面的文本學習變成豐富多彩的教學單元。學習者可以通過對系列廣泛文本的詳細閱讀，如詩歌、散文、戲劇、小說、勸說文、博客、影視、連環畫、廣告、書信等理解文本的主旨、形式、訊息、意象和韻律等語言特色，發現各種體裁在有效應用語言方面的不同之處，最後達到能夠優美地運用語言，提高其理解人類狀況、表達各種觀點、有效表達交流，解決現實問題的目的。

五、IB 教材引領教學實踐活動——使用教材提升課堂教學的效果

教材是全面實現教學目標的主要手段，並為教學實踐而服務。目前，開設 MYP 語言與文學課程的學校遍佈全球，根據三聯出版總社不完全的統計數據顯示，這套 IBMYP 語言與文學教材僅通過香港社直接經銷已售近 3,000 冊。筆者經過連續 5 年的使用，認為本教材在以下幾方面對教師的課堂教學及學生的學習起到了積極的促進作用：

（一）使用 IB 教材，使課堂教學更加有序有趣

優質課堂教學的產生不僅要求教師擁有扎實的學科專業知識、堅定的教學信念，還要求教師有一定的創新能力，須了解學情，具有班級管理、營建師生關係的能力等。使用者普遍認為，此 IBMYP 語言與文學教材的內容及體例形式有助於教師實施教學。此設計突出了教學目標，提供了完整的教學思路，允許教師靈活選用教學內容，有序地編排組織教學活動，營造良好的課堂學習氣氛。

此書每單元分為四課，由每節課程名稱為統領，精心設置課堂的教學步驟：探究驅動（文體知識）講解、小提示／知識窗（相關專業知識）、作家名片、作品檔案、課文、課堂活動與練習等等。環環相扣構成了完整的教學體系。以《MYP 語言與文學》第一冊單元一第四課的第四節為例，課程要素包括以下方面：

課程名稱： 確立本課學習內容及要點，引導学生建立新的學習目標，讓教師可有目的地組織教材進行選材備課。

探究驅動： 引起學習者探究動機與興趣，用以調動學生的先驗知識，激發學習興趣，在學習者原有知識經驗基礎上建構新知識，展開以學生為核心的探究教學。

文體知識講解： 突出學科概念與知識。課文具例範性，有助於教師有針對性地組織各類型學習材料，令學生循序漸進地掌握語言與文學的知識體系。

課堂活動與練習： 鼓勵學生參與，強調協作學習，引導學生展開討論交流，促進知識建構，解決個性化問題，培養學生批判性思維，增進其探索交流、運用知識的能力。

書中還設有寫作構思表、評估寫作自查表、評估寫作交流表等。如此，將單元中的每一課都變成了一個完整的學習與實踐過程：

使用者普遍表示，此教材的框架適合實際教學需要，教師可根據需要靈活操作適當增刪內容，指導學生理解重要基礎概念和觀點，促進知識與技能的提高。同時，此結構設計也改變了傳統課堂教學方法，如講解部分從原來的灌輸講解，變成引導講解，不再佔據課堂教學的主要位置，如此，教師不再是傳統課堂的主導者，而是學生學習的引領者；教師不再是教室裏的主演，而成為了教室裏的導演。由於學生成為教學的中心，學習從被動變成了主動，教室變成了學生的實驗基地，學生在教師的陪伴下一邊探索，一邊收穫，課堂教學更為有序有趣。

（二）使用 IB 教材，使能力培養更加明確突出

如前所述，IB 課程的教學旨在擴展學生知識面提高其水平與能力。此 IBMYP 語言與文學教材的課程設計較為全面地展示培養學生能力的教學過程——探究、體驗、行動、反思，並通過課堂活動設計讓學生在參與體驗中得到學習演練的機會，使他們除掌握學科專業知識外，同時提高探索、研究、交流、分享、質疑、判斷、評價、批判等核心能力。

此类設計有利於多元課堂活動的開展。此 IBMYP 語言與文學教材的課堂活動形式多樣，如閱讀理解、討論演示、辯論演説、口頭書面分析評論、創意回應，想象創作等。教師課藉助此等課堂活動能夠提高學生參與度，提高學習興趣，為學生創造應用知識和技能的機會和場合，讓學生們邊學習邊應用掌握學科知識與技能。教材中練習和評估項目的設計，考慮到了與學生實際生活的關聯，有意將語言文學的學習場景真實化，進行多種形式的交流溝通之實況訓練，讓學生在活動中運用學到的技巧，培養學習者的多種習慣和能力，領悟各種語言的功能和美感。

此类設計亦有利於跨學科教學，學用結合構建學科知識。實踐證明，當學生將學科內容和生活中相關的各種現象相互聯繫時能加深對知識的理解；當學生需要為了解決實際問題而運用知識時會增加探究學習的興趣；當學生參與到各種不同的課內課外活動進行應用實踐時，就有助於真正掌握和提高學到的技巧和能力。下面的課堂活動可為一例：

創意活動：假如我是導遊。

香港有豐富的旅遊資源，為了讓更多人了解香港，我們要進行一個創意活動。以小組為單位，選取一個有特色的景點，進行一次模擬導遊活動。

——《IBMYP 語言與文學》課本二，2019 年 1 月，頁 85

此活動要求學生運用學到的知識技能創作出自己的文本。為順利完成學習任務，學生需與小組成員協同合作，一起進行觀察、思考、判斷、分析、交流、寫作、編排、演練等一系列的行動，需運用聽説讀寫、分析評論、選擇判斷、創建製作、展示表演等各種技能。整個過程有助於加深領悟本單元

重要的學科概念，掌握本單元的文體知識，運用有效的語言技巧，提高發現問題、解決問題的能力。

（三）使用 IB 教材，使差異化教學更加易行有效

眾所周知，全球教育的同質性已被廣泛的多樣性所取代，中文教學必須面對滿足學習者多樣化需求的挑戰，差異化教學勢在必行。

差異化教學的目的是最大限度地促進每個學生的成長。學習者有不同的學習風格和興趣，有多種多樣的需求，要讓每個學習者都從參與中受益，且有發揮潛力的機會，恰當適用的教材必不可少。正如 Fontana（2006）所說，「教師選擇什麼樣的學習材料具有舉足輕重的意義，因此即使學生能力高低有別，教師依舊可以安閒自在地引導和控制課堂行為 …… 但是經驗不足的教師卻總是自己在掙扎作戰，原因不過是因為教師選用的材料糟糕透頂、完全不能適應學生的智能與興趣的層次。」

此 IBMYP 語言與文學教材為教師進行差異化教學提供了較為扎實的基礎，除允許教師靈活選擇教學內容外，在課堂活動設計上充分考慮到滿足不同興趣、不同風格，不同能力及習慣學生的多層次需求。活動允許學生發揮個人的潛能和特長，有機會展示自己的技能，並能因各自獨特的貢獻而受到重視和尊重。當學生在集體合作中創建出豐富的學習體驗，並通過參與創建完成一門學科的任務時，便可收到差異化教學之成效。筆者將以下例略作說明。

創意活動：

請以小組為單位，給動畫片《猴子撈月亮》中的角色加上對白，進行配音表演。

——《IBMYP 語言與文學》課本一，2018 年 6 月，頁 176

在此活動中，學生要運用已學的相關動畫片知識與同學合創文本。由於這是一個開放性的任務，具有不同學習風格的學習需求都可被包容，學生可在不同方面作出貢獻：編寫對白、配音配樂、角色扮演、編輯剪輯等。當活動結束時，可看到具有不同學習風格和不同語言能力的學生，都將其所能得

到了充分的發揮，在小組的交流協作中出色地完成了這項學習任務。學生對單元概念與知識的理解得以加深，表演技巧及能力得到提高。

為了解本教材的使用情況，香港三聯總社向教材使用最多的四個地區以電郵形式發出了調查問卷。內容涉及教材對教學設計、能力培養、差異化教學的影響等。受訪者給予積極反饋。詳見下表：

調查問題	教師 A （中國內地）	教師 B （中國澳門）	教師 C （馬來西亞）	教師 D （中國香港）
與傳統中文教材相比，教師們對此 IBMYP 語言與文學教材的編寫體例和單元結構有什麼看法？是否有助於教師更靈活地選用教材與組織課堂教學？請舉例說明。（如單元中的探究驅動、課堂活動等有什麼作用？學生的參與程度是否有所提高？）	課程內容結構安排清晰，能夠提供清晰的教學思路。 本書中的活動內容起到一些提示和參考作用。比如詩歌單元中，讓學生探索專門描寫情感的詞彙活動，學生可以通過小組準備製作海報，提高參與度。 建議： 增加人教版課文內容，滿足內地教師需要。	此 IBMYP 語言與文學教材有助教師圍繞相關重大概念出發，相對於傳統教材重視講解，本書中的很多內容都靠練習題去推進。 建議： 提供參考答案完善教師參考書，讓教師節省時間。	此 IBMYP 語言與文學教材以核心概念組織單元，對選材的年代，作者的國別，材料的形式有很大的包容度，方便教師選取和補充適合自己學生的材料。開頭清晰地列出了學習目標，單元結束有反思，課堂完整。	此 IBMYP 語言與文學教材內容豐富，組織結構清晰，有助於教師靈活選用教材和組織課堂教學。 另外由於一個單元的內容較多，而教學時間有限，很多有價值的內容會被略講甚至跳過，導致本教材的利用率有限。
使用本教材對教師進行單元評估有何影響？是否有助於促進對學生能力的培養？如，課堂練習與評估項目的目標設置是否明確？評估的方式方法是否靈活多樣？其他？	單元評估部分可以促進學生對於探究話題和概念的理解，值得借鑒。	單元評估目標明確，能突出單元核心概念，練習項目能讓學生表現出不同的水平和能力，方法比較多樣，能聯繫學生的生活實際。	探究驅動和課文講解中的練習目標明確，適合探究，有助於培養學生高階思維能力。 概念出現在反思部分，有助於學生對知識體系的重新構建，非 IB 項目教學，未嚴格依此設置評估。	本教材能幫助教師進行單元評估。評估方法靈活多樣，能激發學生的興趣。 學生完成評估需要多方面的指示和技能。有利於全面掌握與提高。

調查問題	教師 A （中國內地）	教師 B （中國澳門）	教師 C （馬來西亞）	教師 D （中國香港）
使用本教材對教師進行的差異化教學有何幫助？	本書有很多閃光點值得借鑒參考，對差異化教學的幫助本書中提供的一些教學活動非常值得參考。	單元中的探究驅動比課文內容簡單，對於一般能力的學生也能兼顧。練習題目有梯度，能夠兼顧一般學生的能力，教師不必花時間另設題目。	選材包容性強，不同能力的學生都可使用。	教材內容豐富，教師可以根據不同學生的學習能力和興趣選擇適當的課堂活動、練習題目和閱讀材料方便教師教學。在差異化教學中非常有用。

節選自《IBMYP 語言與文學》教材使用反饋表（三聯書店（香港）有限公司 2022 年 3 月）

綜上，問卷內容佐證了筆者以上分析，顯示出本教材在諸多方面促進了中文教學的實踐。

六、結論

IB 教學理念與模式給傳統中文教學帶來了全新挑戰，在提供靈活自由的同時也帶來一定的困難。IB 中文教學需將中國與西方、傳統與現代教學理念相互融合並在傳統的教學模式與新興的教學模式之間做出協調。MYP 教材的編寫起到了彌合二者的作用。

筆者深知，一部好教材不是一個資料彙編或文集精選，而是系統教學思路的展示，是完整教學理念的體現。教材的職能不單在於選講了一些篇章，更在於它順應了社會的發展變化，符合了育人的需要，引領了教學的實踐，為教學者提供方便。本教材的編寫與使用促進了中文教學在 IB 框架下更好地開展符合學科特點的教學實踐。

本文意在探討 IB 教學目標、教學理念、教學模式、教學材料以及教學實踐之間的密切關係，著重闡釋 IB 理念與模式對教材編寫的影響以及教材的使用對課堂教學的影響。筆者以為，有關教材的研究值得深入，對於本教材的具體使用情況尚不充分，亟待深入細緻的調研。筆者希望從學生、教師以及家長方面得到更多的反饋，以進一步開展分析研究，並將研究結果用於今後的中文教學。

參考文獻

1. 董寧等（2018）:《國際文憑中學項目語言與文學》課本一（*IBMYP language and literature Year1 Textbook1*），香港：三聯書店（香港）有限公司。

2. 董寧等（2019）:《國際文憑中學項目語言與文學》課本二（*IBMYP language and literature Year1 Textbook2*），香港：三聯書店（香港）有限公司。

3. F・戴維著，李彥譯（2006）:《課堂管理技巧》，香港：香港中文大學出版社。

4. IBO（2010）:《中學項目的歷史》載於：https://resources.ibo.org/data/m_g_mypxx_mon_1009_1_c.pdf

5. IBO（2011年9月）:《國際文憑項目中的語言與學習》，載於：https://resources.ibo.org/data/g_0_iboxx_amo_1109_2c_e.pdf

6. IBO（2014年9月）:《中學項目：從原則到實踐》，載於：https://resources.ibo.org/data/m_0_mypxx_guu_1409_4_c.pdf（2017年9月修訂版及2021年4月修訂版）

7. IBO（2017年9月）:《中學項目：語言與文學指南》，載於：https://resources.ibo.org/data/m_1_langa_guu_1405_5_c.pdf（2021年4月修訂版）

8. 康自立（1989）:《教材發展之基本概念・職業訓練教材製作參考手冊》，台北：職業訓練局，頁1—22。

9. 藍偉瑩（2020），《教學力》，台北：親子天下股份有限公司，頁166。

10. 朗文香港教育出版社（2006）:《香港朗文中國語文（六下一）》，香港：朗文香港教育出版社。

11. 梁源（2017）:IB學校在中國——基於敘事模式的研究，《漢語教學與文化新探》，香港：中華書局。

12. 林恩・埃里克森、洛伊斯・蘭寧（2018 / 2021）:《以概念為本的課程與教學：培養核心素養的絕佳實踐》，北京：華東師範大學出版社。

13. Stella Cottrell著，羅慕謙譯（2010）:《做個超級老師——善用教學技巧與環境幫助學生學習》，台北：寂天文化事業股份有限公司。

14. 孫邦正（1968）:《教育概論》，台北：台灣商務印書館。

15. 溫儒敏等編（2016）:《語文七年級上冊・義務教育教科書》，北京：人民教育出版社。

16. 武茜（2020）:《淺談IB國際文憑課程大學預科項目中教師教學領導力的提升策略》，教學管理與教育研究，（頁110—111, No. 13, 2020）。

17. 葉聖陶（2017）:《語文教學研究論文集》，北京：教育科學出版社。

18. 葉聖陶、朱自清（2009）:《略讀指導舉隅》，台北：商務印書館。

19. 伊恩・麥格拉思（2021）:《英語教材與教師角色理論與實踐》，北京：外語教學與研究出版社，頁5—6。

20. 中華人民共和國國務院新聞辦公室（2017）:教育部舉行義務教育三科教材有關情況發佈會，載於：http://www.gov.cn/xinwen/2017-08/28/content_5220979.htm

21. Erickson, H.L. (2008). *Stirring the head, heart and soul: Redefining curriculum, instruction, and concept-based learning (3rd ed.).* Thousand Oaks, CA: Corwin.

22. Erickson, H.L. (2012). *IB position paper: Concept-based teaching and learning.* IBO. (2012) Retrieved from https://resources.ibo.org/ib/resource/11162-42909?lang=en

23. Lanning, L. A. (2013). *Designing a concept -based curriculum for English language Arts.* US, SAGE Publications Ltd.

24. IBO. (2022a). International Baccalaureate. Retrieved from https://www.ibo.org

25. IBO. (2022b). What the MYP offers students. *What Is the MYP?.* Retrieved from https://www.ibo.org/programmes/middle-years-programme/what-is-the-myp/

26. IBO. (2022c). *Conceptual Understanding.* Curriculum from https://www.ibo.org/programmes/middle-years-programme/curriculum/

From Teaching Philosophy to Teaching Practice—The Impact of IB Teaching Philosophy on Chinese Teaching from the Perspective of MYP Textbook Compilation and Use

DONG, Ning   LAI, Yin Yi

Abstract

IB originated in western countries and differs significantly from the Chinese traditional subject pedagogy regarding teaching ideas, teaching goals, and teaching methods. The launch of the curriculum reform in 2014 has started a new chapter and since then MYP has been promoting the concept-driven inquiry teaching mode, which has had a profound impact on Chinese teaching at MYP. As authors of textbooks and their users as well, in this paper we analyzed and presented how IB affects the teaching goals of Chinese, the selection of textbook contents, and the teaching practices of Chinese with reference to the IB guidelines and related research from the perspective of the authors. Simultaneously, the positive role and practical effect of IB textbooks in guiding Chinese teaching activities are presented by giving examples of the use of the textbooks and referring to data in the questionnaires from the perspective of users. According to the authors, proper Chinese textbooks function as a bridge that connects teaching philosophy and activities and promotes the combination of teaching modes and practices. Textbooks that are in line with the teaching philosophy are indispensable aids in IB Chinese teaching and learning.

Keywords: *Chinese teaching, textbook compilation, concept-driven, inquiry-based teaching*

DONG, Ning, EiM Chinese Curriculum & Training Director. (corresponding author)

LAI, Yin Yi, Huitong School & Studios.

IB 中文二語教師對概念教學的認知和理解

顏妙如　鍾竹梅　吳曉琳　張櫻

摘要

教師認知對實施新教學法發揮至關重要的作用。然而，至今為止，學界仍未有一個經驗證的教師認知的評量方式，來衡量教師對新教學法的認可程度、理解程度與持續學習的態度。本研究以香港的國際文憑課程（The International Baccalaureate, IB）中的 18 位中文二語教師為對象，進行了深度訪談，探究他們對 IB 概念教學的認知。研究結果將初級階段、發展階段與專業階段的教師認知進行了具體的描述，反映了初級階段對概念教學元素的籠統理解、發展階段的對概念教學過程的較深入理解，以及專業階段的全面理解。本研究的貢獻在於驗證了 Erickson 與 Lanning（2013）的「教師在理解概念教學時的發展階段」理論框架，為接下來開展更多教師認知的探討奠定基礎。當中也提出對概念課程的設置、教師專業發展的具體建議。

關鍵詞：概念教學　教師認知　國際文憑課程　中文作為第二語言

一、緒論

教師認知受到學者廣泛的重視，因為在推行新的教學法或者教育改革時，教師對於新的教學法和教學理念的理解，會影響其落實教學法的成敗（譚彩鳳，2007）。而教師接受新的教學法需要經過一定的發展歷程，並且有發展

顏妙如，香港大學教育學院，聯絡電郵：lyen@hku.hk。

鍾竹梅，香港大學教育學院，聯絡電郵：cheongcm@hku.hk。（本文通訊作者）

吳曉琳，香港大學教育學院，聯絡電郵：nghiulam@hku.hk。

張櫻，香港李寶椿聯合世界書院，聯絡電郵：cherrie@lpcuwc.edu.hk。

性和階段性特徵，必須經歷「知識的更替、能力的提升、認知的發展」（武和平，2014）。

　　IB 教育在世界各地迅速發展的同時，也在實施新教學理念上面臨教師認知發展的挑戰，其中以推廣概念教學（Erickson, 2012）的模式最為顯著。IB的小學課程 PYP 最早從 2007 年開始概念教學（IBO, 2009）；接著中學課程MYP 從 2014 年加入了概念的完善系統（IBO, 2014）；然後職業預科課程 CP（IBO, 2015）和預科課程 DP（IBO, 2018）也分別加入有關概念的指引。

　　「概念教學」強調在知識日新月異的 21 世紀，教師不應只教授「知識」和「技能」，而應培養學生將知識轉化成「概念」，再遷移到不同情境中，才可培養學生迎接知識爆炸年代的挑戰（Milligan & Wood, 2010）。過去 20 年來，概念教學已廣泛運用於不同學科中，包括科學、數學、體育和護理教育，並獲得高效的學習成果（Helwig, Anderson & Tindal, 2002; Higgins & Reid, 2017; Kaba & Sengül, 2015; Lewis, 2014）。在第二語言的學習中，概念教學也被證實有助學生學習成效（Huang, 2017），更能促進學生的學習興趣（Al-Qatawneh, 2012）。

　　為有效在 IB 中文二語教學中實施概念教學，有必要探究中文教師的認知。根據筆者初步觀察，儘管 IB 與學校管理層要求將概念教學落實於課程設計和教學中，部分教師只是把概念的元素寫入教案中，並未落實於教學中：教師或對概念存有不同程度的理解，或仍將教學重點放在語言「知識」和「技能」上，或對概念教學感到困惑和抗拒；目前學界也缺少採用系統的框架對教師認知進行調查。為此，本研究採用 Erickson 與 Lanning（2013, P61）所發展的「教師理解概念教學的發展階段」框架來系統地分析教師的認知層次，從而在理論上建構關於中文二語教師對概念教學的理解發展階段的新知識，在實踐上為教師專業發展提供建議。

二、文獻回顧

（一）教師認知

　　很多學者研究教師的認知。Borg（2003）認為教師認知是「教師所知道的、

相信的、認為的」事物，教師認知是「被默認的、有系統的，而且有活力的，影響了教師在教室的行為表現」。他總結出教師的認知過程會受到他們接受學校教育的經驗、在專業領域受培訓的經驗、所處的環境因素，以及教室裏教學成效結果的影響。而 González-Prendes（2009）更提出教師認知可以被改變，而認知的過程是可被觀察到的。以下進一步論述教師認知的發展，以及如何評量教師認知的相關研究。

1. 教師認知與教學實踐

教師認知的實證研究指出「教師以為他們所理解的」「教師真正理解的」和「教師真正落實在教學上的」存在很大的差異。Maria（2013）調查了 200 位教師對全納教育（inclusive education）的理解，結果顯示教師對自己的認知程度是無意識的，而教師不確定自己的認知程度的情況，又直接影響了教師課程實施的效果。

教師認知一方面影響著課程實施的效果，另一方面又受到教師的內在與外在因素影響。Dahlman（2005）發現二語職前教師知識的「認知」過程，與他們的「情感」（內在）和所處「環境」（外在）的關係錯綜複雜。換言之，儘管教師們接收到相同的培訓，但由於每個教師受錯綜複雜的因素影響，他們之間的接收程度和理解程度有所不同。

關於這個問題，我們可理解為教師處理訊息的過程是雙向的，一方面判斷接收的訊息本身是否合理，另一個方面結合個人經驗來理解新知識（Dahlman, 2005）。然則正是在這樣的過程中容易導致理解的不足，課程實施流於形式而無法真正促進課室裏的有效教學。朱秀玉（2011）就認為這種未能完整體現教育理念的理解，甚至可看成是一種錯誤的解讀，同樣會影響學生的學習。當新教學法落實不到位，還會反過來讓教師感受到挫折感，導致他們很快地回歸到自己慣用的教學模式（Wang, 2016），最終形成一種惡性循環。

2. 教師認知發展過程的評量

教師認知的形成有一定的發展過程。台灣教育辭典把「教師的認知歷程」定義為：「就狹義言，指教師在教學歷程中，其認知、推理與判斷等心智能力的運作歷程。此種觀點，係將教師的教學視為是教師本身的一種認知能力的運作；就廣義而言，則泛指教師對與教育活動有關的一切人、事、物之認知、推理與判斷等心智能力的運作歷程，如認知應具備的專業知能，學習與

表現其任務。」（陳密桃，2000）學者們也普遍認為教師的認知形成是教師專業發展的重要一環，有一個漫長的學習過程、具有很大的挑戰性（魯長城，2013）。這樣漫長且挑戰性大的過程，需要建構階段性特徵，並且依此建立評量方式，才可幫助教師更替知識、提升能力、發展認知（武和平，2014）。然則，學界對此一直缺乏一個有效的機制。

Goldman 和 Bradley（2011）曾經將認知分為四大範疇：事實性知識、過程性知識、概念性知識和較高層次的元認知知識。在他們研究大學裏職前教師對於孩童性安全教育的認知時，發現職前教師的認知集中在較低層次到中層次的階段，並且大多是在對知識的理解、應用和分析；對元認知知識的高層次的評價和創作都非常少。不過，此研究搜集的數據來自大學職前教師的課程論文，為達到課程要求，職前教師可能要盡顯他們所學的知識，未必能真實地反映他們「在教學歷程中的認知、推理與判斷等心智能力的運作歷程」（陳密桃，2000）。

因此，我們一方面認為有必要形成一個對教師認知的評量方式，另一方面又發現這方面研究的匱乏。有鑒於此，我們參考了 Erickson 與 Lanning（2013, P61）提出的教師對於概念教學的認知和理解的發展框架。這個框架專門針對概念教學而設，分為三個發展階段：「初級階段」「發展階段」「專業階段」，每一個階段都有評量的細則框架；可是該認知評量框架未透過實證研究加以檢驗，因此本研究將採用這一評量框架分析在職教師對概念教學的認知。

（二）概念教學

概念是人類對於不同事物在心理產生的意象，以抽象的形式表達出來（Medwell et al., 2019）。概念基本用語常常是由一至兩個詞彙呈現，例如「文化」「觀點」「衝突」等概念；概念具有「跨越不同時空」「普及性」和「抽象」等性質（Erickson, 2002）。

人們的大腦可以自然地把知識「概念化」。我們的頭腦可過濾大量的輸入訊息，自然地把訊息進行不同類別的配置，有些歸入腦中的既有種類，或者建立新的訊息種類，這個新訊息的整合歸類的過程就是「概念化的過程」（Wolfe, 2010, c.f. Huang, 2017）；大腦在梳理歸納新的知識後，會產生新的綜合理解和新的概念，這個歸納而出的概念理解常常是一句話，被稱為「概念理

解結論」（principle generalization）（Erickson,1995）或「持久性的理解」（enduring understanding）（Wiggins & McTighe, 2005）；而概念教學便是教師引導學生將知識轉化成概念和概念理解的過程。過去 20 年來，美國、澳洲和新西蘭等國家的教育體系和 IB 都先後採用了概念教學。以下我們討論概念教學的主要特徵，及其在 IB 課程中的應用。

1. 概念教學的主要特徵

有別於其他教學，概念教學具有以下三大特徵：

1.1 以「概念理解」統領「知識」與「技能」

概念教學在傳統教學重視知識與技能的基礎之上，提議要更重視理解。概念教學可推溯到「理解式教學法」（Teaching for Understanding, TfU）、「為理解而設計」（Understanding by Design, UbD）等教育理念，皆強調理解知識的重要性（Kumpost, 2009）。Wiggins 和 McTighe（2005）就主張在設計課程時應反向設計，先考慮學生在單元的最終能學到什麼「知識」「技能」「理解」。而這三者之中，又以「理解」為終極目標，預期學生能夠得到整個單元中的重大觀點（big ideas）。

Erickson（2002）可謂概念教學的集大成者，進一步闡釋了「知識、技能、概念」三者的關係。她認為傳統教學是以知識和技能為主的二維度 2D 課程設計，但知識本身會隨著時空的變化而被淘汰，不足以應付這個日新月異的年代；因此，她提出了加上「概念」這個維度，成為三維度 3D 課程（見圖一），即教師可以引導學生從知識和技能的基礎上，歸納總結出自己的理解。

圖一　2D 和 3D 課程模式的比較（Erickson, 2008）

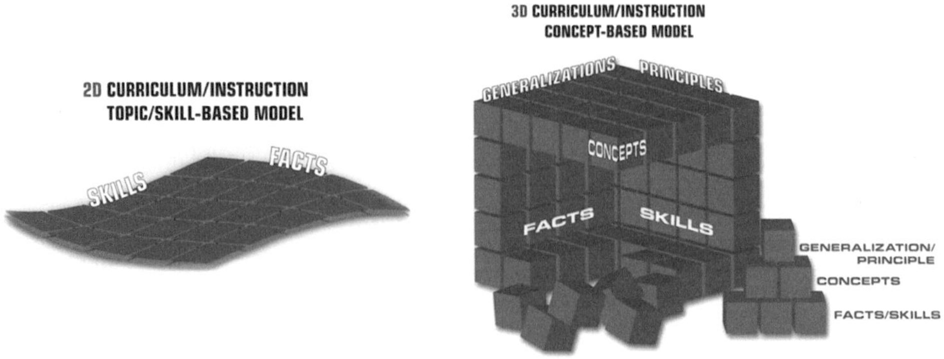

1.2 以達致「概念理解結論」為教學目的

在三維度 3D 課程模式下，教師應該引導學生聚焦某一兩個「概念」去整合這一系列知識，進而歸納出對於這一系列知識的「概念理解結論」（principle generalization），從而搭建了圖二左的「知識架構模式」的框架（Erickson, 1995）。在此框架中，「概念理解結論」是使用一句話展示對這一系列知識的綜合理解。而在知識轉化成概念理解結論的過程中，「技能」則是在學習「知識」和探討「概念」中所使用的工具。

以傳統節慶單元為例，學生學習不同國家的傳統節慶的知識，包括中國的農曆新年、西方社會的聖誕節、印度的排燈節等，教師可聚焦「文化」和「人際關係」這兩個概念，引領學生討論不同文化中傳統節日的慶祝活動如何凝聚人際關係，並透過綜合共同點、比較不同點，一步步導向總結出「傳統節慶代表了一個地方的文化，並凝聚了人際關係」的概念理解結論。「文化」和「人際關係」等概念是驅動討論的基礎，而「不同文化的傳統節慶活動都加強凝聚人際關係」這句話則是概念理解結論。這裏的概念和概念理解結論從知識內容整合而出，具有普遍性的特點，可遷移運用到不同的時空，屬於「宏觀觀念」的性質（Erickson, 1995）。圖二右展示了此單元的知識、概念、技能和概念理解結論之間的關係。

圖二　以知識架構模式所設計的單元範例

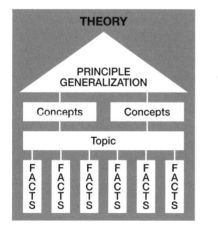

Structure of Knowledge (Erickson, 1995)

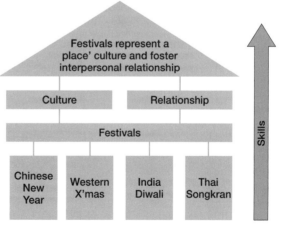

Concept-based Unit Example (Yen, 2019)

1.3 過程架構中的技能強調綜合性思考能力

概念教學的過程重在培養學生的綜合性思考能力（Synergistic thinking）。Perkins & Blythe（1994）認為要知道學生是否掌握了「知識」和「技能」並不難，但是要知道學生是否「理解」則必須透過多樣方法。哈佛大學基於理解式教學法開展了零計劃（Harvard Project Zero, 1971），計劃探討如何將思考的過程具體化和形象化，以便讓教師看到學生思考和理解的過程。Lanning（2012）因為重視這個思考過程，便在 Erickson（2002）的知識架構模式的基礎上提出了過程架構模式（Structure of Process）（圖三）。這個過程架構模式強調了「技能和策略」的學習過程中所出現的「微觀概念」，這些微觀概念可在學科之內遷移和普遍應用，與「宏觀概念」之跨領域的普遍性有所不同。這一模式的提出吸引了教師將教學過程聚焦在引導學生關注「技能和策略」的概念理解與應用，進而歸納出「技能和策略」的概念理解結論。

圖三　過程架構模式 The Structure of Process（Lanning, 2012）

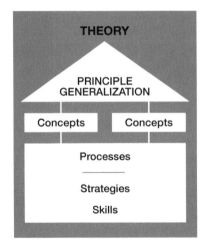

Structure of Processes

從以上三大特徵來看，教師在實施概念教學時，不能只教授內容知識和技能，還要引導學生對概念進行思考。其教學方法應是教師提出探究問題，引導學生以合作的方式進行各種討論，再進一步引導學生將不同知識與概念歸納成「概念理解結論」。而概念教學所建議的評估並非只重視知識或技能的評估，而是進一步評量學生是否能整合所學知識和技能去表達其「概念理解

結論」的任務性評估（Performance Task）（Erickson, 2012），例如在節慶單元的評估可以説是設計某樣作品去呈現學生對於「節慶可以表達文化和促進人際關係」的概念理解。

2. IBMYP 中的概念為本課程

自 2007 年開始，IB 陸續在所有課程採用 Erickson 的概念為本課程模式（Erickson, 2012）。以術語來説，IB 參考了 Erickson 和 Lanning 的概念分類，使用了新的用語：具普遍性的宏觀概念稱為「重大概念」；而可在學科內部轉移的微觀概念稱為「相關概念」。IB 小學 PYP 課程專注於跨學科的「重大概念」，預科 DP 課程則專注於凸顯學科特質的「相關概念」，而在中學 MYP 課程中則「重大概念」和「相關概念」並重，因此 MYP 的概念教學與其他課程較為不同，這也大大的增加了 MYP 課程在落實概念教學中對教師帶來的挑戰。

MYP 第二語言習得課程的四個指定「重大概念」為交流、聯繫、創造、文化；「相關概念」則多與語言有關，例如口音、遣詞、意義、形式等。MYP 要求每個單元必須設定一句概念理解結論，並稱之為「探究説明」，作為學生探究的終極目標。除此之外，MYP 課程指引還要求課程內容要與「全球背景」選材範疇進行整合。「全球背景」包括六個範疇：「公平與發展、特徵和關係、時空定位、個人表達和文化表達、科學與技術的創新、全球化和可持續發展」（IBO, 2014）。換言之，每一個 MYP 單元的「探究説明」在內容上要包含「全球背景」、一個「重大概念」，以及若干個來自學科知識的「相關概念」。雖然 MYP 課程大綱對於概念教學的規劃提供了非常詳盡的指引，然則這樣的要求顯得有些疊床架屋，「重大概念」與「相關概念」的整合也往往缺乏邏輯性，導致 MYP 教師對「探究説明」的撰寫，以及概念的設計與教學更容易產生混淆和誤解。因此，本研究便聚焦 MYP 的第二語言習得課程，深入了解 MYP 教師對複雜概念的認知程度。

3. 教師對概念教學的認知

近二十年來，不少實證研究都發現了概念教學在課堂實踐中的種種挑戰，其中最具挑戰性的是教師認知。新西蘭實行概念教學多年，Milligan 與 Wood（2010）發現許多教師對於概念教學的元素術語產生混亂，許多教師還是專注於知識和技能的教學，並無真正地轉移到概念教學上，足見改變教師認知的難度。

為改變教師認知，Erickson（2012）認為要提供充分的教師專業發展機會。為有效追蹤教師的專業發展，Erickson 與 Lanning（2013, P61）將概念教學意識分成初級階段、發展階段、專業階段三個階段，劃分出「對概念教學的認可和支持」「對概念教學元素的理解」，以及「對概念教學的持續學習」三個維度，形成評量教師理解的框架（見表一）。

表一　教師理解概念教學的發展階段（Erickson & Lanning, 2013, P61）

維度	初級階段	發展階段	專業階段
對概念教學的認可和支持	• 可說明 1—2 個使用概念教學的原因	• 可流暢地說出使用概念教學的主要原因和理念	• 可流暢地說出概念教學設計和教學法的理念，並引用相關文獻
對概念教學元素的理解： • 宏觀概念 • 微觀概念 • 概念聚焦鏡 • 綜合思考能力 • 概念理解結論 • 引導學生達到概念理解結論的引導問題 • 重要的知識和技能 • 任務性評估	• 能夠辨別 3D 教學和 2D 教學的不同教學元素 • 能夠辨別宏觀概念和微觀概念 • 能夠說明綜合思考能力的定義，但無法解釋培養學生綜合思考能力的方法	• 使用正確的概念相關元素和術語，但對每一項元素的理解並不是太清楚 • 能夠在概念驅動課程中辨別其中的知識、技能、概念的設置 • 能解釋宏觀概念和微觀概念的不同之處 • 能說明綜合思考能力，並給至少一項教學方法	• 解釋概念教學的不同元素，並清楚理解每個元素的背後理念 • 能夠針對 2D 課程提出建議，將其改為 3D 課程 • 對於宏觀和微觀概念有全盤的理解，並能解釋如何有效地在教學中使用他們 • 能夠解釋綜合思考能力的價值，並提供許多教學法去培養學生的綜合思考能力
對概念教學的持續學習	• 參與概念教學的研討，並嘗試將 2D 教學轉為 3D 教學	• 參與概念教學的專業研討，並將所學運用在教學上 • 接受正式或非正式的個人專業指導 • 閱讀與概念教學相關的書籍	• 對概念教學充滿熱情，參與專業培訓或小組研討會，並將所學運用在教學中，並適時與他人溝通討論 • 對於持續性的研討展現出努力和熱情 • 不斷地反思和修改教學策略

這一評量框架準確地涵蓋了概念教學的三大特徵，對教師的認知發展進行了具體而詳細的等級描述。然而，它卻未有研究去證實其可用性。因此，本研究將採用 Erickson 與 Lanning（2013, P61）提出的「教師理解概念教學的

發展階段」，系統地分析香港 IBMYP 中文二語教師對概念教學的認知，以填補這一研究領域上的空白。本研究設計了以下的研究問題來引導研究設計：

香港 IBMYP 中文二語教師對概念教學在「認可和支持」「元素的理解」以及「持續學習」上形成怎樣的認知？

三、研究方法

（一）研究對象

此研究採用了最大化的多元採樣原則（Crabtree, 2006），邀請了 18 位 MYP 中文二語教師參與。這 18 位老師來自香港七所 IB 學校，皆參加過 IBO 或校內舉辦的 MYP 培訓。表二顯示研究對象的基本資料：

表二　研究對象的基本資料

序號	教師代號	性別	教齡	MYP 教齡
1	ALL	女	21	3
2	BCF	男	16	8
3	CYM	女	30	1
4	DLL	女	7	7
5	ECM	女	1	1
6	FMY	女	20	4
7	GJD	女	9	2
8	HJF	女	8	8
9	IPL	女	26	2
10	JLX	女	22	12
11	KJN	女	20	11
12	LLL	男	25	10
13	MJL	女	7	3
14	NXZ	女	4	4
15	OCR	女	8	8
16	PCN	女	7	5
17	QSM	男	9	2
18	RQY	女	1	1

（二）資料搜集及分析方法

此研究採用半組織（Semi-structure）個人訪談，以期搜集較為深入的個人意見和看法，這也是最直接和具互動性的質性研究方法（Atkins & Wallace, 2012）。半組織個人訪談除了事先設計的訪問題目之外，也保留訪談內容的彈性，可以適當追問相關問題（Boyce & Neale, 2006）。每位教師訪談歷時約 1.5 小時，內容包含受訪者的教學經驗及其對於 MYP 二語習得的概念教學的看法（訪談問題見附件）。

訪談數據首先採用主題分析法（Thematic analysis）。主題分析法可分析不同受訪者之間的共性，結合 Erickson 與 Lanning（2013, P61）的「教師理解概念教學的發展階段」（表一）的量表框架，將受訪者的訪問內容根據三個階段的每個不同敘述條目進行逐一歸類。例如：某個老師提出對於培養學生綜合思考能力的想法，將被歸類到「對於概念教學元素的理解」的維度中，並根據其內容的理解程度分置於初級階段、發展階段或專業階段的不同描述細目中；最後再總結分析教師在理解概念教學上的每個階段發展的特質。

四、研究發現

研究發現 18 位教師中，只有一位教師在「對概念教學的認可和支持」「對概念教學元素的理解」以及「對概念教學的持續學習」這三個維度中，都達到專業階段的描述（Erickson & Lanning, 2013, P61）；其他教師在不同維度有不同的表現，但大多處於在發展階段，少數處於初級階段。以下先根據階段（初級、發展、專業），再從不同維度分析教師的表現特質。

（一）初級階段

1. 對概念教學的認可和支持度

大部分教師能說出一兩個概念教學的理念。他們雖然支持概念教學，但提及的理念比較籠統，停留在指出大致的教學焦點和方向。

> 概念給了整個單元一個討論的方向，讓教學內容不只是知識和技能那麼枯燥。（HJF）

如果沒有概念主導的話呢，學生肯定會把很多沒有關係的東西會扯遠⋯⋯你整節課就會變得很鬆散。（LLL）

2. 對概念教學元素的理解

初級階段教師中沒有人使用 3D 和 2D 的專業術語，對於知識、技能和概念之間的關係也不完全明白。許多此階段的教師無法分辨或釐清宏觀概念與微觀概念（IB 重大概念和相關概念）。

重大概念大概就是那個最主要，你要去了解的東西，但是相關概念可能是，我會去可能就是結合一些的方法，或是概念一起，同時並行。其實你如果真的問，我非常老實告訴你，我也不知道說，他們最大分別是什麼。（IPL）

初級階段教師提到了引導問題和綜合思考，但也流於籠統：

概念是一個抽象東西，我們需要建立的就是帶學生一步一步地去怎麼樣去想，然後來去達到一個概念的理解，那就是，那老師也在設計問題的時候，學生也不是一致跟著老師一起思考嗎？（OCR）

3. 對概念教學的持續學習

許多教師都參加了校內外的相關培訓，這些基本培訓卻未能解答其疑惑。

學校的培訓也一直強調概念怎麼怎麼樣，可能我英文不好，在全校英文培訓的時候，我沒有能夠理解。（ALL）

培訓還是有很多的講座，但是我覺他們講的比較空泛，沒有跟實際教學聯繫。然後他們本身對概念其實並沒有解釋，我不知道是因為他們以為所有老師都懂還是什麼。（ALL）

（二）發展階段

1. 對概念教學的認可和支持度

此階段的教師可流暢地說出概念教學的用意和優勢，展現出較深層次的理解、較高的認可度。其中最為突出的是在探究過程中對學生深層思考力的培養，並使用比較專業的術語表達。

當我們去鼓勵他去探究這個概念的時候，當我們去鼓勵他去思考的時候，他會更加地對這個單元產生更多濃厚的興趣，我覺得這是課堂參與度提高了。（DLL）。

我很喜歡那個概念教學，我覺得概念教學是構建知識很重要的部分。好處就是你整個人的思維會擴開很多，還有就是有很多深層次的思考。（JLX）

2. 對概念教學元素的理解

發展階段的教師能解釋各個概念之間的不同之處，但理解未必全面，分辨的時候也偶有錯誤。

以宏觀概念（IB 重大概念）和微觀概念（IB 相關概念）為例：

我覺得重大概念可能會更抽象一點，比如說，比如說交流這個重大概念，那交流它涉的範圍就很廣，比如說問路，這個題目可以是交流；像廣告，也可以是交流。相關概念就就相對的，根據你的學科的不同，就會更縮小一點範圍。比如說，在中文裏面，就有受眾吧，應該也有那個情景，它可能就會更縮小一點範圍。（NXZ）

相關概念反而給我的感覺是一種工具，去幫忙去達成它的重大概念。重大概念是由不同的相關概念所帶出來的。（BCF）

針對綜合思考能力，教師能說明並給出至少一項教學方法：

他們的思維能力肯定會得到一些提高，你根據課堂活動，比如說你討論一個話題，像那個房子，你可能需要他們畫一個平面圖，然後請他

來介紹一下，然後這個過程中，他們就互動，我會坐到學生中間，然後跟，跟底下同學和他在前面做匯報的同學一起去討論。（NXZ）

那他們來思考這樣的問題的時候，他就會養成一個從多角度來思考一個問題的話，那他一步一步地積累下來的時候，你給他一個故事的時候，他都能從不同的角度來思考。（LLL）

然則要將概念聚焦起來、開展綜合思考的訓練，對此階段的教師而言還是有很大的挑戰，也不時感到困惑：

我現在變得好像一個公式化，就是一開始的單元，我就花大概半節課說一說所有的概念、探究問題，就說一下就過了，然後一落實到文本的教學時，我就自己也會很明顯地發現和概念教學有種割裂。再加上後來發現我的評估又好像跟這個概念緊密的程度不大，我覺得我自己這兩年的感覺是，就很大膽地說，概念教學好像是個幌子。（QSM）

其實我的疑問是「探究說明」。首先它的指引不是很清晰，大概「探究說明」要包括重大概念、相關概念範疇，然後什麼「全球背景」，可是最終出來一個就有一點怪胎，大家也很認同。那寫了一個「探究說明」，它在整個單元教學當中，它的作用是什麼？我覺得「探究說明」根本是寫給 IB 看的，只是為了完成這個任務而已呢，我覺得有點混淆。（HJF）

3. 對概念教學的持續學習

此階段教師除了參加 IB 培訓，還透過校內外的專業研討會，更深入地了解概念教學，可惜的是，他們多覺得這些培訓對於概念教學如何落實不是太有用。

我覺得還是要看，我看別的老師的操作可能還不夠多。就是我自己是覺得，我們去 workshop，然後給很多純理論的東西，但是你再講很多 concept 是什麼，或者講 concept-based teaching 是什麼東西的效果，就是我可能更想看到一個老師，他在這個，他在他課堂裏面是怎麼用。（ECM）

他們多覺得對於概念教學比較有用的，是參加概念教學研討團體、接受個別專業指導、參考專業書籍：

> 我上次聽過這個概念為主的教學分享，也很高興參加這個概念研究的團隊，和其他老師一起討論學習。（GJD）

> 那時候是看那個什麼 *From Principles to Practice*，然後還有 Lynn Erickson，我很喜歡這套理念，我參考的那些資料裏面，很有幫助。（OCR）

（三）專業階段

1. 對概念教學的認可和支持

此階段的教師十分欣賞概念教學的理念，除了可準確說出概念教學設計及其理念，還可引用文獻，甚至對於 IB 的概念教學應用提出質疑和建議，展現批判性思考：

> 概念就是一種超越了事實的，可以有這個遷移性的一種，一種大腦的類似一種圖示的東西，你從事實當中理解到這種，就是先幫你在大腦當中形成這樣的一種概念，或者一種認知的框架，那你再遇到其他事實的時候，你可以把它歸納進來，整合進來，從而讓你可以遷移到很多新的認知，他是幫你在腦海當中建立一種認知的結構或認知的框架，認知的圖示。（PCN）

> IB 有一點誤導，它的探究說明很難保證每個教學環節都扣到這一個大概念上，其實 Erickson 是強調一個單元要有五到八個不同概念的，你教學的每個環節都可以有一個小的概念，這個與整個單元大的概念可能有一些差異，但是 IB 的誤導就是你要把全球語境、學科概念和重大概念都放到這一個大概念裏面，其實是很難的。（PCN）

2. 對概念教學元素的理解

此階段的教師能對 IB 中近乎所有術語融會貫通，對重大概念的跨學科的

廣度以及相關概念的學科深度，都有清楚的理解。他們也十分重視培養學生思考能力。以下訪談內容展現他們對相關術語的認識：

對 3D 課程的理解：

> 我們設計的單元有幾條線，一個是語言層面的線，一個是內容層面的線，因為我覺得你要跟 IB 一個大概念，一個「全球背景」去聯繫，肯定是跟他的內容線有關係的，對啊，知識層面、技能層面，還有就是概念層面，對，三個東西綁在一起。（JLX）

對宏觀概念和微觀概念（IB 重大概念和相關概念）的理解：

> 概念就是一個 universal 的一個工具，沒有時間限制，沒有學科的限制，然後他懂了這個概念可以用到任何一個情況，也就是說，概念跟實際的生活應該是相連貫、相聯繫的。（BCF）

對於綜合性思考的理解：

> 學生的思維在抽象的討論下會被調動。學生有一種這個抽象的能力，就不會被很多事實的東西都捲走，他不需要就像一個海量的一個大容器一樣去搜集各種各樣的知識，而是他有一種東西在腦海裏面，好像是一種慧眼吧，可以讓他去看破很多知識的浮雲。（OCR）

對概念理解結論（IB 探究說明）的理解：

> 它其實應該是個領頭羊，就整個單元的時候，你放在那邊，隨時隨地我應該都可以，最後每一篇文章都可以領到那一句話去的。有些老師把它當領頭羊，有些老師把他當成最後要帶領學生歸納的一個終極目標，或者有老師是雙方面都並進，一開始就給了，然後也不怎麼理它，後來教教教之後，再把學生帶回來，我是屬於後面這一種。（MJL）

對於引導問題的理解：

這個單元的探究說明底下，有各種各樣的問題，factual questions，conceptual questions，debatable question，這些不同的問題，是指引著接下來去學習的一個大的方向，因為我發現有很多材料的設計，跟這些引導問題是脫鈎的，那我就覺得這樣的教學活動其實就有點零散和無意義，我就讓教材都整合到探究問題的這棵大樹上。（PCN）

以任務型評估為例：

宏觀概念是跟內容層面有關係的，相關概念是是教原本的學科概念；然後在教的過程中也可以設計很多任務，任務式的教學，然後去跟這個概念去產生聯繫，那現在評估裏面，當然也可以去跟這個有一個聯繫。（HJF）

3. 對概念教學的持續學習

此階段的教師對理解概念有濃厚的興趣、願意投入時間自學。除了學校的培訓之外，也主動參加校外的研討會、閱讀概念教學的專業書籍，逐漸形成對概念教學的深入理解。

我參加了一個 workshop，但那個講者講完之後讓我越來越迷惑，激發了我很多的問題，我就覺得這些問題就如果不解決我就很難受，所以就去找書來讀。我對概念的很多理解都是在看了那個 Lynn Erickson 那本書之後才比較清晰的，尤其是她有一本書是 *Concept-based Instruction for Thinking Classroom*，那本書我覺得是比較清晰的。（OCR）

五、討論

本研究分析了香港的 18 位教授 MYP 中文語言習得課程的教師對概念教學的認知，歸納為教師理解概念教學的三個發展階段（Erickson & Lanning, 2013）。以下結合前人的研究成果進行討論，並為教師專業發展提出建議。

（一）教師認知發展階段的具體表現

　　教師認知因應多維度的個人與外在因素有所不同，也會隨著經驗而有所變化。我們有必要透過一個發展階段的框架來了解、描述，以及追蹤教師的發展。過去這類的研究並不多見。Goldman 與 Bradley（2011）的評量中發現職前教師的認知大多停留在低至中等層次，而本研究的研究對象是在職教師，研究發現教師的認知在不同的維度中大多處於發展階段。本研究補充了 Erickson 與 Lanning（2013）假設的框架中的教師對概念教學的不同認知階段的具體表現，回答了研究問題，並以表三概括了本研究的成果：

表三　在職教師理解概念教學的具體表現

維度	初級階段	發展階段	專業階段
對概念教學的認可和支持	• 大部分教師能說出一兩個概念教學的理念。他們雖然支持概念教學，但提及的理念比較籠統。	• 可流暢說出概念教學的主要特質，並使用比較專業的術語去表達他們的理解。 • 能準確地闡述包括概念教學的探究過程、學生深層思考力的培養，以及概念的遷移性等概念。	• 能流暢說出概念教學的主要特質，並且使用比較專業的術語表達。
對概念教學元素的理解	• 能粗略地提及一些術語卻缺乏具體了解，但對很多概念元素之間的關係感到困惑。 • 對概念教學元素有基本理解，但最弱的一個環節是教學過程如何做到概念聚焦鏡、使用引導問題和綜合思考等，皆因甚少應用概念教學，因而只有模糊的概念。	• 雖可對 IB 課程大綱中獲得對概念的相關元素的理解，但還未能對每一項元素清晰闡述。 • 教師普遍對 IB 概念理解結論「探究說明」，都表達出深刻的困惑。	• 能提出近乎全面的專業術語與元素，並且能講清楚過程，如使用「概念聚焦鏡」去引導學生討論，或者 3D 和 2D 的區別 • 在理解的學術界中的概念教學基礎之上，能對 IB 概念規劃上的問題提出質疑。
對概念教學的持續學習	• 大多自 IB 課程大綱，專業發展也僅停留在 IB 或學校安排的培訓，許多培訓未能解答其疑惑。	• 表達了閱讀專業書籍、參與研究比起參加培訓更有收穫。 • 教師期待培訓有教學策略的具體實踐或者觀課機會。	• 除了 IB 培訓課程，參與更多的教師之間的小組研習、閱讀自學，並且將所學運用在教學中，不斷反思和修正教學策略。

（二）對 IB 概念課程的建議

此研究進一步驗證了教師對於概念教學的元素所使用的術語產生混亂（Milligan & Wood, 2010），大多老師沒有接觸過 2D 和 3D 的術語，對「重大概念」和「相關概念」的術語和其應用仍然感到混淆。另外，有幾位教師都不約而同地談到他們撰寫 MYP 概念理解結論即「探究說明」的困難，並對 IB 規定要將重大概念、相關概念和全球背景這三個元素合併寫成一個句子提出質疑。根據 Erickson 的理論（2002, 2007, 2012），重大概念是屬於內容層面的概念理解，相關概念是過程和技能的概念理解，應個別陳述。IB 的這一要求首先讓教師在認知上產生困惑，令他們在東湊西湊地寫出了探究說明後，因自己都缺乏理解而將之束之高閣，最終無法發揮引領教學的作用。IB 有關當局應審視對撰寫 MYP「探究說明」的這一規定。

（三）對教師專業發展與支持的建議

受訪教師皆提及培訓課程應更加強教學實踐的展現。目前 IB 的三天培訓大多專注在書面課程設計，教師多是按照規定將教案中的元素填上，有些教師並不清楚其概念教學的理念，之後也無法將概念教學落實在課堂教學中。教師希望能釐清困惑、看到概念教學的實例，例如引導學生以概念發揮綜合思考能力。

受訪教師還建議 IB 提供更好的單元設計範例。由於 IB 沒有指定教材，學校的單元規劃都不一樣，由於教師對概念理解不一，互相交流之間如果沒有實例容易產生困惑。雖然 IB 網站上提供了一些範例，卻有部分範例出現與指引相互矛盾的現象。如網站上的範例能更好地反映概念教學的特徵，將對教師有效實施課程更具裨益。

除了 IB 培訓和範例，受訪教師還希望獲得學校的支持，尤其是給予教師充足的備課時間，組織教師集體備課、互相觀課、反思教學等活動。由於概念教學的 3D 框架特點須教師整合一系列知識，引導學生歸納概念理解。每個重大概念的內容材料、相關概念的技能運用等，都須準備豐富的實例，最後還要有機整合，因此備課量比較大。另一方面，經驗豐富而思維靈活的教師更能有效地做到知識與技能的整合、概念的引導等。安排教師集體備課、

互相觀課、反思教學，能使抽象的概念在教材裏體現出來、在教學中展現出來。給予教師足夠的備課時間、讓他們集思廣益，共同制定年級教學目標與進程，最終將使學生在概念教學的驅動下提升綜合思考能力。

六、研究局限、未來研究與總結

本研究樣本量小，並不具有廣泛代表性，只能展現相近背景的教師認知。而受訪教師的自我認知評價也可能與他們真正的認知評價有差距。例如有部分受訪者認為自己對概念教學十分清楚，有信心實踐，具體的教學行為並不一定如此（Maria, 2013）。為此，學界可進而開展更多的課堂實踐研究，以確定教師認知與教學實踐之間的關係。本研究雖未觸及課堂實踐，卻透過深度訪談為教師認知的初級、發展與專業階段進行具體全面的等級描述，為下一步研究奠定了良好的基礎。

參考文獻

1. 陳密桃（2000）：教師的認知歷程，教育大辭書，國家教育研究院，載於：http://terms.naer.edu.tw/detail/1310315/
2. 魯長城（2013）：新任教師對職業及專業發展的認知，《吉林教育（綜合）》，（10），頁 27。
3. 譚彩鳳（2007）：《中文教師的教學信念及其對課程實施的影響》，ProQuest。
4. 武和平（2014）：轉型中的教師培訓模式：走向可持續的教師專業發展，《英語學習》，（7），頁 8—10。
5. 朱秀玉（2011）。閱讀教學的三種偏離現象。廣西教育，（7），頁 37。
6. Al-Qatawneh, K. S. (2012). Effect of concept-based curriculum and instruction on motivating learners of English as a foreign language. *Science Journal of Psychology, 2012.*
7. Atkins, L., & Wallace, S. (2012). Interviewing in educational research. *Qualitative research in education.* SAGE publications.
8. Borg, S. (2003). Teacher cognition in language teaching: A review of research on what language teachers think, know, believe, and do. *Lang. Teach., 36*(2), 81-109. doi:10.1017/S0261444803001903
9. Boyce, C., & Neale, P. (2006). *Conducting in-depth interviews: A guide for designing and conducting in-depth interviews for evaluation input* (Vol. 2). Watertown, MA: Pathfinder international.
10. Crabtree, C. (2006). Qualitative Research Guidelines Project. Retrieved from http://www.qualres.org/HomeMaxi-3803.html
11. Dahlman, A. P. (2005). *Exploration of second language preservice teachers' cognition and learning. Study I: The role of*

second language preservice teachers' cognitive processes and the relationship between theory and practice. Study II: Second language preservice teachers' cognitive and affective learning processes. Study III: Second language preservice teachers' accessing of background knowledge and the role of context. University of Minnesota.

12. Erickson, H. L. (1995). *Stirring the Head. Heart, and Soul (Redefining Curriculum and Instruction),* California: Corwin Press, Inc.

13. Erickson. (1998). *Concept-based curriculum and instruction: teaching beyond the facts.* Thousand Oaks, Calif.: Corwin Press.

14. Erickson. (2002). *Concept-based curriculum and instruction: Teaching beyond the facts:* Corwin Press.

15. Erickson. (2007). *Concept-based curriculum and instruction for the thinking classroom.* Thousand Oaks, Calif: Corwin Press.

16. Erickson. (2012). Concept-based teaching and learning. *International Baccalaureate Organization Position Paper*, 1-13.

17. Erickson, & Lanning. (2013). *Transitioning to concept-based curriculum and instruction: How to bring content and process together:* Corwin Press.

18. Goldman, J. D., & Bradley, G. L. (2011). Assessing primary school student-teachers' pedagogic implementations in child sexual abuse protection education. *European Journal of Psychology of Education, 26*(4), 479-493.

19. González-Prendes, & Stella M. Resko (2009). Cognitive-Behavioural Theory. Retrieved from http://sk.sagepub.com/books/trauma-contemporary/n2.xml

20. Helwig, R., Anderson, L., & Tindal, G. (2002). Using a Concept-Grounded, Curriculum-Based Measure in Mathematics To Predict Statewide Test Scores for Middle School Students with LD. *Journal of Special Education, 36*(2), 102-112.

21. Higgins, B., & Reid, H. (2017). Enhancing "Conceptual Teaching/Learning" in a Concept-Based Curriculum. *Teaching and Learning in Nursing, 12*(2), 95-102. doi:10.1016/j.teln.2016.10.005

22. Howard, V. A. (1971). Harvard Project Zero: A fresh look at art education. *Journal of Aesthetic Education, 5*(1), 61-73.

23. Huang, J. (2017). *The implementation of concept-based curriculum in Mandarin language classes at the International Baccalaureate Middle Years Programme:* University of Hong Kong Libraries.

24. International Baccalaureate Organization. (2009). *Making the PYP happen: A curriculum framework for international primary education.*

25. International Baccalaureate Organization. (2014). MYP From principles into practice.

26. International Baccalaureate Organization. (2014). MYP Language Acquisition Guide, Middle Years Programme.

27. International Baccalaureate Organization. (2015). Career-related Programme: From principles into practice.

28. International Baccalaureate Organization. (2017). What is an IB education?

29. International Baccalaureate Organization. (2018). DP Language B guide.

30. International Baccalaureate Organization. (2019). Concepts and conceptual understanding. Retrieved from https://resources.ibo.org/pyp/framework/The-PYP-Framework/works/pyp_11162-51465?root=1.6.2.8.5.3&c=3e4eff0e

31. Kaba, Y., & Sengül, S. (2015). Relationship between middle school students' mathematical understanding and mathematical attitude. *Egitim ve Bilim, 40*(180).

32. Kumpost (2009). Understanding the 'Understands' in KUDs.

33. Lanning, L. A. (2012). *Designing a concept-based curriculum for English language arts: Meeting the Common Core with intellectual integrity, K-12:* Corwin Press.

34. Lewis, L. S. (2014). Outcomes of a concept-based curriculum, *Teaching and Learning in Nursing. 9*(2), 75-79.

35. Maria, U. E. (2013). Teachers' Perception, Knowledge and Behaviour in Inclusive Education. *Procedia - Social and*

Behavioural Sciences, 84, 1237-1241. doi:10.1016/j.sbspro.2013.06.736.

36. Medwell, J., Wray, D., Bailey, L., Biddulph, M., Hagger-Vaughan, L., Mills, M. G., & Wake, G. (2019). Concept-based teaching and learning: Integration and alignment across IB programmes. *A report to the International Baccalaureate Organisation.*

37. Milligan, A., & Wood, B. (2010). Conceptual understandings as transition points: Making sense of a complex social world. *Journal of Curriculum Studies, 42*(4), 487-501.

38. Perkins, D., & Blythe, T. (1994). Putting understanding up front. *Educational leadership, 51*, 4-4.

39. Wang, L. (2016). *Teachers' Beliefs and Their Belief Change in an Intercultural Context: CFL Teachers in Denmark.*

40. Wiggins, G., & McTighe, J. (2005). *Understanding by design*: Ascd.

41. Wolfe, P. (2010). *Brain matters: Translating research into classroom practice* (2nd ed.). Alexandria, VA: Association for Supervision and Curriculum Development.

42. Yen, M.J. (2019). *The impact of Chinese teachers' cultural beliefs about teaching and learning on their interpretation and implementation of Concept-based Curriculum and Instruction in the International Baccalaureate Middle Years Programme Language Acquisition classrooms* [Seminar session], The University of Hong Kong.

附件

個人訪談問題

教師背景
1. 請説説你從小受教育的經驗？
2. 請分享你的教學經歷？
3. 請問你接受過哪些專業培訓？

教師對概念教學的認知
1. 什麼是概念？什麼是重大概念和相關概念？什麼是探究説明？
2. 目前的 MYP 所指定的概念合理嗎？有什麼需要增減嗎？
3. 你怎麼設計一個 MYP 二語概念單元？
4. 比較你落實概念教學前後的差別？你和學生有什麼改變？
5. 請分享一節成功的概念教學課堂經驗，和一堂不成功的課堂經驗。
6. 你有上過 MYP 或概念教學相關的培訓嗎？有幫助嗎？
7. 學校對於概念教學有提供任何支持或者障礙嗎？
8. 在實踐概念教學方面，你還需要哪些支持？
9. 你對於概念教學的理解在過去幾年來有什麼改變？為什麼？

IB Chinese Language Acquisition Teachers' Cognition in Concept-Based Teaching and Learning

YEN, Miao-Ju Louisa   CHEONG, Choo Mui   NG, Hui Lam Sherlene   CHEUNG, Ying Cherrie

Abstract

Teachers' perception plays an important role in implementing new pedagogies. However, there is no empirical evidence to verify a tool to measure teachers' perception, including the extent of teachers' acceptance, understanding, and sustainable learning. This study investigated teachers' perception on the implementation of concept-based teaching and learning by interviewing 18 teachers who teach Chinese as a second language in the International Baccalaureate (IB) context in Hong Kong. The findings classified teachers' perception towards concept-based teaching and learning into three categories, that is, novice, merging and master, and provided detailed descriptions for each category. In the three categories, teachers showed a general understanding towards concept-based teaching and learning in the novice level; a more in-depth understanding in the merging level, and a professional understanding in the master level. A major theoretical contribution of this study is that it verified the framework of "The Developing Concept-based Teacher-Understanding Concept-based Curriculum and Instruction" (Erickson & Lanning, 2013) as an instrument with empirical data, and thus built a solid foundation for further studies on teachers' perception. This study also made practical recommendations for concept-based curriculum design and teachers' professional development.

Keywords: *Concept-based teaching and learning, teacher perception, International Baccalaureate, teaching Chinese as a second language*

YEN, Miao-Ju Louisa, Faculty of Education, The University of Hong Kong, HK.

CHEONG, Choo Mui, Faculty of Education, The University of Hong Kong, HK. (corresponding author)

NG, Hui Lam Sherlene, Faculty of Education, The University of Hong Kong, HK.

CHEUNG, Ying Cherrie, Li Po Chun United World College, HK.

古典文學在 IB 語言 A「語言與文學」課程中的現代意義

羅燕玲　梁慧

摘要

國際文憑課程大學預科項目（IBDP）「語言 A：語言與文學」高級課程的教學大綱要求學生學習的作品必須涵蓋三個不同時期，因此古典文學成為現、當代時期（20、21 世紀）以外的重要選擇。本文主要探究古典文學如何融入「語言 A：語言與文學」的課程架構，通過列舉不同的教學實例和教學構想，討論古典文學如何結合課程的三大探索領域以及評估的運用，從而考察古典文學在課程中的現代意義。

關鍵詞：IBDP　語言 A　語言與文學　三大探索領域　評估

一、引言

國際文憑課程大學預科項目（IBDP）「語言 A：語言與文學」指南指出高級課程的學生學習的作品必須涵蓋三個不同時期（國際文憑組織，2022a，頁 29），因此古典文學成為現、當代時期（20、21 世紀）以外的重要選擇。在《國際文憑指定閱讀書單》中，非現當代作家的參考作品共有 64 部，涉及不同的文本類型和文學體裁。[1] 古典文學的語言運用特色以及異於現當代作品的創作背景，為師生提供了更豐富的學習材料，帶來更廣闊的學習視野。

探究性學習是「語言與文學」課程的基本特徵（國際文憑組織，2022a，頁 97），課程的三大探究領域分別是「讀者、作者和文本」「時間和空間」以及「互文性：文本的相互關係」（國際文憑組織，2022a，頁 32—36）。

羅燕玲，香港教育大學中國語言學系，聯絡電郵：lawyl@eduhk.hk。（本文通訊作者）

梁慧，拔萃女書院，聯絡電郵：wai.leungwai7@gmail.com。

[1] 《國際文憑指定閱讀書單》載於：https://ibpublishing.ibo.org/prl/index.html。

在「讀者、作者和文本」的探究領域方面，古典文學記述了古人所思所感。讀者透過文本閱讀，可以鑒古知今，為現代生活帶來啟示。一方面，古典文學的文學體裁如詩詞駢賦，所用的語言有別於現今通行的語言，學生可由此學習到語言使用的特色與變化。另一方面，讀者所處的時代與作者、文本的時代並不一致，讀者以自身的視域認識文本，也可能產生新的理解。學生在探析古典文學的過程中，能思考「讀者、作者和文本」的關係。

在「時間和空間」的領域中，IB 課程強調讓學生探索不同時代的文化背景與全球性問題之間的關係（國際文憑組織，2022a，頁 33—34）。古典文學的作品內容、主題以及表現手法，能讓師生一起思考文本超越時空、與時俱進的意義。古典文學的研讀讓學生聯繫文本世界與現實生活，進而關注多種全球性問題。例如文體傳統的革新，就與全球性問題中的「藝術、創造和想象」相關。

最後，在「互文性」的探究領域中，「語言與文學」課程重視不同類型文本的研讀，以「互文性」為課程內容核心，讓學生探究文本的互相影響，而古典文學與現當代作品的聯繫為「互文性」研究提供豐富材料。由此可見，將古典文學引介入「語言與文學」課程，有助推動課程大綱中三大領域的探索。

以下，本文會先介紹「語言 A：語言與文學」的課程架構，然後會附以不同的教學實例及教學構想，說明古典文學的研習對「語言與文學」課程所設三大探究領域的帶動作用，並具體指出古典文學可以如何跟課程的評估項目結合，以展示其在 IB 語言 A 教學中的現代意義。

二、「語言 A：語言與文學」的課程架構

國際文憑課程大學預科項目（IBDP）「語言與文學研究」（studies in language and literature）的學術領域下有三門研究課程，分別是「語言 A：語言與文學」「語言 A：文學」及「語言 A：文學與表演藝術」。三門研究課程各具特色，其設計旨在通過培養學生高度的社會洞察、審美和文化素養，並提高他們的語言能力和交流溝通技能，以支持他們未來的學術研究或職業生涯（國際文憑組織，2022a，頁 8）。[2] 在「語言 A：語言與文學」課程中，學生將學習

---

[2] 《指南》英文版原文為：The three studies in language and literature courses each have their own identity and are designed to support future academic study or career related paths by developing social, aesthetic and cultural literacy, as well as improving language competence and communication skills (Language A: language and literature guide, 2022, p.6).

各種媒體中廣泛的文學和非文學文本。通過考察跨文學體裁和文本類型的交流行為並開展輔助閱讀，學生將研究語言本身的性質以及語言形式形成身份認同和文化，並受到它們影響的各種方式（國際文憑組織，2022a，頁 10）。[3]

課程的研究核心包括語言、文學和表演，對這些元素的學習以及相關技能的發展被分為課程的三個探索領域——探索「讀者、作者和文本」之間相互作用的性質；探索文本如何與「時間和空間」相互作用；探索「互文性」和文本如何相互關聯（國際文憑組織，2022a，頁 27）。

另外，課程分為高級程度（Higher Level）及普通程度（Standard Level），兩者要求有所不同。文學作品的選擇部分，普通程度在以上三個探索領域中，必須至少研習四部文學作品；高級程度則至少研習六部文學作品。這些作品必須涵蓋翻譯作品及以學生所學習的語言 A 撰寫的原著，其中普通程度的選擇須涵蓋《國際文憑指定閱讀書單》中所界定的兩種文學體裁、兩個時期和至少屬於兩個洲的兩個地區；高級程度則需要涵蓋三種文學體裁、三個時期和至少屬於兩個洲的三個國家或地區（國際文憑組織，2022a，頁 29）。因此，高級程度的學生除了 20、21 世紀現當代的作品外，必須選擇 19 世紀甚至更早的古典文學作品，才符合課程要求；而普通程度的學生也可以自由選擇現當代時期作品以外的古典文學。

評估方面，課程考核分為校外評估及校內評估兩部分（國際文憑組織，2022a，頁 48—51），其中文學作品會在校外評估的「試卷二：比較論文」「高級程度論文」（高級課程項目）及校內評估的「個人口試」中運用。「試卷二：比較論文」要求學生聯繫所選論題，對學過的兩部文學作品進行比較和對照。「高級程度論文」要求高級課程學生撰寫一篇論文，該論文要聯繫在課程中學習過的一部文學作品或一部非文學作品集，發展一條自選的探究線索。「個人口試」需要學生使用兩篇節選，一篇出自文學作品，另一篇出自非文學作品集，考察它們介紹全球性問題的方式，口試涉及的全球性問題則由學生自由選擇。以上三項評估所用的文學作品不能重複。

「語言與文學」課程和大學預科項目核心部分的專題論文（Extended Essay）

---

[3] 《指南》英文版原文為：In this course, students study a wide range of literary and non-literary texts in a variety of media. By examining communicative acts across literary form and textual type alongside appropriate secondary readings, students will investigate the nature of language itself and the ways in which it shapes and is influenced by identity and culture (Language A: language and literature guide, 2022, p.7).

有所聯繫。學生可以探索他們喜歡的文本和作者，應用和轉移使用在「語言與文學」課程中所獲得的分析和詮釋能力（國際文憑組織，2022a，頁 13）。其中文學方面的焦點有二：首先，學生可以選擇撰寫「類別 1」論文，此類論文須建基於一件或多件用所學語言 A 撰寫的文學作品原著；其次，學生也可以選擇撰寫「類別 2」論文，這類論文是比較論文，至少要有一件翻譯作品（國際文憑組織，2022a，頁 14）。學生須選擇在課堂以外、未曾學習過的作品撰寫專題論文。[4]

三、古典文學與三大探索領域的關聯

在這節中，筆者將介紹課程設置的三大探索領域，並會運用不同的教學構想或前線教學實例，討論古典文學可如何與這些探索領域配合。

（一）探索領域——讀者、作者和文本

「語言與文學」課程的學習，要求學生精讀文本，密切關注各種類型和文學形式的文本細節（如文學體裁的風格、修辭和文學元素），以了解創作者所做出的選擇，以及通過文字、圖像和聲音傳達意義的方式。同時，學習亦重視文本接收者在產生意義時所起的作用（國際文憑組織，2022a，頁 32）。換言之，學生個人的因素，包括他們身處的時代、社區，將影響他們對文本的理解和解釋。在這個領域的探索中，學生將認識到文本是表達個人思想和感受的有力手段，而讀者的觀點對於文本理解亦不可或缺（國際文憑組織，2022a，頁 32）。

針對文本意義的理解和解釋問題，西方詮釋學（Hermeneutics）提出了三個向度，呈現了「讀者、作者和文本」的不同關係：其一，以作者為中心。讀者的責任是利用文本客觀地根據作者的原意及其所處身的歷史環境重構作品，務求達到與作者思維統一的境界。其二，以文本為中心。讀者的任務是分析文本，務求在文本的內在結構中找出文本的意義。從這個向度考慮，文

---

[4] 按，《指引》英文版原文為：The extended essay in studies in language and literature <u>cannot</u> be based on a text or work studied in class (Language A: language and literature guide, 2022, p.9). 中文版本翻譯為「可以根據在課堂上學習過的一件文本或作品撰寫語言與文學研究方面的專題論文」（國際文憑組織，2022a，頁 13），文意有誤，此處根據英文版。

本是獨立於作者的，讀者可以發掘文本自身的意義，甚至比作者本人更好地理解作品。最後，以讀者為中心，強調讀者從文本領受之意。Gadamer（1975）提出「視域融合」（fusion of horizons），認為作者和文本的歷史視域與讀者的現代視域可以交融，以形成一個新的、更廣闊的視域，因此讀者決定文本意義，可以從文本中產生「不同的理解」。

在「讀者、作者和文本」這一探索領域中，課程一方面重視讀者對文本的類型和文學元素的分析，要求學生掌握文本的表現形式與作者或文本所傳達的意義的關係，這是對「作者」和「文本」兩個向度的回應。與此同時，課程亦強調讓學生思考文本建構了什麼樣的知識、文本的意義在多大程度上是固定不變等問題。例如學生可反思在閱讀文本的過程中，所建構的知識有多少取決於作者的意圖，又有多少取決於讀者的文化假設以及讀者社區重視文本的目的（國際文憑組織，2022a，頁 33）。這是對「讀者」此一向度的回應，同時亦是「語言與文學」課程與 IB 認識論課程（Theory of Knowledge）產生的關聯點。

在古典文學的研讀中，學生可以觀察文本的類型和其中的文學元素如何影響意義的傳遞。例如，通過研習蘇東坡詞集，學生可以審視作者以詞的創作來抒發內心感受的方式。追溯「詞」這一文學體裁的發展過程，自晚唐五代以來，詞一直被視為「小道」，只是詩人墨客的遊戲之作，題材狹隘，風格豔婉。發展至蘇軾，方革新了詞體。他提倡詩詞同源，認為兩者的本質和表現功能一致，還主張詞須「自是一家」，認為詞亦應追求壯美的風格和闊大的意境，詞品應與人品一致，作詞應像寫詩一樣抒發真實性情和獨特的人生感受（袁行霈，2005，頁 63－64）。在創作上，他將詞傳統柔情的風格一轉為豪邁奔放，讓詞像詩一樣可以抒述作者的性情懷抱，例如《沁園春‧赴密州早行馬上寄子由》表現了他少年時代的意氣風發、豪邁自信；《念奴嬌‧赤壁懷古》抒發了「人生如夢」的感歎；《定風波》反映他樂觀積極、超然自適的人生態度等等，作品記述了他的人生經歷和思想感情的變化。學生學習蘇軾的作品，可以探討東坡詞「以詩為詞」的文本特徵及其詩化的表現技巧（例如利用題序敘事以突破詞以抒情為主的局限、在詞作中大量用典等）對情感抒發、擴大詞境所產生的效果，以深究「讀者、作者和文本」的關係。

再以李清照的詞作為例，蘇軾借用詩詞的淵源、詩化的作詞手法提高詞體的地位，而李清照的《詞論》則從詞的本體論進一步確立詞體獨立的文學

地位，她主張詞「別是一家」，認為詞是獨立於詩的抒情體裁，不僅要分平仄，還有更高的協律要求以使之「可歌」，否則詞會淪為「句讀不葺之詩」（沈家莊，1991，頁 295－309），這是作家對詞這種形式體裁的要求。內容風格方面，李清照經歷南北宋的時局變化，作品表達的情感亦截然不同。她前期的詞作像《一剪梅》《如夢令》等歌詠自然風光、描寫閨閣生活和夫妻情深，詞風比較輕快活潑；宋室南渡之後，詞人遭逢亂離，經歷國破家亡、喪夫之痛，思想感情產生巨變，所以她後期的作品如《聲聲慢》，內容多反映孤獨傷心的生活感受，詞風亦顯較含蓄深沉，詞人的經歷與詞作的內容風格扣連。藝術表現上，李清照善於選取生活起居的細節來展現內心世界，作品語言精妙清亮、風韻天然，獨具特色。學生還可以從作者運用不同的修辭、意象（如《聲聲慢·秋情》中疊詞的運用以及詞人常用的「花」的意象），探討不同的表現形式對意義產生不同的作用，從而探索文本的語言、風格對作品意義的影響。

古典文學促進了學生對「語言與文學」各種問題的思考，與此同時，學生站在讀者的角度，除了分析文本、理解意義，更可以融入國際視野，聯繫身處的環境，結合個人的分析評價能力，以發掘文本（無論是文學或是非文學類）引發的思考，考慮文本對個人或社會，甚至是世界的啟示作用。正如課程的教學大綱所言：「這方面（指「讀者、作者和文本」）的研究包括調查文本本身的運作方式，以及創作和理解文本的背景因素和複雜性。重點是針對交流的細節做出個人的和批判性的回應。」（國際文憑組織，2022a，頁 24）這個過程活化了文本意義，為文本增加了現代的教育意義。這方面的例子在後文會具體談到。[5]

（二）探索領域——時間和空間

古典文學不但呈現了文人對自身處境的想法和人生價值的取向，也反映時代問題，包括對戰爭、貧窮等議題的關懷，以及對朝廷的諷刺。關於「時

---

[5]　例如本文「四、（二）個人口試——呈現全球性問題」一節，介紹在「個人口試」考核引入古典文學以討論全球性問題的例子，當中談及學生可透過蘇東坡的詞作思考如何面對逆境。詞人面對的政治失意，並不是現代學生普遍面對的問題，因為現代社會已不再以功名的追求為尚。然而，詞人豁達的胸懷、面對逆境時坦然的態度，卻能啟示學生思考如何面對在現代社會中常遇的逆境（如個人價值與主流價值衝突、被欺凌等）。又例如，同一節中談到學生在實際的口試考核中，結合杜甫的「三吏三別」和《自京赴奉先縣詠懷五百字》討論現代社會戰爭、疫症所引致的百姓苦難，將古人悲天憫人的情懷帶到現實問題的思考，同樣在「讀者」角度活化了古典文學的價值。

間和空間」的概念，教學大綱的指引是：「……各種文學體裁和媒體形式，反映廣泛的歷史和／或文化觀點。對它們的研究注重使用語言的背景，以及文學和非文學文本可以廣泛地反映和塑造社會的各種方式。重點是考慮各種個人和文化的觀點，發展出更廣泛的各種觀點，以及對背景與意義之間的聯繫的認識。」（國際文憑組織，2022a，頁 24）由此可知，「語言與文學」課程除了強調文本表現手法的分析，亦著重文本與時代背景的聯繫，重視文本歷史及文化觀點的探究。通過這方面的探索，學生將認識「文本、自我與他人之間關係的作用，以及當地和全球相互聯繫的各種方式」（國際文憑組織，2022a，頁 33）。

例如，杜甫的詩作反映唐朝由盛轉衰的歷史，《新唐書》讚曰：「甫又善陳時事，律切精深，至千言不少衰，世號『詩史』」（歐陽修、宋祁，1975，頁 5738），他以時事入詩，通過詩歌創作來反映時代；又通過典故的運用，達到以古喻今的效果。杜甫詩集的戰爭詩歌系列，記錄了安史之亂前後唐朝的政治與社會實況，學生通過探索杜甫詩集，對時代的歷史、文化、社會問題會有更深刻的了解，並能從中看到戰爭和社會的動盪對百姓的影響。這是學生通過研習古典文學，從而認識「文本、自我與他人」關係的例子，這方面的探究亦促進他們對一些全球性問題（如「政治、權力和公平正義」，詳見下文）的思考。

學生還可以通過探究樂府詩歌集，思考民歌中透露的愛情觀念、女性形象的刻畫為現代文化帶來的衝擊。魏晉南北朝的樂府詩，如《上邪》《白頭吟》等直抒胸臆，表達了女子對愛情的熱烈追求和執著堅定；《孔雀東南飛》以長篇敘事詩的形式控訴了封建禮教的殘酷無情，歌頌了焦、劉夫婦的真摯感情和反抗精神；《木蘭辭》讚揚了花木蘭勇敢善良的品質、忠孝雙全。這些詩歌側面呈現出古代封建的社會面貌，也刻畫出反傳統的婦女形象，其意義對主張「公平正義」的現代社會，依然擲地有聲，同樣可以帶動全球性問題的思考討論。這些研習方向讓學生體會到文化或歷史背景對文本產生和理解的重要性。

（三）探索領域——互文性

廣義而言，所有文本都是互文性的（All texts are intertextual.），所有文本都有其他文本的痕跡。最先提出互文性的是法國理論家 Julia Kristeva，她在刊登於《如是》（Tel Quel）雜誌的兩篇文章中正式創造和引入了互文性這個術語：第一篇文章名為《詞、對話、小說》（Le mot, le dialogue, le roman, 1966），

其中第一次出現了「互文性」這個術語；稍後，在第二篇文章《封閉的文本》（Le texte clos, 1976）中，她進一步明確了定義：「一篇文本中交叉出現的其他文本的表述」「已有和現有表述的易位」。隨後，不同的學者也提到過這個概念，互文性後來又被索萊爾斯（Philippe Sollers, 1971）重新定義為：「每一篇文本都聯繫着若干篇文本，並且對這些文本起著複讀、強調、濃縮、轉移和深化的作用。」[6] 具體而言，互文性可以是借鑒、利 / 引用、變奏、戲謔、仿作、互補、唱和、對話（或前後；或平行同題異作）、回音 / 迴盪、再現、解構等表現形式（童明，2015）。在「語言與文學」課程中，「互文性」的探究重點是（董寧，2020）：

- 了解任何文本都是另一個文本的吸收和轉換，引導學生從一個文學文本與其他文學文本相互影響關聯的複雜性角度來探討和解讀作品；
- 關注不同文本在文學傳統、創作者和思想觀點之間的聯繫，研究一個文本的產生在哪些方面或多大程度上體現出對傳統的繼承、發展和演變；
- 側重文學文本的比較異同研究，了解個別文學文本的獨特特徵及複雜的聯繫系統，探討不同體裁、題材的文本間可以以怎樣的方式發生關聯、影響與演變。

以下運用不同教學實例呈現學生對「互文性」的理解和分析：

首先，透過研究文本的借鑒方法，可以觀察文本的相互聯繫。筆者與學生探索此領域，選擇了陶淵明詩歌為素材。陶淵明通過詩歌創作表達了對歷史、現實和生活的感想和看法，抒寫了對社會現狀的不滿和對田園生活的喜愛，充分表現出作者高潔傲岸的道德情操和安貧樂道的生活情趣。詩人遠離煩囂、放下名利執著的情懷具有深刻現實意義。在流行曲的創作中，填詞人亦喜以古典詩歌入詞，運用借鑒的方式將詩歌意義帶入現實生活。有學生在「高級程度論文」中，研究內地歌唱組合羽泉的流行曲《歸園田居》如何借鑒陶淵明古詩《歸園田居》，討論借鑒法的運用如何帶出歌曲的寫作意圖。論文指出，填詞人通過直接引用詩句及化用典故的方法，提醒大眾須謹記生活的本意，不當營營役役，反而應思考當下的生活有否失卻最初的意義，並主張大家追求更簡樸的生活。歌曲除了直接引用詩歌外，還把詩歌的內容化作白

---

[6] 關於「互文性」的概念演變，可參考蒂費納・薩莫瓦約，邵煒（譯）（2003）《互文性研究》，天津：天津人民出版社。

話文填入歌詞中，讓聽眾更能明白和掌握歌詞的主題。填詞人還以化用的手法，向讀者具體化地呈現了樸素生活的面貌，如「看那裊裊炊煙舞婆娑」化用陶淵明的「曖曖遠人村，依依墟里煙」；「採一朵野菊」化用「採菊東籬下」「要走幾段路，犯過幾個錯」，暗指陶淵明提及「誤落塵網中」的經歷，「為了什麼才離開，又為什麼而歸來」化用《歸園田居》裏的「久在樊籠裏，復得返自然」，暗示繁忙的都市使人心煩，不如回到田園生活過得簡單開心。

改編重現也是互文性的表現手法。以清中葉黃燮清《帝女花》與其改編作品的關係為例，現代經典粵劇《帝女花》就是對黃燮清作品的一種誤讀，改編者唐滌生被視為原著的一個特殊讀者，在改編過程中有意識地「誤讀」原作，而非模仿或搬演，這同時也可以視作「創造性背叛」（creative treason）。改編者同時也是創造者，賦予作品時代性的演繹，使古典作品注入新生命，推陳出新、有所超越。《帝女花》之後還有再改編、再現（例如青春版、崑曲版、京劇、流行曲、各個時代的電視劇：1977、1983、2003 和電影：1959、1976）；或他人作品的借鑒、引用、轉化（如也斯小說《剪紙》（1982）、鍾曉陽小說《良宵》（1985）對《帝女花》的引用）；甚至出現二次創作、戲謔文本：〈香夭〉一折被戲謔成流行曲〈落街無錢買麵包〉（鄭君綿 1968），還有麥兜再改編版等。通過這個文本的研習，學生可以梳理出一個作品在不同時代所具備的意義。

古典文學改編成現代文學，既是互文性的體現，也是一種寫作的創意。IB給予的教學建議也提及課程的教學和學習活動可以包括對文本進行改編（國際文憑組織，2022a，頁 9），學生通過閱讀文本 A，轉化身份為作者以進行創作，借鑒文本 A 的時間、空間與身處時代的語境及自身的動機而呈現文本 B，這個過程讓學生以實踐方式了解文本互相影響的可能性。

法國學者蒂費納‧薩莫瓦約（2003）認為，通過研究作品的互文性，我們可以具體地理解文學是如何自己孕育自己的，並且「看到文化的深刻作用」。按照她的說法，互文性中的「文本參考」，是指文學如何通過自己參照自己，而遠離任何與現實的直接聯繫。但是，以某種方式對已有文本的暗示或引用，則可以看成是文學和現實之間另一種形式的聯繫。互文的手法以不同的方式代替了對現實世界的描繪，但文本關注的依然是人在現實社會中的各種處境。透過互文性的研究，學生可以思考文學對現實問題的關照。當學生養

成了全方位分析文本的習慣，就可以用更加深入與廣泛的眼光觀察文學發展變化的根源和影響，並會對一個作品的社會意義與思想價值做出更全面的分析，進而對作品的特色與效果進行更公允和深入的評論。這樣，學生便可培養出獨到的觀察研究能力，並把文學課程中學到的知識運用於自己的人生和社會實踐中（董寧，2020）。

四、古典文學在課程評估的運用

在這節中，筆者會結合上文對於課程「三大探索領域」的討論，運用操作實例，介紹古典文學可以如何與課程的評估項目結合。

（一）試卷二──比較與對照

「試卷二：比較論文」這項校外評估包含四道一般性論題，供學生選答，這些問題聯繫課程的核心概念，關注文學研究的各個方面（國際文憑組織，2022b，頁 59）。此卷要求學生聯繫所選論題，對學過的兩部作品進行比較和對照。學生選擇的兩部作品，在時代背景、內容主題，或技巧手法的運用方面應有相似和相異之處，學生要考察兩部作品傳達的意義，以及它們各自構建這些意義的方式。

《語言 A：語言與文學卷二樣本試卷》（國際文憑組織，2019）設有下列題目：「有個說法認為文學只是談及愛情與死亡。以你選修的兩部作品為基礎，討論這個說法的正確性。」（頁 5）要回應題目所問，學生可以明朝湯顯祖《牡丹亭》與英國莎士比亞《羅密歐與茱麗葉》的例子做比較對照。二人在戲劇史上常被視為中英戲劇的代表，他們的戲劇創作反映了兩種不同的戲劇傳統和文化。上述兩部作品同中有異，例如兩部作品在題材方面皆圍繞對愛情、親情、權勢等命題的思考；而兩部作品的鋪排發展則大相徑庭，其中《牡丹亭》是傳統中國才子佳人的團圓結局，《羅密歐與茱麗葉》則是悲劇性結尾，這亦反映了不同空間不同的審美觀和文化精神。此外，除了觀照兩個作品以愛情作為包裝的手段，若把文學作品放置在當時的歷史環境來研讀，便更能挖掘到作品的時代特點。

再看同卷的另一道題目：「以你選修的兩部文學作品為基礎，闡述作者

用什麼技巧來描述一特定的社會或政治語境。」（國際文憑組織，2019，頁5）應對此題，學生可考慮以清初蒲松齡的《聊齋誌異》與奧地利作家卡夫卡（Franz Kafka）中短篇小説集中「異化」的主題和荒誕的手法進行比較對照。根據曾艷兵的考證，卡夫卡讀過《聊齋誌異》的德譯本，他的創作有意無意地受到過這部小說的影響。卡夫卡的孤獨與蒲松齡的孤憤有很多相似的地方，但他們創作的差異又決定了他們創作觀念和創作方法的不同。卡夫卡選擇了寓言作為他的寫作方式和表達方式；蒲松齡則選擇了隱喻作為自己的思維方式和表現方式。卡夫卡是以荒誕變形的手法來表現現實生活中人的異化問題；蒲松齡則是通過志怪變形將現實詩化，以寄託作者自己的志趣和理想（曾艷兵，2004）。

以古、今作品並觀，學生可以從更廣闊的視野，深化對語言與文學問題的各種思考。通過作品思想內容和表現手法的比較與對照，學生可以發掘文本建構的意義與時代背景的關係、文本意義的建構方式和作品的互相影響等問題，回應課程設置的三大探索領域。不同向度的思考能豐富學生對文學本質、價值等問題的認識。

（二）個人口試——呈現全球性問題

校內評估項目個人口試要求學生通過他們學過的一部文學作品和一部非文學作品集的內容和形式，考察兩部作品介紹學生所選的全球性問題的方式。考核過程中，學生須完成口頭分析評論，然後回答教師的問題。據課程指南所示，一個全球性問題具有以下三個特徵（國際文憑組織，2022a，頁88）：

- 具有廣泛的重要性；
- 具有跨國性；
- 其影響在各地日常生活中能被感受到。

學生可以考察以下一個或多個領域，以確定他們在口試中要探討的全球性議題，其中包括：「文化、身份和社區」；「信仰、價值觀和教育」；「政治、權力和公平正義」；「藝術、創造和想象」及「科學、技術和環境」。古典文學的主題內容以及作者的人文關懷，往往能回應上述「全球性問題」的討論，頗適合作為個人口試的選材。

例如，筆者在個人口試的示範教學中，在古典文學作品中選擇了蘇東坡

詞《定風波》，非文學作品集則選取富士菲林相機廣告系列，讓學生思考「人在逆境中的自處問題」，引申到在「文化、身份和社區」和「信仰、價值觀和教育」兩個領域中討論「當個人價值觀與社會產生衝突，我們可以如何自處」，內容回應「文化、身份和社區」和「信仰、價值觀和教育」兩個領域。其中，蘇東坡詞《定風波》是以政治失意為主題的作品；富士菲林相機廣告系列則是富士菲林攝影器材有限公司於 2016—2017 年在香港推出的「世界命題」系列廣告，作品以超現實的手法拍攝 30 秒短片，探討不同主題的社會議題。如其中一段諷刺現代社會三人成虎，顛倒是非黑白，帶出「欺凌」的問題，引發觀眾思考面對逆境、誤解甚至欺負時，應該如何自處。引導學生分析詞作和廣告這兩種截然不同的作品載體所帶出的效果，探討現代社會生活中貧窮、欺凌等逆境，能幫助學生理解蘇東坡的作品、了解蘇東坡的心境。同時，文人政治失意時曠達脫俗的取向和悲天憫人的情懷，也可以啟迪學生思考如何面對逆境，兩者相得益彰。

筆者另一口試示範，以李清照的詞作《一剪梅》（文學作品）與 NIKE 女權系列廣告（非文學作品集）並觀，研究性別認同問題，這項研究與「文化、身份和社區」「信仰、價值觀和教育」，以及「政治、權力和公平正義」三個領域相關。在教學過程中，教師引領學生思考所謂「女性自覺」會否在不同時間、空間下有不同的詮釋。性別意識是現代社會頻繁出現的話題，女性的自覺亦從古至今不斷在改變，如李清照詞作體現的古代女性自覺與當下廣告強調的男女平等觀念截然不同，學生可由此探究兩性權益對人及社會所帶來的影響。同時，詞作強調抒述一己之情，廣告以獨白形式拍攝，雖然皆是以女性視角切入，但載體和表達技巧大大不同，兩者對現代讀者或觀眾帶來的衝擊截然有異。

在實際的考核中，有學生在通過研習杜甫以反戰為主題的「三吏三別」（文學作品），結合新浪網新聞專題〈美國 17 萬退休老兵無家可歸，每天平均 22 人自殺〉的報道（非文學作品集），探究詩人如何通過古詩的體裁，寫出在亂世之中身世飄蕩的孤獨，揭示戰爭給人民帶來的巨大不幸和困苦，並表達對老百姓的同情。新聞報道則通過數據、圖片、人物訪問等手法帶來具象的視覺衝擊。兩者對照，學生思考詩歌如何以精煉的文字勾勒出生離死別的畫面，而上述兩部作品皆能引領讀者反思戰爭這一全球性問題。

再如，有學生研讀杜甫的詩歌《自京赴奉先縣詠懷五百字》（文學作品），詩歌以長詩的方法描寫當時社會貧富懸殊的現實，刻畫百姓的苦難和朝廷的荒淫腐敗。這一尖銳的觀察和體會，引發學生結合新冠疫情期間的感受，再聯繫中國一位博客作家方方的《方方日記》中（非文學作品集），一系列由2019年末至2020年初撰寫對武漢的記錄，探討「普通百姓在災難下的傷害和磨難」這一話題，回應了「政治、權力和公平正義」的領域。經典研讀結合現世生活，學生從中窺探古人「悲天憫人」情懷的現代意義。

　　應該注意的是，評估所涉及的全球性問題不僅是為個人口試而設置，考生在準備個人口試的時候必須聚焦一項全球問題。全球性問題對整個課程也有指導意義，各項全球性問題都和作品的內容、主題以及表現手法相關，能引導學生在研習文本之時更加關注現實生活中的問題（禹慧靈，2019）。

（三）高級程度論文 —— 探究線索的調研

　　此項評估要求學生聯繫在課程中學習過的一部非文學作品集或一部文學作品，發展一條自選的特定探究線索，撰寫一篇篇幅為 1,450—1,800 個漢字的論文。

　　除了分析流行曲《歸園田居》如何借鑒陶淵明古詩以帶出寫作意圖的論文例子外，亦有學生分析白先勇《台北人》小說集借鑒之法的運用，探索線索為如何運用古代戲曲來體現人物形象及深化小說主題。論文研究白先勇的中篇小說《遊園驚夢》如何借鑒明代戲曲家湯顯祖的崑劇《牡丹亭》，引用《牡丹亭》的唱詞並參考其中夢境與現實交織往來的敘事方式，把錢夫人的三段意識流穿插在宴會的現實中間，製造今即是昔的幻象，以增加小說的審美價值。論文認為，通過對《牡丹亭》在唱詞、人物形象和敘事技巧上的借鑒，白先勇令《遊園驚夢》更富文學價值，同時亦深化了小說中世事無常、人生如夢和宿命論的主題。論文又分析白先勇短篇小說《花橋榮記》引用桂戲唐代薛平貴與王寶釧的傳說，反襯出老闆娘和盧先生夫妻失散的遭遇，並對盧先生的「靈肉之爭」作了更深入的刻畫，論文認為白先勇選擇引用桂戲是為了呼應老闆娘思念家鄉桂林的情感。互文性的研究分析，幫助學生認識古典文學在現代創作中的地位和作用，而文體傳統的革新，亦能回應全球性問題中「藝術、創造和想象」這一思考領域。

（四）專題論文 —— 挖掘作品深意

　　除了在口試中以古典文學與非文學作品集進行對照，學生亦可透過專題論文（Extended Essay）的寫作深入探究古典文學的價值。此項評核要求學生選擇一古代作品或文人的作品集進行深入分析。

　　學生以〈詩有史，詞亦有史 —— 李清照「詠史」詩詞探析〉為題，通過文獻回顧及文本細讀等研究方法，探討李清照如何在詩詞中反映其文人史觀。學生的「論文反思」自述：「結合課程所學，得知古人創作皆有意為之，（他們）通過文學的創作來反映或批評政治或歷史，尤其易安身處南北宋之間，後期作品因親身經歷國破家亡，更添複雜愁緒。」論文指導老師評語則指：「古典文學相當能配合『語言與文學』科的課程，（學生能從中）審視文人悲天憫人的情懷和天下興亡、匹夫有責的精神。」分析和理解古典文學，對學生來說是具備挑戰的，閱讀原典，並且拓展閱讀相關歷史文獻，能夠提升學生的批判思維、分析能力和鑑賞能力，透過易安詠史作品「歷史語境」的分析，學生可以思考個人身份與社會、家國的關係問題。

　　此外，亦有學生在專題論文中探究賴聲川的舞台劇《暗戀‧桃花源》如何借鑑及改編陶淵明的《桃花源記》以帶出劇作的主題。舞台劇「桃花源」部分以喜劇荒誕的表現手法來表現武陵人老陶面對的人生逆境，並借陶淵明的《桃花源記》來表達尋覓理想卻一無所有的現實。學生在論文中分析，賴聲川直接引用了「桃花源」這個典故，更在文本的事件或場景，甚至文本的主題、動機、人物描寫等眾多細微處都重複使用典故內容。除此之外，賴聲川又以戲劇的形式顛覆文本，對陶淵明的遊記展開聯想和創作，把後人無法再尋到桃花源的遺憾深化，「誤讀」歷史成虛實難辨的夢境。論文對「讀者、作者和文本」「時間和空間」，以及「互文性」三大領域皆有回應。

五、結語

　　當代著名學者張高評在《與時俱進與經典轉化 —— 人文經典之實用化、創意化、數位化與現代化》（2017）一文指出了古典文學的教學價值，他認為：「文學作品是人學具體而微的表現，詩詞是文學的精華，人生體悟深刻，參考借鏡尤其可行。」他重視經典的與時俱進與轉化，認為人文經典當有「現代

解讀」。

本文從 IB 語言 A「語言與文學」課程的「讀者、作者和文本」「時間和空間」以及「互文性：文本的相互聯繫」三大探究領域出發，配合課程評核的操作示例，闡釋古典文學在課程中的現代意義，要點有三：

一、課程「以學生為本」的現代教育理念以及讓學生自由探究的開放風氣，使學生的「讀者」角色得到充分發揮。在「讀者、作者和文本」的關係中，學生既是文本的閱讀者、分析者，可以探索作品意義，分析作品體裁和表現手法跟意義的關係，又是文本的解讀者，可以配合自身的視域解讀作品，賦予作品現代意義。

二、學生可以配合個人見識，運用課程提倡的國際視野，將古典文學作品與生活實例以及全球性問題聯繫，在「時間和空間」中貫通古今。

三、「互文性」的研究培養學生對古今作品的整體觀察，讓他們在古今作品內容、主題、體裁、表達手法的比較中思考一些人類生存的永恆議題。

因此，古典文學作品的學與教為課程融入了現代意義，而課程的精神亦使人文經典的價值得到現代化的發揮。

參考文獻

1. 陳守仁、張群顯（2020）：《〈帝女花〉讀本》，香港：商務印書館香港有限公司。
2. 仇兆鰲（1992）：《杜詩詳注》，上海：上海古籍出版社。
3. 蒂費納・薩莫瓦約，邵煒（譯）（2003）：《互文性研究》，天津：天津人民出版社。
4. 董寧（2020）：《DP 中文 A 文學課程學習指導》，香港：三聯書店（香港）有限公司。
5. 富士菲林攝影器材有限公司（2016—2017）：「世界命題」系列廣告，載於：https://www.youtube.com/watch?v=32xZIpnPLyw&list=PLYNKjtCTSKknnlymhI438jFEpWP1Vr-0Q，檢索日期：2022-3-22。
6. 高宣揚（1988）：《解釋學簡論》，香港：三聯書店（香港）有限公司。
7. 國際文憑組織（2019；2022a）：《大學預科科目語言 A：語言與文學指南》，英國：國際文憑組織。
8. 國際文憑組織（2019；2022b）：《大學預科科目語言 A：語言與文學教師參考資料》，英國：國際文憑組織。
9. 國際文憑組織（2019）：《語言 A：語言與文學卷二樣本試卷》，英國：國際文憑組織。
10. 國際文憑組織（2021）：《國際文憑指定閱讀書單》，載於：https://ibpublishing.ibo.org/prl/index.html，檢索日期：2022-1-3。
11. 胡雲翼（1947）：《李清照詞》，上海：上海教育書店。
12. 羅燕琴（2016）：《閱我深意：文言作品學與教的理論與實踐》，香港：香港大學出版社。
13. 歐陽修、宋祁（1975）：《新唐書》，上海：中華書局。

14. 潘德榮（2015）：《詮釋學導論》，桂林：廣西師範大學出版社。

15. 蒲松齡（2018）：《聊齋誌異》，台北：南港山文史工作室。

16. 沈家莊（1991）：李清照詞「別是一家」説芻論，《李清照研究論文集》，頁 295－309，濟南：齊魯書社。

17. 童明（2015）：互文性，《外國文學》，2015（3），86－102、159。

18. 彤雅立（譯）（2014）：《卡夫卡中短篇全集》，新北市：繆思出版。

19. 王運熙、王國安（1986）：《漢魏六朝樂府詩》，上海：上海古籍出版社。

20. 徐朔方（1999）：《湯顯祖全集》，北京：北京古籍出版社。

21. 禹慧靈（2019）：《IBDP 中文 A 語言與文學課程學習指導》，香港：三聯書店（香港）有限公司。

22. 袁行霈（2003）：《陶淵明集箋注》：北京：中華書局。

23. 袁行霈（2005）：《中國文學史・第三卷》，北京：高等教育出版社。

24. 曾艷兵（2004）：卡夫卡與《聊齋誌異》，《南京師範大學文學院學報》，2004（2）138－146。

25. 曾棗莊（2007）：《蘇東坡詞全編（匯評本）》，成都：四川文藝出版社。

26. 張高評（2017）：與時俱進與經典轉化——人文經典之實用化、創意化、數位化與現代化，《國際中文教育學報》，2017（2），71－91。

27. 朱生豪（譯）（1994）：《莎士比亞全集》，北京：人民文學出版社。

28. Gadamer, H-G. (1975). *Truth and method*. G. Barden & J. Cumming (Trans). London: Sheed and Ward.

29. International Baccalaureate Organization (2019; 2022). *Diploma Programme Language A: language and literature guide*. International Baccalaureate Organization(UK) Ltd.

30. Nike (2016), Nike Women, retrieved from: https://www.youtube.com/user/NikeWomen

The Modern Significance of Classical Literature in "Language A: Language and Literature" (IBDP)

LAW, Yin Ling   LEUNG, Wai

Abstract

The syllabus of the Higher Level of the International Baccalaureate Diploma Programme (IBDP) "Language A: Language and Literature" requires that the work of writers from three different periods be included. As such, classical literature becomes an inevitable choice other than the works from the modern and contemporary period (20th and 21st centuries). Through different teaching examples and pedagogical ideas, this article explored how classical literature can be integrated into the IBDP Language A curriculum, discussed the ways to merge classical literature into the three areas of exploration and the use of assessment, and examined the modern significance of classical literature in the curriculum accordingly.

Keywords: *IBDP, Language A, Language and Literature, three areas of exploration, assessment*

LAW, Yin Ling, Department of Chinese Language Studies,
The Education University of Hong Kong, HK. (corresponding author)
LEUNG, Wai, Diocesan Girls' School, HK.

IBDP 中文 B 考試閱讀理解模擬練習題與真題比較研究 [1]

劉弘

摘要

隨著 IB 中文 B 教育的發展，市面上出現了不少中文閱讀模擬練習冊，但這些模擬練習與真題的契合度情況並未得到充分研究。本研究選取了《IBDP 中文 B 聽讀精練》和《啟航——IBDP 中文 B 閱讀基礎訓練》中的 57 篇閱讀試題，從文本和題目兩個角度將其與真題進行了比較，分析模擬練習題在文本難度、文體、題型特點和評估重點等方面與真題的異同，以此為基礎，對今後繼續編寫相關模擬練習題提出了一些建議。

關鍵詞：IB 中文 B　閱讀理解　練習冊

一、引言

國際文憑組織（International Baccalaureate Organization 即 IBO）是一個以培養具有終身學習能力以及國際情懷的國際公民為宗旨的國際教育機構。IBO 開設的兩年大學預科文憑項目（The Diploma Programme 即 IBDP）是該機構歷史最為悠久、在世界各國推廣度最高、影響力最大的一個教育項目。IBDP 包括 6 個學科領域：語言和文學、語言習得、個人與社會、科學、數學和藝術。其中，第二語言即為通常所說的語言 B，分為普通課程（SL）及高級課程（HL），分別有相應水準的校外評估，而閱讀理解是其重要組成部分。

---

[1] 本研究為中國教育部語合中心 2021 年度《國際中文教育中文水準等級標準》教學資源建設項目 YHJC21YB-097 階段性成果。研究中得到華東師範大學 2021 屆張俁同學協助整理資料，特致謝忱。

劉弘，華東師範大學國際漢語文化學院，聯絡電郵：ecnuliuhong@126.com。

隨著 IB 教育的發展，修讀 IB 課程人數大幅增加，近年來，中國開始出現有關 IB 的研究論文，大多數研究論文關注對 IB 項目特點進行介紹、或者將 IB 項目與其他教育模式進行對比。比如顧彬彬（2006）、謝益民（2007）、李學書和陳法寶（2013）等人介紹了國際文憑項目的發展歷史、課程設置方式、學業評價模式，並分析了項目的顯著特點。程可拉和鄧妍妍（2006）等人對國際文憑項目的國內外研究成果做了述評。部分學者把目光聚焦於 IB 中文課程的應用及發展，如陶健敏（2012）分析了 IBDP 中文課程大綱的特點並探討了相應教材編寫的宏觀思想及具體編寫策略；杜娟（2013）以泰國 CIS 學校為例分析 IB 小學課程模式在對泰漢語教學中的應用；張彤（2014）歸納了 2014 年更換新課題後 IB 中文項目在教學主題方面出現的新趨勢，並探討了其變化對 IB 中文教師在教學上提出的新要求；孟丹（2014）以美國波特蘭國際學校為例，探討了 IB 課程在海外中文教學中的應用與實施。少量研究涉及 IB 中文詞彙和閱讀理解考試，如黃妍瓊（2015）以 IBDP 初級漢語課程教學大綱詞表和該課程 2010 年到 2014 年的考試真題詞彙為研究對象，對比分析了兩者在總詞種、共選詞及共選詞所體現的話題等方面的分佈特點；劉弘、金明珠（2018）對近 10 年 IB 中文 B 考試中標準水準（SL）、高級水準（HL）試卷一的閱讀文本進行了多角度的考察；劉弘、蘇越（2021）對閱讀理解試題命題特點進行了細緻分析。總的來說，現有研究大多集中於課堂教學領域，對於 IB 考試的實證性研究不多，研究有繼續深入的空間。

近年來，為幫助學生日常練習和準備 IBDP 中文考試，一些出版社出版了不少模擬練習冊。這些模擬練習冊都由 IB 領域一線資深教師編寫，彌補了 IB 教學資料短缺的問題，因此很受歡迎。但是，這些模擬練習冊是否符合 IB 中文考試要求，是否還有改進空間，今後該如何編寫更高品質的模擬練習冊，值得進一步研究。

在二語教學研究領域，對標準化試題進行深度分析能加深教師對考試結構特點和變化趨勢的理解，從而有針對性地指導學生備考，提升日常教學質量。國際中文教育研究界對考試試題的研究已經發展得較為充分，涉及的考試包括 HSK（朴慶珍，2014）、YCT（魏爽，2015）、日本中國語檢定（李姝逸，2016）、台灣華語文能力測驗（陳彤，2013）、韓國漢語高考（彭倩，2016）、泰國漢語高考（張凡，2009）、俄羅斯漢語高考（阿尤娜，2021）。為了探討考試試題的特點，很多研究都採取了比較模式，如阿尤娜（2021）將俄羅斯

漢語高考試題與 HSK4 級試題作比較，陳彤（2013）將大陸和台灣的漢語考試作比較，魏爽（2015）將中國的 YCT 和劍橋少兒英語考試作比較。

有鑑於此，本研究借鑑比較考試試題的思路，從兩套 IB 中文 B 閱讀理解模擬練習冊入手，系統考察其閱讀文本難度、文本類型、題型、題量等，並將其與真題作比較，分析出這兩套模擬練習冊的優點與不足，從而為今後編寫類似教學輔導材料提供參考。

二、研究設計

（一）研究對象

本文以華語教育出版社 2020 年出版的《IBDP 中文 B 聽讀精練》（下簡稱《精練》）和香港三聯書店 2019 年出版的《啟航——IBDP 中文 B 閱讀基礎訓練》（下簡稱《啟航》）為研究對象。本文之所以採用這兩套教材作為研究對象，主要是因為這兩套 IBDP 閱讀模擬練習冊均是在 IB 新大綱公佈後出版的，在主題分佈、題型等方面均與 IB 新大綱較為接近，且目前也被很多 IB 中文教師使用。閱讀文本部分包括《精練》中隨機抽樣的 20 篇閱讀理解文章以及《啟航》中的 37 篇閱讀理解文章（包括練習題和模擬題兩種，分別用《啟航練習》《啟航模擬 SL》和《啟航模擬 HL》表示），試題部分包括《精練》中的 492 道閱讀理解題以及《啟航》中的 474 道閱讀理解題。真題相關數據主要來自於劉弘、金明珠（2018）和劉弘、蘇越（2021）的論文，此外本研究還單列了 2021 年 IB 中文 B 試卷的新數據。

（二）研究內容與方法

本研究進行兩個考察，一是考察兩本模擬練習冊的閱讀文木在類型和難度兩方面與真題的差異。二是考察閱讀試題在題型種類、評估點分佈等方面與真題的異同。

本研究採用了內容分析法和文本難度統計法兩種方法。內容分析法用以比較文本類型和題型、題量，即將《精練》和《啟航》中出現的閱讀篇目的文本和試題進行分類統計，並將結果與 IB 真題作比較。對閱讀試題文本利用「漢語閱讀分級指難針」（金檀、陸小飛、林筠、李百川，2018）進行文本難度測量，

計算其文本難度，並與真題作比較。[2] 由於劉弘、金明珠（2018）和劉弘、蘇越（2021）分別對閱讀文本類型、文本難度和題型特點進行了研究，本研究的分類基礎基本參考上述這兩個研究，也會將研究結果與上述兩個研究的結果作比較。

（三）題型補充說明

劉弘、蘇越（2021）綜合考慮 IBDP 語言 B 指導大綱的說明和實際試題中出現的題型後，將 IB 中文 B 閱讀理解題型分為單選題、多選題、簡答題、匹配題、搭配題、判斷題、選字詞填空題和表格題等八種題型。本次研究發現，《精練》中共出現單選題、簡答題、匹配題、搭配題、判斷題、對應題和找詞題等七種不同的題型。《啟航》中共出現單選題、多選題、簡答題、匹配題、搭配題、判斷題、選字詞填空題、表格題、對應題和找詞題等十種不同的題型。其中單選題即為通常四選一試題，多選題則需要選擇多個答案，簡答題是需要學生寫出書面回答，匹配題和搭配題則是要求將左右兩邊的答案配對，不過匹配題左右兩邊信息是完整的，考試需要根據要求選擇將兩者對應起來，而搭配題左邊的信息需要和右邊結合起來才構成一個獨立信息，有點類似完成句子，兩者區別見劉弘、蘇越（2021）。判斷題是要求學生根據文本內容來判斷句子陳述的正確與否。選字詞填空和表格題，顧名思義都是根據要求選擇詞彙或相關內容填入空格或者表格中。對應題和找詞題是新大綱的題型，本文對這兩種題型簡要說明如下：

（1）對應題。題幹給出左右兩列信息，一列為詞語，一列為詞語釋義，答題者需要將左右兩邊的選項兩兩對應，右側信息有多餘項。

例 1　根據文章的內容，把左邊的解釋和右邊的詞語對應起來。
（《IBDP 中文 B 聽讀精練・SL1・「大暑」與養生》）

6. 學問；值得重視或研討的地方		
7. 在繁忙中抽出一點兒空閒時間	A. 深入人心	B. 養生
8. 演變而產生	C. 講究	D. 觀察
9. 思想等為大家所深刻理解並擁護	E. 忙裏偷閒	F. 排出
10. 將理想、感情等放在	G. 總結	H. 傳播
11. 保養身體	I. 衍生	J. 寄託
12. 指從比較小的口或孔釋放或流出		

---

[2] 關於漢語閱讀分級指難針的相關信息，可查閱其使用手冊 https://www.languagedata.net/editor/manual.pdf

（2）找詞題。題幹有兩種表現方式，一是給出文章中出現過的缺少某詞語的句子，二是給出某詞語釋義，答題者需從中文找出相應的詞語填空。

例 2　根據④、⑤找出最接近下面解釋的詞語。
（《啟航——IBDP 中文 B 閱讀訓練 · 體驗新加坡過年習俗》）

8. 聚在一起	_____
9. 要注意的內容	_____
10. 象徵的意義	_____
11. 兒子的妻子	_____
11. 女兒的丈夫	_____

三、結果與分析

閱讀試卷一般由閱讀文本和閱讀試題兩部分組成，本研究首先考察閱讀文本，包括閱讀文本難度和文本類型，其次考察閱讀試題，包括題目類型和評估點兩個角度。

（一）閱讀文本考察

1. 文本難度

本研究對《精練》和《啟航》中共 57 篇閱讀理解文章進行了文本難度分析（數值用 LD 表示），並分別將其與劉弘、金明珠（2018）研究真題文本難度得到的統計數據（表格中用「舊真題 SL」和「舊真題 HL」表示，下同）以及 2021 年中文 B 真題（表格用「2021SL」和「2021HL」表示，下同）進行對比，結果如表 1：

表 1 《精練》與《啟航》與真題閱讀文本難度表

		精練 SL/HL	啟航練習	啟航模擬 SL	啟航模擬 HL	舊真題 SL	舊真題 HL	2021 SL	2021 HL
LD 難度	均值	3.29	3.02	3.41	3.54	2.96	3.22	2.69	3.34
	等級	五級	五級	五級	六級	四級	五級	四級	五級
	最大值	3.52	3.65	3.98	3.81	3.42	3.13	3.15	3.66
	最小值	2.94	2.02	2.53	3.38	2.60	2.81	1.99	3.15
	標準差	0.33	0.48	0.51	0.16	0.24	0.28	0.50	0.23

「漢語閱讀分級指難針」（金檀、陸小飛、林筠、李百川，2018）以《漢語國際教育用音節漢字詞彙等級劃分》（2010）與《國際漢語教學通用課程大綱》（2008）為定級參考標準，通過演算法生成文本難度值，為文本難度提供數值結果。文本難度值範圍從 1 到 4，以 0.5 為區間寬度，共分為 6 個區間，由易到難。比如 1—1.5 就是一級，1.5—2 就是二級，以此類推，3.5—4 就是最高的六級。從表 1 數據可以發現，模擬題閱讀文本與真題相比，有以下幾個特點：

第一，模擬練習的文本難度整體偏高。劉弘、金明珠（2018）研究發現，SL 的閱讀文本難度在中等四級、HL 在高等五級，2021 年真題同樣如此，顯示 IB 中文考試在文本控制上已經比較穩定。而本次研究的兩本練習冊難度基本都在真題難度之上。日常訓練用的《精練》和閱讀基礎訓練的《啟航練習》平均文本難度都屬於 HL 水準，顯著高於 SL 水準。《啟航》模擬試卷無論是 SL 還是 HL 文本難度都比真題高了一個檔次。真題 SL 和 HL 的文本難度梯度明顯，而《啟航模擬》SL 和 HL 文本難度差異不如真題那麼顯著。或許編者的觀點是平時訓練要「從嚴從難」，但是 IB 中文本身就是一個帶有挑戰性的課程，日常訓練中偏高的難度是否會給學生帶來過大的壓力，尤其是剛開始學習中文 B 的學生，是值得我們思考的。

第二，各個閱讀文本難度內部差異較大。研究發現，作為日常訓練用的《精練》和《啟航練習》的難度標準差都高於真題（不包括 2021SL），不過這是可以接受的。因為日常教學需要考慮到不同學生的差異和水準提升，不像考試要求適當控制文本難度差異。尤其是《啟航練習》最小值是 2.02（中等三級），適合剛開始學習 IB 中文 B 的學生，因此，從這個角度來說，《啟航練

習》的文本難度控制是比較好的。

此外本研究發現，2021 年 HL 真題的文本難度分別是 3.15、3.64 和 3.22，也就是説第二篇文章的文本難度實際上是最高的，這與一般認為三篇文章的文本難度應該逐漸增加是不同的。這種「意外」或許會對考生產生影響。

2. 文本類型

IB 中文教學重視「文體」，因此日常閱讀訓練也需注重這方面，本研究對模擬練習冊中的文本類型做了考察。研究發現，《精練》中 50 篇閱讀材料的文本類型皆為介紹性文章。《啟航》書中的練習題和模擬試題扣去重複的材料後，實際有 35 篇閱讀文本，表 2 顯示了這 35 篇的文本類型情況。[3]

表 2　《啟航》與舊真題文本類型對比

類型	啟航		舊真題 SL		舊真題 HL	
	數量	比例（%）	數量	比例（%）	數量	比例（%）
書信	0	0	2	3.8	1	2.1
新聞報導	2	6	18	34.6	8	16.7
通知公告	0	0	1	1.9	1	2.1
日記	0	0	3	5.8	0	0
訪談	1	3	5	9.6	6	12.5
冊子	1	3	2	3.8	3	6.3
論壇帖子	0	0	3	5.8	0	0
廣告	0	0	2	3.8	1	2.1
專欄文章	0	0	0	0	1	2.1
小説	0	0	0	0	1	2.1
詩歌	0	0	0	0	1	2.1
記敘文	0	0	3	5.8	5	10.4
介紹性文章	23	66	10	19.2	6	12.5
議論文	7	20	3	5.8	8	16.7
散文	1	3	0	0	6	12.5

---

[3] 在對閱讀練習冊中的閱讀材料文本類型進行統計時，經常出現因為缺乏明顯的標誌而難以判斷的情況（比如在真題中，可能表明這篇文章是出自某個報紙的某個欄目，可以確定為「專欄文章」，但是練習冊中往往不標注這些信息，因此難以判斷），本研究對這些難以判斷文類的文章都從「記敘文」「介紹性」「議論文」「散文」等角度來區分。

從表 2 可以發現，《啟航》中共出現 6 種不同的文章類型，其中介紹性文章出現的次數最多、佔比最大，議論文佔比也達到了 20%，其餘文章類型佔比較少。舊真題 SL 閱讀材料共有 10 種不同的文章類型，以新聞報導和介紹性文章為主。與之相比，《啟航》中並未出現書信、通知公告、日記、論壇帖子和廣告等五類文體。此外，舊真題 SL 中多次出現的新聞報導類文章在《啟航》中僅出現兩次，而《啟航》中出現次數較多的議論文在 SL 真題中卻較少出現。舊真題 HL 閱讀材料包含 13 種不同的文章類型，新聞報導、議論文、訪談、介紹性文章、散文、記敘文這 6 種文章多次出現且分佈較為均勻。與之相比，《啟航》中並未出現書信、通知公告、廣告、專欄文章、小說、詩歌和記敘文等七種文體。

總的來說，《精練》閱讀材料文本類型較為單一，而《啟航練習》閱讀材料的文本類型相對較多，但與真題相比豐富度仍然不夠，且各文本類型佔比與真題差距較為明顯。

（二）閱讀試題考察

1. 題型與比例

本研究對《精練》中出現的 492 道題目（其中重合題目 160 道）和《啟航》中出現 314 道練習題題目、160 道模擬題題目（其中重合題目 24 道）從題型角度進行分析，得到各類題型的佔比數據（見表 3）：

表 3 《精練》《啟航》與真題閱讀理解各題型數據（數據為百分比）

	SL					HL				
	精練[4]	啟航練習	啟航模擬	舊真題	2021	精練	啟航練習	啟航模擬	舊真題	2021
單選題	20.4	7.01	5.00	12.70	12.5	21.1	7.01	10.00	15.6	12.5
多選題	0	10.83	13.75	5.9	7.5	0	10.83	10.00	4.2	7.5
簡答題	12.0	19.43	8.75	22.40	22.5	13.6	19.43	15.00	22.4	22.5
匹配題	0	5.1	6.25	20.10	7.5	5.0	5.1	6.25	22.5	10
搭配題	21.2	12.42	16.25	12	7.5	19.0	12.42	21.25	9.8	7.5

---

[4] 《精練》SL 中有一些特殊題型，未列入統計，故本欄合計不到 100%。

	SL					HL				
	精練	啟航練習	啟航模擬	舊真題	2021	精練	啟航練習	啟航模擬	舊真題	2021
判斷題	11.6	9.87	12.50	17.60	7.5	20.2	9.87	10.00	13.4	12.5
選字詞填空	0	11.46	10.00	7.90	7.5	0	11.46	18.75	10.6	0
表格題	0	4.78	15.00	1.5	0	0	4.78	0	1.5	0
對應題	26.8	10.5	5.00	0	7.5	8.7	10.5	0	0	10
找詞題	0	8.6	7.50	0	20	12.4	8.6	8.75	0	17.5

從表 3 可以看出兩套模擬練習冊有以下幾個特點：

第一，兩套模擬練習冊都緊跟大綱要求，符合新版考試形式。兩本練習冊都出現了 2021 年考試新增加的找詞題和對應題。這兩種新題型在整個練習冊中佔比也較高（基本在五分之一左右），這樣充分的訓練有助於學生高效地應對 2021 年以及之後的新考試。

第二，兩套模擬練習冊與真題在題量比例上總體比較接近。比如在實際考試中佔比較高的是單選題和簡答題，《精練》和《啟航練習》中這兩種題型同樣佔比較高；2021 年新出現的找詞題和對應題在兩套練習冊中的佔比也較高，這顯然有助於學生充分掌握這類試題的解題技巧。相比之下，《啟航》中幾套模擬試卷的情況與真題差別較大，尤其是新題型「找詞題」上。不過《啟航》出版要早於 2021 年，當時還無法預知實際考試情況，這種差異也是在所難免的。

第三，部分練習冊在題型分佈與真題仍有一些差距。《精練》練習冊中共出現 7 種題型，與真題相比缺少多選題、選字詞填空（這兩種題型在 2021 年真題中依然存在）。相比之下，《啟航》中題型種類較多，與真題情況更為接近，對於應試者的訓練也更為充分。

2. 考察點分佈

本研究的「考察點」是指閱讀試題需要考察的閱讀微技能。本研究結合陳昌來（2005）書中總結的閱讀微技能以及和劉弘、蘇越（2021）研究，從閱讀試題微技能考察點的角度對試題做了分類，共分成「推論類」「細節類」等八類試題，並統計相關題目比例，具體數據見表 4。

表 4 《精練》《啟航》與真題閱讀理解考察點比較

	SL					HL			
	精練	啟航練習	啟航模擬	舊真題	2021	精練	啟航模擬	舊真題	2021
推論類	3.6	0	0	2.9	7.5	4.96	2.5	4.6	10
細節類	61.6	40.13	52.5	52.4	42.5	58.26	42.5	41.8	42.5
主旨大意類 [5]	0	7.01	10	10.7	7.5	4.96	7.5	8.4	10
詞彙類 [6]	26.8	30.57	22.5	24.7	25	21.1	30	34.2	27.5
句意理解類	7.2	9.87	11.3	2.3	10	6.61	8.8	1.8	2.5
文體類	0	0.96	0	1.0	0	0	1.3	0.6	0
歸納概括類	0	0.96	0	2.0	7.5	2.48	0	3.6	7.5
列舉類	0.8	10.51	3.8	4.6	0	1.65	7.5	5	0
合計	100	100	100	100	100	100	100	100	100

從表 4 我們發現，總體而言，模擬練習冊在閱讀理解考察點的「仿真」上做得比較好。舊真題和 2021 年真題都是以細節類和詞彙類試題為主，二者合計接近 70%，模擬題基本做到了這一點。無論是《精練》還是《啟航》，閱讀題都是以細節類和詞彙類為主，合計也基本在 75% 左右。

劉弘、金明珠（2018）的研究發現，IB 試題有兩個基本特點：一是細節題和詞彙題涉及的題型較為多樣，二是某種題型往往與考察點有對應趨勢。比如舊真題 SL 推理類試題主要是判斷題，主旨大意類主要是匹配題，句意理解類主要是搭配題；舊真題 HL 推理類主要是單選題，主旨大意類主要是匹配題，句意理解類主要是簡答題和匹配題；無論是 HL 還是 SL 歸納概括類和列舉類都只出現在簡答題中。本研究發現，兩套模擬練習冊也基本做到了這幾點，比如兩套模擬練習冊中細節類試題都涉及到了多種題型，跟真題非常類似。在對應趨勢方面也是如此，比如在《精練》和《啟航》中，匹配題都只考察學生的對主旨大意的把握的能力，歸納概括類同樣是以簡答題為主。可以認為，兩套模擬練習冊的編者的確把握了 IB 中文閱讀考試的命題特點的。

[5] 主旨大意是要求學生對全文或者某幾個段落的主題進行概括的試題，其答案一般不能直接從文中找到，而歸納概括則是要求學生從一段文本中提取關鍵信息，用自己的語言表達出來，同時考察細節捕捉和概括兩方面能力的一種題型。

[6] 詞彙題是考試學生對詞彙意義的掌握情況，而細節題是對文章內容中部分信息的理解和確認。

不過，練習冊也存在著部分考察點缺失的現象。與真題相比，《精練》對於主旨大意類和歸納概括類的題目[7]設計較少，但考試中這類試題仍佔有一定比例。這類試題難度要高於一般的細節類試題，需要在日常訓練中進行加強，應該在模擬練習冊中保持一定數量。

四、結論與建議

（一）研究結果

通過將《IBDP 中文 B 聽讀精練》和《啟航——IBDP 中文 B 閱讀基礎訓練》中的閱讀文本和試題與 IB 中文 B 真題的比較，本研究有以下發現：

第一，在閱讀試題方面，這兩套模擬練習冊在一定程度上做到了「仿真」，題型分佈以及考察點與題型關係上與真題比較接近。相比之下，《啟航》在試題設計上比《精練》更接近真題。

第二，在文本難度方面，這兩套模擬練習冊難度偏高。具體表現在 SL 與 HL 模擬題文本難度差異不明顯，且總體難於真題；閱讀文本內部難度波動大；此外兩本練習冊閱讀文本類型分佈與真題差距較大。

（二）對今後的編寫建議

儘管《精練》和《啟航》從總體來說是兩本符合 IB 中文考試要求的模擬練習冊，但是今後開發類似的模擬材料還需要在以下幾個方面做些改進。

首先，需要加強文本難度控制。本次研究發現，模擬練習冊在題型和題量佔比上做的比較好，顯示出編者具有豐富的教學經驗，熟悉 IB 中文考試的特點和規律。但是相比之下，對於閱讀文本難度控制做得不太理想。這可能與 IB 中文教學中不太關注文本難度有關。在注重「基於內容教學」和「探究性」的 IB 日常教學中，文本難度問題可以通過學生合作交流等問題來解決。但是校外評估的閱讀理解考試畢竟不同於日常教學，文本難度會直接影響學生的得分和表現。因此模擬練習冊編寫中需要考慮文本難度這個問題。國際中文教育界開發了「漢語閱讀分級指難針」網站，也有「國際漢語教材編寫

---

[7] 文體類試題是舊考試曾經出現過的一類試題，後來考試基本不出現，所以缺少這類試題實際影響不大。

指南平台」[8]，具有計算文本難度，列出相關詞彙表等功能，建議今後的模擬練習冊編者利用這些科學工具對原始文本作必要調整，合理控制文本難度。

第二，模擬練習需要考慮不同水平學習者的不同需求。現有模擬練習冊基本都是直接對標考試，所以文本難度和題目類型都參考真題。這樣做的優點是有助於學生熟悉最終考試要求並不斷練習，可以提升其做題技巧。但是，真題的考題形式不一定是模擬練習題型的唯一參考標準，平時練習的文本難度也不一定完全直接對標最終考試。在 IB 日常教學中，教師一定會遇到不同水平的學生，因此，編者應該考慮同一主題下給出不同難度的閱讀文本（就是傳統上「分級閱讀」的思路），題型也不一定局限在真題上，也可以多考慮一些其他有利於學生學習的題型。比如儘管表格題在真題中很少出現，但是作為一種可以兼顧考察細節和文章整體結構的題型，還是可以考慮運用在試題中的。文體類試題也是類似，儘管現實考試中很少出現，但是作為提升學生對於文體認識的題型，還是有其價值的。總之，最後的模擬試題需要盡可能仿真，但是日常練習題（比如《精練》《啟航練習》部分）可以採用更加靈活的題型。

第三，加強對於「主旨」和「推理」類試題的設計。從模擬練習冊各類試題情況來看，細節類、詞彙類試題編寫數量較多，相比之下，「主旨大意類」「歸納概括類」和「推理類」這幾類對命題要求較高的試題數量相對不足。今後相關材料編寫者應該注意適當增加這類題目數量，提升學生的相關能力。

參考文獻

1. 阿尤娜（2021）：《俄羅斯高考漢語試題與 HSK 四級試題對比研究》（碩士論文，哈爾濱師範大學）。
2. 陳昌來（2005）：《對外漢語教學概論》，上海：復旦大學出版社。
3. 陳彤（2013）：《新漢語水準考試與華語文能力測驗對比分析》（碩士論文，揚州大學）。
4. 程可拉、鄧妍妍（2006）：美國國際文憑項目述評，《外國教育研究》，33（7），5。
5. 杜娟（2013）：IB 小學課程模式在對泰漢語教學中的應用——以泰國 cis 學校為例，《教育教學論壇》（35），89—90。
6. 馮薇薇、何怡然（2019）：《啟航——IBDP 中文 B 閱讀基礎訓練》，香港：三聯書店（香港）有限公司。
7. 馮薇薇（2020）：《IBDP 中文 B 聽讀精練》，北京：華語教學出版社

---

[8] http://www.cltguides.com/main.action

8. 顧彬彬（2006）：《國際文憑項目研究》（碩士論文，華東師範大學）。

9. 黃妍瓊（2015）：《IBDP 初級漢語課程大綱詞表與其課程考試真題詞彙考察》（碩士論文，中山大學）。

10. 金檀、陸小飛、林筠、李百川（2018）：「漢語閱讀分級指難針」，廣州：語言資料網（languagedata.net/editor）。

11. 李姝逸（2016）：《從新 HSK 與中國語檢定試題的比較分析，看漢語國際教育文化教學》（碩士論文，蘇州大學）。

12. 李學書、陳法寶（2013）：IB 課程中全球公民素養的理論和實踐研究，《外國教育研究》，40（09）：96—103。

13. 劉弘、金明珠（2018）：IBDP 中文 b 考試閱讀文本的多角度考察，《雲南師範大學學報：對外漢語教學與研究版》，16（2），82—92。

14. 劉弘、蘇越（2021）：IBDP 中文課程 b 閱讀理解試題命題特點考察，《國際漢語教學研究》（2），30。

15. 孟丹（2014）：《淺探美國波特蘭國際學校 IB 課程 PYP 項目與中文教學》（碩士論文，蘇州大學）。

16. 彭倩（2016）：《韓國高考漢語真題研究》（碩士論文，湖南師範大學）。

17. 朴慶珍（2014）：《新漢語水準考試真題集》（HSK 五級）試題研究（碩士論文，黑龍江大學）。

18. 陶健敏（2012）：IB「文憑項目」中文課程大綱及相應教材編寫策略探討，《華文教學與研究》（2），8。

19. 魏爽（2015）：《新中小學生漢語者試和劍橋少兒英語者試的對比研究》（碩士論文，西北大學）。

20. 謝益民（2007）：國際文憑項目的學業評價特點及啟示，《外國中小學教育》（8），41—43＋40。

21. 張凡（2009）：《泰國大學入學考試漢語試題分析》（碩士論文，暨南大學）。

22. 張彤（2014）：國際文憑（IB）中文項目新趨勢，《國際漢語教學研究》（4），7。

Comparative Studies of IBDP Chinese B Reading Comprehension Mock Questions and Test Questions

LIU, Hong

Abstract

With the development of IB Chinese B-program, a number of Chinese reading mock questions have appeared in the market, but the extent to which these mock exercises fit with the actual exams has not been fully studied. In this research, 57 reading tests from *IBDP Chinese B Listening and Reading* and *Voyage: IBDP Chinese B Reading Comprehension Skills* were selected and compared with the actual exam questions from both text and topic perspectives. The similarities and differences between the mock questions and the exam questions were analyzed in terms of text difficulty, style, question characteristics, and assessment focus. Based on the analyses, some suggestions were given for the continuing development of relevant mock practice questions in the future.

Keywords: *IBDP Chinese B-program, reading comprehension, exercise book*

LIU, Hong, School of International Chinese Studies, East China Normal University

IB 中文文學試卷（HL）近年來的命題趨勢

高雨茹　張凌

摘要

IB 中文文學考試（組別一 HL）針對母語為中文的大學預科（DP）學生，旨在探索文學在文化和歷史過程中的寫作和口語表現形式。在 2013 年之前，IB 中文考試還沒有劃分語言課程和語言與文學課程，雖然也有標準等級（SL）和高等級（HL）之分，但是其統稱為 A1 課程。本文重點對 2013 年後 IB 中文文學試卷（HL）進行系統的整理和分析，觀察其如何考核學生的語文能力，並分析近年來的命題趨勢，探討其趨勢變化的原因，理解這些趨勢如何體現了 IB 的培養理念。

關鍵詞：IB 中文　HL　文學考試　評估

一、引言

（一）IB 課程

自二十世紀六十年代以來，國際文憑組織 IBO（International Baccalaureate Organization）以設立了多種高品質、具有挑戰性的國際教育項目而聞名。其中，IBO 旨在培養國際視野的十大培養目標受到廣泛的關注和認可（Hill & Shum, 2015）。這十大目標（IB learner profile）是要把學生培養成探究者（inquirers）、知識淵博（knowledgeable）的人、思考者（thinkers）、交流者（communicators）、有原則（principled）的人、胸襟開闊（open-minded）的人、富有同情心（caring）的人、敢於冒風險的人（risk-takers）、全面發展（balanced）

高雨茹，香港教育大學中國語言學系，聯絡電郵：s1142518@s.eduhk.hk。
張凌，香港教育大學中國語言學系，聯絡電郵：zhangl@eduhk.hk。（本文通訊作者）

188

的人、反思者（reflective）。以這十大培養目標為核心，根據學習者的不同學習發展階段，IB 的課程框架可分為幼小課程（Primary Years Programme, PYP，適學年齡 3—12 歲）、中學課程（Middle Years Programme, MYP，適學年齡 11—16 歲）、大學預科課程（Diploma Programme, DP，適學年齡 16—19 歲）以及職業課程（Career-related Programme, CP，適學年齡 16—19 歲）。本研究分析了 IB 中文 A 文學考試類型的部分優缺點，能夠為之後的 IB 中文考試改革或其他教育評估考核提供參考。本研究闡述了 IB 中文 A 文學試卷的一些發展趨勢，以及這些趨勢對於 IB 理念和十大培養目標的體現，並提出了一些可供 IB 中文教師前線教學參考的建議，也可以幫助本土中文教師融合 IB 教育理念於基礎教育，達到加強教學效果的目標。

在 IB 的課程中，強調以教學與學習方法（Approaches to Teaching and Learning）為指導原則，協助學習者發展以批判性思考、探究式學習以及獨立研究之能力，進而掌握知識、理解世界（蔡雅薰、余信賢，2019）。語言是人們獲得關於世界知識的主要途徑之一，也是一種複雜的現象（Lagemaat, 2011）。語言學習是 IB 核心教育策略的重要組成部分，通過語言學習能夠提高學習者的國際視野，促進跨文化群體的相互理解。IBO 組織要求每位學習者至少學習兩種語言，並鼓勵他們學習更多語言。IB 課程不單單強調學生對於學科知識的掌握，而是更多著墨於學生綜合素質的培養上。基於全人教育理念，IBO 不希望出版教科書供學生照本宣科的學習。他們強調學生取得學術卓越成就的同時，還注重在哲學、社會意識和藝術等領域的個人發展。在 IB 的 PYP 項目中，教師的主要作用是幫助學生自己制定問題和活動。在 MYP 和 DP 項目中，學生是學習的中心，師生之間、學生之間有大量的交流和討論。IB 的這種培養理念、教學與學習方法，與傳統的「應試教育」有很大的不同。但 IB 課程並非沒有評核，本文所探討的 IB 中文文學考試（HL），正是 IB 課程中對母語為中文的 DP 學生的重要評核。本文將介紹這項考試的相關情況，對近年來的命題趨勢進行分析，並看看此項總結性評估能否體現 IB 的十大培養目標。

（二）IB 中文文學考試

IB 中文文學考試（HL），對應的是 IB 裏語言 A 文學（HL）課程，是 DP 課程裏針對中文為母語水準的學生設置的語言課程。DP 課程以六個學術領域的形式呈現：兩種語言、人文或社會科學、實驗科學、數學和創意藝術。通常，

學生需要選擇三門科目（不超過四門）修讀高級（HL）科目，其他科目修讀標準水準（SL）。正是這種全面、跨學科的科目設置使 DP 課程成為一門要求很高的學習課程。在語言 A 文學（HL）課程學習完成後，學生需要通過四項評核：試卷一、試卷二、課程論文寫作和口語考核。IB 語言 A 文學課程幫助學生從四個維度了解影響文學觀念和文學作品產出的因素：作家和讀者的創造力，文學傳統和觀念的交流碰撞，語言和文字的不同意義與傳達效果，以及具備表演性和轉化性的文學作品。通過從不同的時間和地點分析對比多種文學形式的一系列文本，學生會考慮到他人的批判性觀點從而形成自己的獨到見解，並探索這些觀點是如何通過文化被表達的。文學課程學習的主要目的是使學生：能夠從不同時期、風格和文化以多種形式處理文本；培養聽、説、讀、寫、展示和表演能力；培養解釋、分析和評估方面的能力；培養文本審美的敏感度，不僅要理解文本間的聯繫，還要考慮多種觀點、文化背景以及地方和全球問題；了解各學科研究之間的關係；能夠以一種自信和創造性的方式交流和協作；培養對語言和文學的終生興趣。對於標準等級，IB 建議用時 150 小時學習 9 部具有代表性的文學作品，對於高等級則需要 240 小時的學習時間掌握 13 部文學作品。雖然每個領域 IB 都分配了 80 小時的學習時間，但是其中「互文性」最為重要，即不同文本之間的相互關係，如考試題目「不同作家如何為相似的情感提供的視角？如何呈現社會或時代的文化或價值觀？」。

二、研究方法

（一）獲得數據

IB 歷年中文考試試卷（1999 年起）在 IBO 官網（https://ibresources.org/ib-past-papers/，引用日期：2022 年 1 月）公開展示。根據 IBO 的要求，DP 階段各學科每七年就要進行一次學科大綱修訂，中文考試也不例外。改革課程大綱的目的是確保所開設的課程與世界的發展同步，確保學生能夠通過提供的課程了解世界，掌握最新的知識。2013 年是 IB 中文考試大改革的一年，試卷形式和考題數量有很大變化，因此本文著重分析評估 2013 年起始至今的試卷。本研究所需數據從 IBO 官網試卷中提取，共評估 29 份試卷，其中試卷一14 份，試卷二 15 份。

（二）分析框架和分析方法

　　過往對 IB 試卷總結性評核的資料不多，在此我們嘗試對其進行分析。本文會分析 2013 年後 IB 中文語言 A 文學（HL）試卷的考題年份、文本字數、題型和評核形式。在中文教師授課過程中，形成性評估（Formative Assessment）幫助教師了解學生知識的發展，提供了明確的回饋並深入了解教學如何促成了這一發展，從而推動並改善學習效果。如 IB 中文口語考試，形成性評估在其中發揮了巨大的作用，學生通過不斷地練習、評估回饋、再練習，最終達到學習目標。除形成性評估外，總結性評估（Summative Assessment）也是課程計劃中必不可少的一環。IB 中文考試中的試卷一、試卷二都屬於總結性評估，考生在完成了整體課程的學習後，在試卷上展現這一學習階段掌握的所有內容。IB 中文考試的一個優點在於評核方式多樣，下表從七個方面舉例了考核方式的多樣性。寫作時間和字數要求方面分為不限字數限時寫作，如試卷一現場 2.25 小時文學賞析寫作，和限制字數不限時自定選題論文提交。文本數量方面分為單篇和多篇，試卷一考察單篇文本的閱讀理解，試卷二則考察比較分析多篇作品的能力。答題方式不僅有書面寫作還有口語考試。答題時間分為有限和無限，如試卷一是未知題限時寫作，試卷二是考試限時但準備時間不限時的自選作品。論題選擇方面，試卷一和試卷二（學生自選作品）指定論題，論文和口試自定論題。文本討論方面，試卷一是完全未學習未知文本，而試卷二、論文和口試都是已知文本。

表一　IB 中文文學試卷（HL）評核方式

- 寫作時間（限時 / 不限時）
- 文本數量（單篇 / 多篇）
- 答題方式（書面 / 口語）
- 答題時間（有限 / 無限）
- 字數要求（不限 / 有限 1800）
- 論題（卷一、卷二指定 / HL 論文、口試自定）
- 文本討論（卷一未知 / 卷二、HL 論文、口試已知）

IB 中文文學試卷（HL）評核方式

三、研究結果

（一）試卷一考核與評估

試卷一為文學作品賞析，學生對不同形式的文學作品進行分析，分值35%，用時 2.25 小時（2021 年以前分值 20%，用時 2 小時）。很明顯的變化是文學作品賞析的試卷一中，考試時間增加了 15 分鐘，分值增加 15%。從表二可以看出考題選取大部分是近 20 年的文學作品。從表三可以看出二選一的文學作品一般是一篇小說或散文，和一篇詩歌。2021 年以前的試卷考試答題引導都只有一句話：「從下列選文中選取一篇加以評論」，而 2021 年 5 月的考題給出了學生更加詳細有針對性的問題（見表三）。之所以不給學生更多的答題引導，是希望學生能夠發展批判性思維，培養好奇心，掌握探究問題和進行研究所需的技能，並且在學習中表現出獨立性。從考題字數方面分析2013─2021 年試卷一，並沒有看出逐漸增多或減少的趨勢（見表四），小說或散文的字數在 897─1818 之間，詩歌的字數在 158─291 之間。

在語文教學中，閱讀教育越來越成為困擾教師們的難題，部分學者提出其中一個原因是考核的形式。以往部分試卷刻板的檢測形式忽視了學生的閱讀體驗，學生因無法從閱讀中體會到樂趣導致其閱讀能力下降。祝新華（2015）提出閱讀能力的六個層次分別是：複述、解釋、重整、伸展、評鑒和創意。在 IB 中文考試中考核的閱讀能力側重點在於重整和評鑒：重整層次要求學生及綜述文本內容，分析表達技巧；評鑒層次要求學生評說思想內容，運用批判性思維鑒賞語言表達。對於其他層次的閱讀能力則沒有涉及到。IB中文應用了開放式閱讀教學，即無標準範本答案、不明確規定學習目標，激發學生廣泛閱讀的興趣，突破課本範圍自主探究答案。文學沒有對錯之分，學生不應該逃避表達自己的看法。正如羅蘭・巴爾特提出的觀點：作品完成，作者已死。IB 中文考試沒有參考答案，只要學生言之有理。如果考生得出一個和權威觀點截然不同的結論，只要他能夠找到充分的文本證據說服考官，他的觀點就能夠得到認可。這種開放的考核方式雖然給學生提供了廣闊的發散思維空間，但也給 IB 中文教師們提出了不小的挑戰。教師們需要找到合適的方法引導並培養學生的獨立閱讀能力，幫助學生發現閱讀的樂趣，做到教與學的統一。

表二　2013—2021 年 IB 中文 A 文學試卷一考題文章的發表年份

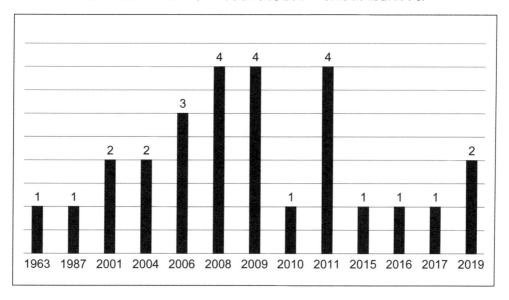

表三　2013—2021 年 IB 中文組別一文學試卷一考題

IB 中文 A 考試時間	Paper 1 考題 （二選一）	
2013 年 5 月	《陽光的味道》 韓昌盛，《2007 中國微型小説年選》 （2008） 字數：1341	《古箏自述》 季振邦，《上海文學》（2009） 字數：268
2013 年 11 月	《我改變的事物》 劉亮程，《劉亮程散文選集》（2011） 字數：1714	《流水》 田禾，《詩刊》（2011） 字數：267
2014 年 5 月	《西牆》 《中國散文百家譚》（2009） 字數：1002	《環行公路的圓和古城的直線 —— 獻 給北京第一條立交公路》 葉延濱，《當代百家詩》（1987） 字數：291
2014 年 11 月	《蜘蛛》 陳然，《中國微型小説年選》（2010） 字數：1598	《布穀》 王家新，（2009） 字數：275
2015 年 5 月	《聽狐》 凌渡，《中國散文百家譚》（2009） 字數：1611	《兩棵黃桷樹》 李明政，《2005 中國年度詩歌》(2006) 字數：161

IB 中文 A 考試時間	Paper 1 考題 (二選一)	
2015 年 11 月	《蘇七塊》 馮驥才，《十五年獲獎作品精選》（2001） 字數：1131	《逆光勞作》 白連春，《一顆漢字的淚水》（2011） 字數：237
2016 年 5 月	《幸福倒計時》 李世民，《百花園·小小説原創版》（2006） 字數：1818	《水杯和陶罐》 唐不遇，《2007 中國詩歌年選》（2008） 字數：167
2016 年 11 月	《正午》 金星，《2007 中國年度小小説》（2008） 字數：1321	《電話》 劉偉雄，《中國新詩白皮書 1999—2002》（2004） 字數：158
2017 年 5 月	《三叔》 蘆芙荭，《十五年獲獎作品精選》（2001） 字數：897	《雨中的話亭》 唐力，《2007 中國年度詩歌》（2008） 字數：191
2018 年 11 月	《奶奶的第一次合影》 陳敏，（2015） 字數：1329	《君子蘭盛開在無人的房間》 李見心，《詩歌月刊》（2006） 字數：238
2019 年 5 月	《活得明白的人》 喬葉，《文匯報》（2016） 字數：1499	《沉重的鄉情》 千秋文學網（2017） 字數：207
2019 年 11 月	《桃花塢》 劉靖安，《2010 年中國小小説精選》（2011） 字數：1327	
2020 年 11 月	《江南性情的古鎮》 李新勇，（2019） 字數：1556	《一生的快樂》 李小洛，（2004） 字數：215
2021 年 5 月	以下選文選自姚雪垠所著長篇小説《李自成》（1963）第四章的開頭部分。小説中主人公李自成在這兒第一次出現。 字數：1693 ——作者如何通過描寫來塑造李自成這一英雄人物？	以下選文《賞葉遐思》係作者吳偉余於 2019 年 1 月 10 日發表在《新民晚報》文藝副刊《夜光杯》上的一篇抒情散文。 字數：1150 ——作者在《賞葉遐思》中表現出來的洞察力如何通過形象化的語言得到了充分的體現？

表四　2013—2021 年 IB 中文組別一文學試卷一考題文本字數

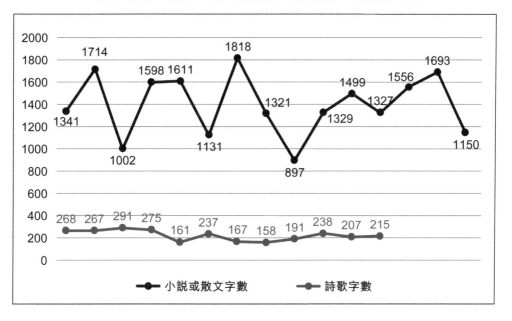

(二) 試卷二考核與評估

　　試卷二為兩篇文學作品的對比賞析，學生從不同題材的多選題中各選擇一題進行回答，分值 25%，用時 1.75 小時（2021 年之前分值 25%，用時 2 小時）。因試卷一考試時間延長，相對應的，試卷二考試時間減少了 15 分鐘。考題時間控制在 1.75 小時內，學生書寫漢字的準確度和速度也是評判的一個標準。學生從中培養對文學作品進行密切、詳細分析的能力，建立對文學批評技巧的理解。IB 的願望是學生可以通過這項作業，使學生有機會成長為獨立自主的，具有批判眼光和創造力的讀者、思考者和作者（Fogarty & Pete, 2018）。在賞析他人的作品時，學生能夠採取開放和包容的態度，並願意通過體驗豐富自己。單一的學習經歷對學生而言是不持久的，而生動多樣的學習經歷才是具有強烈自我意識的持久經歷。總體上，新大綱中對於文學的關注不再僅局限於文本內部，強化文本間的聯繫，強調世界眼光和心胸，文學和文化的聯繫更加緊密。如表五所示，考題類型雖有細微變化但總體一致，考生需要進行不同文學類型、寫作技巧及文學流派的學習，撰寫比較性質的分析和評價。這個過程需要用到基礎文學理論，比如研究小說我們會考慮人物形象，環境，情節等要素；其次還需要考慮到懸念，突轉，伏筆，象徵等藝術技巧；另外還要分辨出基本的學術流派，比如魔幻現實主義，荒誕派等流派的基本特徵等。

意象分析在 IB（2020）文學考試中是不可缺少的一環，雖然大綱沒有明確提出必須包含意象分析，但是意象的運用十分普遍，大部分文本都有。意象變化多、用法多、作用多，尤其在詩歌中運用廣泛。意象和文本都是創造力的體現，如果考生在不同的文學作品中找到相似的意象，有助引導同學進行不同角度的分析比較。在考題的選擇上，試卷一大多是近十幾年的文學作品，而試卷二則選取不同年代的混合詩體，其隱性目標是弱化學生對與於古典作品的抗拒心態。在文學的教學方法中，其中一條是要「給學生提供豐富多彩的作品去探索」，要求學生接觸多種多樣的文學作品，從中了解各時期不同的文化和習俗（陸紅芸，2014）。表五體現出另一個主要的變化就是詩歌和詩詞的選擇。詩歌作為一種文學體裁，通過凝練的語言、鮮明的節奏韻律呈現，傳達詩人的思想感情與豐富想象，與讀者群產生交流。新大綱的主要變化還有「中文指定作家名單」（Prescribed List of Authors）的改變。2013 年以前它被稱為「中文指定作品名單」，即列出某部特定文學作品供學生學習。而新大綱中只列出了五大體裁中的指定作家，把不同時期的作家都包含在內，擴大了學生的選擇範圍。表六展示了中文 A 文學 HL 試卷二自選閱讀書目要求，在 13 部作品中，必選的翻譯作品就有 4 部，體現出了 IBO 要求學生具備的國際視野和精神，重點培養學生對於跨文化的理解和包容力。

表五　IB 中文 A 文學試卷二考題類型

考試時間	考題類型
2001 年— 2012 年	散文 / 詩歌 / 戲劇 / 長篇小說 / 中短篇小說 / 綜合題
2013 年 5 月	散文 / 詩歌 / 戲劇 / 長篇小說 / 中短篇小說
2013 年 11 月	詩詞 / 散文 / 戲劇 / 長篇小說 / 中短篇小說
2014 年 5 月	散文 / 詩歌 / 戲劇 / 長篇小說 / 中短篇小說
2014 年 11 月— 2020 年	詩詞 / 散文 / 戲劇 / 長篇小說 / 中短篇小說

表六　中文 A 文學 HL 試卷二自選閱讀書目要求

書目數量	關於《國際文憑指定閱讀書單》	書目語言
5	作者必須屬於《國際文憑指定閱讀書單》	中文作品
4	作者必須屬於《國際文憑指定閱讀書單》	外國作家所寫被翻譯成中文的作品
4	自選	自選（中文作品 / 翻譯作品均可）

（三）論文寫作考核與評估

考核第三部分是對所學習的其中一部作品撰寫 1500—1800 字的論文，分值 20%。學生通過正式考試、口頭和書面課程作業相結合進行評估，其中校外考核（試卷一和試卷二）比重逐年增加，校內考試（口試與論文）比重減少，考試成績的「不確定性」增加。美國 NAGB（2017）的寫作框架把寫作評估分為內容、結構和語言，其中包括意念的發展、意念的組織、譴詞造句和表達常規。通過大量的寫作考題，考官們可以得到足夠的答案來評估學生在不同內容和題材下的寫作能力。新大綱著重了對概念問題的討論，概念探究是高級課程論文的重中之重。論文需要表現出對作品或文本有出色的了解和理解，對其與所選題目做出有說服力的詮釋以及有見地和有說服力的分析和評價。常見的兩種寫作類型有：知識講述型（knowledge telling）和知識轉化型（knowledge transformation），前者是寫作者從自己的經驗、長期記憶中提取資訊並寫作出來，後者是寫作者將不同來源的資訊重新整合，按一定順序表達出來。IB 中文考試需要學生融合這兩種寫作類型，提取整合先前的文學閱讀經驗，對其進行評價並表達出自己的看法。從大綱中可以看出，對於考生的要求關鍵字有「有見地的、有說服力的精選引用」等。所以學生如果只是提交類似閱讀筆記的論文很難得到高分。關於考試改革，部分學者建議把論文寫作考核改為線上形式，但我認為這項舉措弊大於利。把中文寫作考試轉為線上考試形式，如美國的 WPT（Writing Proficiency Test）中文寫作測試，其弊端是一定程度上忽視了評估中文漢字書寫的重要性。更不用說在科技時代，「提筆忘字」的現象屢見不鮮，這就突出了手寫漢字的重要性。漢字書寫是學習者在學習中文過程中需要培養的重要方面之一。當學生在二語學習過程中認識更多的漢字時，學習者也會了解這些漢字的含義以及其背後的故事和來源，加深對中華文化的理解。

（四）口語考核與評估

想要精通一門語言，聽說讀寫四大項缺一不可，因此學生需要完成一篇中文文本和一篇有關全球性問題翻譯文本的口語報告，展示他們對所研究的兩個文本的分析，分值 20%。考試時間為 15 分鐘，其中 10 分鐘學生口述，5 分鐘師生交流。互動能力得到越來越多的重視，說話能力的結構存在較大的

爭議。對於不同類型、不同情境下的說話任務，可能存在不同的能力結構。這個部分是與「國際情懷」銜接最緊密的一個部分。不僅口語考試對於國際銜接提出了要求，在寫作文學作品的選擇上 IB 也要求選擇不同地區的作品。IB 給出的考試評核標準較為寬泛，更看重另外三方面：探索領域、全球議題和概念。其重點在學科指南頁數上可以分析出來：概念 7 頁、全球議題 5 頁、探索領域 3 頁、評核標準 1 頁，重要程度不言而喻。

IB 給出的探究領域包括：文化、認同和社區，信仰、價值和教育，政治、權力和公平正義，藝術、創造力和想象力，科學、技術和環境。通過口語考試，IB 希望能夠幫助學習者連接知識和世界，而不是成為單獨的個體。學生應該在大主題中選擇一個具體的、與日常生活息息相關的話題來進行討論，一方面具有現實意義，另一方面切入口小，便於在 10 分鐘內完成，不至於誇誇其談、不知所云。學生可以關注作品探索美學靈感、創作、手法與美的各種方式。他們還可以關注作品通過藝術構建和挑戰美感的各種方式，以及藝術在社會中的功能、價值和影響。口試所選文本需具備以下三個特徵：具有廣泛的重要性、具有跨國性、其影響在各地日常生活中能被感受到。強調在語境中研究文學作品，並通過研究翻譯文學，挑戰學生對不同文化的賞析能力。評分標準方面包含四項，每項 10 分，共 40 分：「知識、理解與詮釋」「分析與評價」「重點和組織」「語言」。其中第一項強調對所選文本本身的理解、和全球性問題的關聯以及足夠的引文支撐；第二項關注考生對於文本的分析和鑒賞，以及其和全球性問題的關係；第三項提出條理清晰、平衡、緊扣重點、觀點相互聯繫的要求；第四項則著眼於考生口試時的語言清晰度和語體風格兩方面。學生需要在 10 分鐘內清晰表達自己的獨到見解，展現靈活豐富的學科知識，而不是成說套話，生搬硬套。在之後的 5 分鐘師生問答環節，學生應展現優秀的臨場發揮能力，應對「不確定」的能力（Liu, 2018）。

四、討論和小結

近年來隨著教育的深遠發展，許多長期存在的問題逐漸顯現，如教學以教科書為中心、以教師為中心而不是以學生為中心；學校考試壓力大導致同學之間競爭激烈；填鴨式教學而沒有考慮到學生的真實感受等。其中具體體

現在語文課程中的問題有忽視情感意象教學、少誦讀賞析而多死記硬背等。區別於應試教育，IB 的教育哲學是「終身教育」。由於 IB 文憑是擴展知識和知識多樣化的選擇，其課程理念與部分地區本土的基礎教育理念有不同之處，在相互融合時存在諸多難點仍需解決（Lee & Kang, 2018）。IB 教師被明確要求將 ATL 指導原則融合到以學生為中心、以過程為中心的教學方法中，如協作學習和結構化探究等（Forrest, 2018）。一項研究調查了香港的 IBDP 學生（n=734）對於自己過往學習經歷和認知技能培養的看法。在對於大學生們的線上調查中，參與者們對於自己的 IB 學習經歷總體持積極態度。在採訪中（n=42），參與者們認為自己通過 IB 課程的學習，在批判性思維、領導能力、全球意識等方面都獲得了提升（Wright & Lee, 2020）。更加重視全球化問題是 2021 年新大綱的變化之一，同時也結合了 IB 十大培養目標中的知識淵博（Knowledgeable）和胸襟開闊（Open-minded），要求學生們探索本地乃至全世界具有重要意義的概念、想法和問題（Van Loo & Morley, 2004）。通過這樣做，他們獲得了深入的知識，加深了對於廣泛學科範圍的理解。他們了解並欣賞自己的文化和歷史，並對其他人和社區的觀點、價值觀和傳統持開放態度，習慣於尋求和評估一系列觀點，並願意從經驗中成長。此外，學生是基於自己發現的疑問和提出的想法來完成學習任務的（Thinkers），正如 IB 中文文學考核中的口語評估和論文寫作，都是要求學生自己制定題目進行備考。在這種教學方法中，學生通過提出問題和回答問題來進行探索（Communicators）。學生培養自己天生的好奇心，他們掌握探究問題和進行研究所需的技能（Inquirers），並且在學習中表現出獨立性。他們積極享受學習，這種對學習的熱愛將在他們的一生中持續下去。學生會對於學習過程和經歷做出縝密的思考，能夠及時進行批判性反思，在試錯與反思的過程中獲取知識、發展思維（Reflective）。冒險是學習者體驗語言習得的一個特點（Risk-Takers），風險是將學生從他們的能力區域轉移到一個不確定區域的必要組成部分。學生在最近發展區內學習時，必須進行實驗和冒險，在這個過程中暴露錯誤，並容忍自己的錯誤，發展自我引導、自我檢查和自我反思的元認知技能。他們以勇氣和遠見處理不熟悉和不確定的情況，並能夠獨立探索新的角色、想法和策略。他們會認真思考自己的學習和經驗，能夠評估和了解自己的優勢和局限以支持學習和個人發展。學生們成為課堂規則制定者，通過不斷地練習，不

斷地提出問題並解決問題，學生的成長可以達到 IB 十大培養目標。

學生的語文能力一般指理解和運用語言文字的能力，要從聽說讀寫四項綜合表現來評估。中文試卷的目標是要測試學生的語文能力，但試卷是否能夠有效的達到目標仍值得探討。作為同年齡段不同類型的國際考試，學者們經常會把 IB 考試與 AP（美國大學預修課程）和 ALEVEL（英國高中課程）作對比。AP 中文考試是大學入學和課程選擇的重要標準，資料表明這種考試的大多數考生都是中文母語者，他們很容易就能取得很高的分數（AP Central, 2020）。和 IB 考試相比，該考試應用了大量的多項選擇題測試考生的中文運用能力，文學寫作任務相對較少。AP 中文考試是面向所有背景的漢語學習者，相同的，ALEVEL 考試中的愛得思考試局也把母語者和二語學習者放在同一個考核類別中考試。在這一方面，IB 的中文考試區分開了母語者（組別一）和二語學習者（組別二），使考試更加有針對性，能夠更加準確地衡量學生的語文能力。由於學生的語文能力與活動表現並非一一對應，在了解學生的表現時，須採用合適的評估工具進行評估。Basaraba, et al.（2013）認為，學生對於篇章的理解不僅要有字面理解，還要有推論理解和評價理解。IB 中文考試有大量的寫作題目，如試卷一、試卷二和論文寫作，雖然是不同形式的考題但是重點考察的都是學生的寫作能力。聽說讀寫四個方面的語文能力是相互聯繫的，在之後的 IB 中文考試改革中，可能應該考慮融合不同類型的考題類型，多角度地考察學生的語文能力而不僅僅是突出寫作能力。在 IB 中文考試中，對於學生閱讀能力的考察主要體現在和寫作的關聯，如試卷一的寫作要求「應答顯示出對文本字面意思的透徹和深刻的理解」。在口語考試中，學生的口語能力得到了充分的展現，但是聽力能力展示較少，只有最後五分鐘的師生交流時間有涉及到聽力的考察。在這方面，ALEVEL 中文考試可供借鑒：兩分鐘個人自述，十分鐘師生交流。IB 考試十分鐘的個人自述時間，部分考生可能會靠死記硬背獲得高分，但是本身口語表達能力並不優秀。因此，IB 中文（組別一）文學考試形式在考核學生的語文能力方面還有需要反思之處。

總體來說，IB 中文 A 文學試卷的發展趨勢與時俱進，在不斷加入新文學作品的同時也沒有忘卻經典。但是無論課程大綱每 5—7 年如何變化，它的核心精神和十大培養目標是基本不變的。新大綱更加與國際接軌，更加注重發展學生的創造性思想、批判性思想和對於不同時期文學作品的理解力。文學

作品是時代的結晶、歷史的體現。學生對於文學的理解不能為了應付考試流於表面，也要思考文學作品是如何呈現和塑造社會的，感知不同時期多種多樣的價值觀，發展文化認同感和共情能力。IB 教師們若想要培養學生的國際視野，首先自己要具備國際精神。教師在引導學生學習文學作品，尤其是翻譯作品時，不能與時代脫節，而是帶領學生充分感知作者寫作時期的背景與歷史，把讀者和作者與文本聯繫起來。在幫助學生進行書單的選擇上，教師可以根據學生背景和閱讀情況進行作品調整，充分掌握教學的自主性。同時也要符合 IB 中文考試對於探索領域的要求，結合時間與空間，體現互文性。通過探究「互文性」這個重點考核領域，學生們可以看到古今中外詩歌的轉化，呈現出歌、詩、詞等不同形式。在分析不同時代不同體裁的作品時，如泰戈爾的近代詩和蘇軾的詞，可以從音樂性、情思和形象等不同角度進行對比分析，探索美學靈感和藝術構建的各種方式，感受文學在社會中的功能、價值和影響。

參考文獻

1. 蔡雅薰、余信賢（2019）:《IB 國際文憑與中文教學綜論（第一版）》，台北市：新學林出版股份有限公司。
2. 陸紅芸（2014）：IB 中文文學是認識世界的主要手段，《上海教育》，（32），26—29。
3. 祝新華（2015）:《促進學習的閱讀評估》，北京：人民教育出版社。
4. AP Central (2020). *AP at a Glance.* https://apcentral.collegeboard.org/about-ap/ap-a-glance.
5. Basaraba, D., Yovanoff, P., Alonzo, J., & Tindal, G. (2013). Examining the structure of reading comprehension: Do literal, inferential, and evaluative comprehension truly exist? *Reading and Writing, 26*(3), 349-379.
6. Fogarty, R., & Pete, B. (2018). *Thinking about thinking in IB schools: how we know what we know.* Moorabbin, Victoria, Australia: Hawker Brownlow Education.
7. Forrest, S. (2018). Can CPD enhance student-centred teaching and encourage explicit instruction of International Baccalaureate Approaches to Learning skills? A qualitative formative assessment and summative evaluation of an IB school's in-house CPD programme. *Journal of Research in International Education, 17*(3), 262-285. https://doi.org/10.1177/1475240918816401
8. Hill, I., & Shum, M. (2015). *Infusing IB philosophy and pedagogy into Chinese language teaching.* Melton, Woodbridge: John Catt Educational Ltd.
9. International Baccalaureate Organization. (2020). IB recognition in higher education. https://www.ibo.org/ib-world-archive/may-2012-issue-65/serving-a-higher-purpose/
10. Lee, J. E., & Kang, H. S. (2018). Analysis of the IBDP curriculum introduction process and trends of worldwide context: Focusing on curricular issues. *Journal of Curriculum Studies, 36*(4), 97-123.

11. Lagemaat, R. (2011). *Theory of Knowledge: for the IB Diploma (Full-colour ed.).* Cambridge: Cambridge University Press.

12. Liu, S. (2018). INFORMATION: 2017 Advanced Placement and International Baccalaureate Course Enrollment and Exam Participation and Performance. Montgomery County Public Schools.

13. National Assessment Governing Board (2017). Writing Framework for the 2017 National Assessment of Educational Progress.

14. Van Loo, M., & Morley, K. (2004). *Implementing the IB diploma programme: a practical manual for principals, IB coordinators, heads of department and teachers.* Cambridge: Cambridge University Press.

15. Wright, E., & Lee, M. (2020). Does the international Baccalaureate 'work' as an alternative to mainstream schooling? Perceptions of university students in Hong Kong. *Studies in Higher Education (Dorchester-on-Thames)*, 1-16. https://doi.org/10.1080/03075079.2020.1793929

IB Past Papers Review: Recent Trend of Chinese Literature (HL)

GAO, Yuru ZHANG, Ling

Abstract

The IB Chinese Literature Test (Group 1 HL) is for Diploma Program (DP) students whose native language is Chinese, aiming to evaluate students' performance in writing and speaking from perspectives of literature, culture, and history. Before 2013, the IB Chinese exam did not divide into language courses and language and literature courses, although there were standard level (SL) and higher level (HL), and they were both referred to as A1 courses. This article conducted a systematic review on the IB Chinese Literature (HL) papers, especially those after 2013. The review can provide an overview how the assessment was conducted and how it reflected the language and literature skills of students. The recent trend of the past papers was reviewed and analyzed, followed by discussions of the reasons for the changes and the reflections of the IB philosophy.

Keywords: *IB Chinese, HL (higher level), literature test, assessment*

GAO, Yuru, Department of Chinese Language Studies, The Education University of Hong Kong, HK.
ZHANG, Ling, Department of Chinese Language Studies,
The Education University of Hong Kong, HK. (corresponding author)

IB 中文二語教師對概念驅動的寫作教學的理解及評估素養

林善敏

摘要

近年，IB 國際文憑課程推動概念驅動教學（Concept-based Learning and Teaching，簡稱 CBLT），主張新時代的學習不再局限於知識的累積與傳授，而是著重學生掌握不同的「概念」以聯繫新舊知識，做到以點帶面，學以致用。從語言學習的角度而言，概念驅動教學提倡語言能力的發展與概念性的理解相輔相成，把概念與語文知識、語言技能及主題式教學有機結合。其中，教師如何理解概念驅動的寫作教學，是值得關注的議題，但過去這方面的討論甚少。而且，過去研究發現二語教師普遍缺乏寫作評估素養，對設計寫作評估感到力不從心。本研究採用質化的研究方法，探討 IB 文憑課程中文教師對概念驅動的寫作教學的理解及評估素養。通過分析四間香港 IB 國際學校六位教師的訪談記錄，了解他們如何理解語言學習（Language Acquisition）中的五大概念，包括「情境」（Context）、「受眾」（Audience）、「目的」（Purpose）、「意義」（Meaning）及「變異」（Variation），如何設計寫作評估，批改評估，以及整體評估素養，以期對概念驅動的寫作教學帶來啟示及積極推動的作用。

關鍵詞：國際文憑課程（IB）　概念驅動　中文二語　寫作教學　評估素養

一、引言

國際文憑組織（International Baccalaureate Organisation，簡稱 IBO）的使

林善敏，香港教育大學中國語言學系，聯絡電郵：ssmlam@eduhk.hk。

命宣言強調學生在全球化的環境中，培養國際情懷，通過提高對語言和文化的理解，鼓勵他們積極參與全球事務，發展國際視野。IB 課程設有世界語言（World Languages）一科，要求學生掌握母語以外的現代語言，以培養跨文化交流能力，而中文二語學習即屬於世界語言的其中一門。

現代先進科技重塑我們的生活方式和學習模式，新世代的教學不再停留於傳授知識，而是指導學生明智運用事實，在概念層面思考及應用知識，摒棄以記憶信息為重的傳統學習模式。自 2017 年，IB 課程積極推動「概念驅動教學」（Concept-based Learning and Teaching，簡稱 CBLT），主張學習包括三個方面：事實、技能和概念，以期打破傳統基於主題、著重事實與能力的教學方法（Erickson, Lanning & French, 2017）。然而，概念驅動的教學仍處於發展階段，教師如何擺脫以知識及技能為主的教學，有效發揮概念驅動教學的優勢，相關研究甚少，尤其是二語學習的寫作教學，教師如何設計及評核學生輸出的成品，以彰顯其對概念的理解，值得作深入研究。因此，本研究旨在了解 IB 文憑課程（DP）的中文二語教師對概念驅動教學的理解，尤其是他們設計寫作評估、批改評估的理念和面對的挑戰。

二、文獻綜述

學者們對於「概念」（concept）有不同的演繹與定義。有研究者認為概念就是思想（Wiggins & McTighe, 2005），也有認為是對對象、事件、人、地方或想法的分類。Taba（1962）指概念是通過語言表達的高層次抽象概念，例如因果關係、依存關係，甚至文化變遷等。簡而言之，概念是一種想法、思想或理解，可以以一個詞或短語表示。Erickson（2007）為概念驅動教學的先驅學者之一，她定義概念為總的心理結構，符合永恆的、普遍的、抽象的、可轉移的標準，因此，概念能在不同的時間、不同文化及不同情況下轉移。概念既可以是跨學科的，也可以是特定學科的。總括而言，概念能提供跳板，使學生學習知識時舉一反三，掌握不同的概念就能理解不同主題的內部和相互的聯繫。

相比無限的事實，概念是有限的。事實是概念的「成分」，而概念是聯繫事實的抽象節點，使內容及技能有機整合，才能建構有意義的概念（Young,

2011）。因此，概念的理解與形成是一個複雜的、累積的且動態的過程。概念形成的過程涉及到特定的知識與技能，也需要通過與其他概念進行比較和對照來識別個別的概念（Milligan & Wood, 2010）。因此，概念的建立是一個連續的體驗。從課程編排的角度而言，概念須融入整體的課程結構，以螺旋式反覆學習，通過整合事實和技能，重複驗證，以實踐及運用概念性的理解。與傳統的以主題為基礎的二維模式課程設計不同，概念驅動教學乃三維模式教學，能讓學生更深入理解學科內容、跨學科主題和跨學科問題；並促進概念在不同時間、不同文化和不同情況下的轉移。Erickson（2012）指出概念驅動的語言教學有四個優勢：促進思維能力、發展跨文化理解能力、激勵學習，以及提高語言流暢度。

然而，概念驅動教學面對不少挑戰。首先是概念的選擇：擬定與該學科的本質相關的概念，排列教授不同概念的優次，排除與納入不同的概念都會導致課程的設計帶有偏見與誤導（Winter, 2011）。另外，定義一個概念時，過闊會使之籠統，過窄則未能轉移，因此出現概念缺乏清晰度的問題（Milligan & Wood, 2010）。除此以外，教師對不同概念的掌握，融入其教學設計的方法，實踐至課堂教學的步驟，都可能出現差異，從而影響教學成效。筆者認為，概念雖然能深化學生對於事物的理解，但其原則性和抽象的本質，容易讓學習者忽略知識及技能，走向教學模式的另一極端——只見森林（概念），不見樹木（知識與技能）。更重要的是，概念驅動教學從二維模式轉變到三維模式，此範式轉移對於教師而言是一個複雜的過程。尤其是二維模式的教學中，教師能通過直接指導和示範就能達到傳授知識的目標；但三維模式強調深入理解的高階思維，教學的難度遠高於事實與基本技能。因此，本研究於IB 推行概念驅動教學的初始階段，了解中文二語教師對概念驅動教學的理解與實踐。

IB 的大學預科項目（DP）有統一的課程，以及科目特定的概念。IB 的語言 B（Language Acquisition）的課程強調五個概念的學習，包括受眾、背景、目的、意義和變化，定義如下：

受眾（Audience）：學生要理解，語言應適合具體的交流對象。

情境（Context）：學生要理解，語言應適合具體的交流情境。

目的（Purpose）：學生要理解，進行交流時語言應適合預期達到的目的、

目標或結果。

意義（Meaning）：學生要理解，交流一個資訊時，使用語言的方式有多種多樣。

變異（Variation）：學生要理解，特定語言中存在著差異，說一種特定語言的人通常能夠互相理解。（IBO, 2013, P24）

二語學習包括讀、寫、聽、說四個範疇，當中以讀和聽為輸入，寫和說為輸出。從學生的角度而言，閱讀時可運用概念促進對文本的理解，但寫作範疇則較為複雜，學生要以概念為思考工具，並在輸出的成品彰顯其對概念的理解。因此，教師設計寫作評估時，不但要以信度與效度為基礎，更重要的是能體現概念驅動教學的精神，這與教師的評估素養（Assessment literacy）有直接的關係。教師的評估素養是指教師掌握評估內容、評估目的，以及設計公平的評估的能力；而且設計的評估能有效反映學習者的水平，預示可能出現的問題，並將之解決（Stiggins, 1999）。評估素養是維持教學質量及促進學生學習的關鍵，所以 Weigle（2007）指出良好評估的準則包括一致性、有效性和實用性。一致性是指學生沒有作額外的學習，重覆做相同的評估，其取得的分數該是一致的；有效性則是指評估能反映出學生的實際語言能力；實用性是教師即使在不同的限制條件下（如時間），仍允許進行評估開發、實踐評估及評分。

Taylor（2013）將語文評估素養分為八個維度（見圖一），包括（1）理論知識（knowledge of theory）；（2）評估技能（technical skills）；（3）原則和概念（principles and concepts）；（4）語文教學法（language pedagogy）；（5）社會文化價值（sociocultural values）；（6）地方實踐（local practices）；（7）個人信念（personal beliefs）；（8）評分與決策（scores and decision making）。除此以外，Taylor 提出不同人需要的具體知識水平概況（profile）均不同，重要的是他們能夠勝任其所需的知識、技能及理解。她以 0 至 4 個等級表示各維度的水平，例如專業的語文研究員必須在八個維度均達致最高，語文教師則著重語文教學法。值得留意的是，Taylor 沒有把這個具體知識水平視為語文評估素養的理論框架，只屬於推測性質，但其對面向且針對不同語文持份者的評估素養指標產生很大的反響。其中，Kremmel 及 Harding（2020）根據這八個維度設計問卷調查，以線上問卷形式，對世界各地八種相關人員共 1059 人

進行調查，以驗證 Taylor 所提出的不同群體成員的語文評估素養的具體知識水平。而該研究證實，語文教師八個維度的評估素養，與 Taylor 提出的指標一致。

圖一　Taylor（2013）語文教師評估素養概況

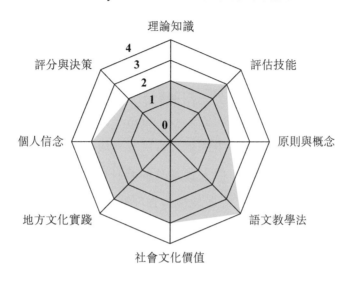

　　儘管教師的評估素養是第二語言寫作教學中的重要因素，研究證明很多教師對評估的認知不足，同時表示自己缺乏評估學生表現的知識與技能。Crusan 等人（2016）調查二語教師的寫作評估素養，包括他們的學術背景、評估信念及實踐。研究結果顯示，超過五分之一的教師很少或沒有接受過寫作評估方面的培訓。儘管大多數教師表示他們已經學習了寫作評估，但他們對寫作評估沒有足夠的信心，尤其在使用或創建評分標準方面。另外，教學經驗相對少的教師比經驗多的教師具備更豐富的評估知識。Huang（2017）的研究更發現，大部分教師習慣且擅於評核學生的事實和技能的能力，卻缺乏設計評估工具的策略以評核學生的概念性理解，出現概念驅動教學與評估脫節、割裂的情況。

　　因此本研究以 Taylor（2013）的理論為基礎，探究 IB 國際學校中文二語中文教師對概念驅動教學的寫作評估的理解及評估設計方向，從而對其寫作評估素養及專業發展提出建議。

三、研究問題

1. 中文二語教師怎樣理解概念驅動教學？
2. 在概念驅動的教學中，中文二語教師具備什麼樣的寫作評估素養？
3. 中文二語教師對概念驅動教學的理解與其評估素養有怎樣的關係？

四、研究設計

本研究旨在了解 IB 中文老師對概念驅動的寫作教學的理解、評估設計及面對的挑戰，採用定性解釋學的方法（qualitative approach），試圖理解特定社群的人（IB 中文老師）的第一手經驗、看法及處境（Hennink et al., 2020）。解釋論者認為，社會、文化、個人背景及個體身處的環境是建構人們的經驗和現實的元素，而「現實」可從多種視角去理解（Given, 2008）。IB 中文老師作為概念驅動課程的規劃者，也是教學實踐及評估設計的關鍵人物，他們如何理解課程的宗旨、如何設計寫作教學及評估，建構了「現實」的不同面向。所以，本研究希望能從教師的經驗中，擷取具參考價值的經驗，讓其他 IB 老師能得以借鑒。

（一）研究對象

本研究透過一位任職於國際學校的老師尋找研究對象，共邀請了四間香港的國際學校共六位老師參與是次研究。六位受訪教師的教學年資不同，可從中了解不同教學經驗的老師對於概念驅動的寫作教學的不同理解。下表詳述六位受訪 IB 中文老師的背景。

表一　受訪教師的背景

教師 *	學校職務	任教 IB 課程年資 （總教學年資）	任教的國際文憑課程
陳老師	中文老師、班主任、課外活動統籌及遊學團負責老師	3 年（6 年）	大學預科項目（DP）
程老師	中文老師	2 年（10 年）	小學項目（PYP）、中學項目（MYP）及大學預科項目（DP）

教師 *	學校職務	任教 IB 課程年資 （總教學年資）	任教的國際文憑課程
麥老師	中文老師	14 年（23 年）	中學項目（MYP）及大學預科項目（DP）
張老師	中文科科主任及 中文老師	8 年（8 年）	中學項目（MYP）及大學預科項目（DP）
黎老師	中文老師	16 年（24 年）	小學項目（PYP）、中學項目（MYP）及 大學預科項目（DP）
李老師	中文老師	2 年（2 年）	中學項目（MYP）

* 教師名稱均為化名。

（二）研究方法

本研究採用半結構式訪談（semi-structured interview），鼓勵老師以開放式的方法回答研究員的問題，一方面為訪談提供靈活性，另一方面研究員可在訪問過程中以追問的形式，邀請受訪老師澄清及闡述其觀點。訪問內容主要分為兩個部分：（1）IB 中文老師對概念驅動的寫作教學的理解；（2）IB 中文老師設計及評核概念驅動的寫作教學的方法。

（三）研究程序

首先，研究員獲得教師的初步同意後，會徵詢其學校校長的建議及批准。進行資料搜集前，研究員向教師清楚解釋本研究的目的，以及訪問內容，並給予足夠時間考慮是否參與。資料搜集於 2020 年 12 月進行，研究員以面談的形式，與研究對象對話，每位教師的訪談時間約 45 分鐘，之後由研究員及研究助理整理共 4 小時 15 分鐘的錄音為完整的謄錄稿。分析資料方面，本研究採用主題分析法（thematic analysis），以辨識、組織和洞悉資料的主題型態和意義，協助研究員了解香港的 IB 國際學校的教師對於概念驅動的寫作教學的認識及評估設計。根據 Braun 和 Clarke（2006）提出的主題分析法六個階段，研究員通過轉譯及反覆閱讀謄錄稿，熟悉及掌握研究資料。再根據 Taylor（2013）及 Kremmel 和 Harding（2020）的研究，在八個維度發展出 69 個編碼（見表二），然後進行初始編碼（coding）。研究員在分析的過程中辨識不同模式（pattern），由於本研究屬探索型研究（exploratory study），並聚焦於教師的評估技能，在過程中通過合併、刪除、比較等方法，確認 27 個編

碼，涵蓋八個維度。然而，由於部分維度例如地方文化實踐教師所述較少，於是經過反覆檢視、修正，組織成十個次主題（sub-themes），最後歸納出研究結果部分的五個主題（theme）。主題分析法能反覆分析研究資料及理論背景，既具反思性，亦能確保研究結果可信。主題產生的過程舉隅見表三。

表二　編碼的過程

維度	編碼例子	初始編碼	修訂後編碼
理論知識	學習第二語言的方法	6	2
原則與概念	評估信度的理解	5	3
語文教學法	協助做好評估準備	12	3
個人信念	個人信念與團隊其他人的評估信念相衝突	4	3
評估技能—設計	根據課程大綱撰寫評估題目	11	4
評估技能—批改	使用評量表進行評分	5	2
評估技能—評鑒	評估的難度	7	2
評分與決策	解釋評估誤差	6	4
地方文化實踐	評估與地方文化是恰當的	6	2
社會文化價值	社會價值影響評估的設計及實施	7	2

表三　主題產生的過程

編碼（code）	類別（category）	主題（theme）
撰寫高質量的評估題目	評估設計	評估技能
根據課程大綱撰寫評估題目		
為特定評估目的選擇適當的題目		
擬定不同等級的分數	評鑒評估	
評估的難度		

五、研究結果

根據六位老師的訪談，本部分將以國際文憑課程大學預科項目（DP）Language Acquisition 為基礎，分析教師對特定概念的理解，以及其評估素養。

（一）特定概念的理解

受訪教師對語言 B（Language Acquisition）五個概念的理解可分為三種情況。首先所有教師對「受眾」「情境」及「目的」三個概念有透徹的理解，他們不但能準確指出三個概念的要素，而且符合 IB 的定義。然而，部分教師對「意義」及「變異」這兩個概念不甚了解。例如幾位教師以「意義」這一詞的本義去推敲此概念所涵蓋的內容與範圍，程老師認為「意義是指這個事情有什麼積極的影響，有沒有一個深遠的意義」，而非 IB 所指的語言表達的多種多樣。又或是黎老師直接表示他不太理解「變異」這概念。最後一種情況是部分教師對特定概念的理解與 IB 的定義存在偏差。三位老師（陳老師、張老師和李老師）雖然對「變異」的理解接近，他們均認為「在不同地區有不同表達方式的用語」，但這與 IB 官方的定義「特定語言中存在著差異」相比範圍較狹窄，前者只集中在用語上，後者包括詞彙、發音甚至文化。

除了了解教師們對五個概念的理解外，研究員還邀請他們按概念的重要性排列次序，並解釋它們之間的聯繫。每位教師對五個概念的排名如下：

陳老師：情境—受眾—目的—意義—變異

程老師：目的—情境—意義—受眾—變異

麥老師：情境—受眾—目的—意義—變異

張老師：目的—情境—受眾—意義—變異

黎老師：意義—目的—情境—受眾—變異

李老師：情境—目的—受眾—意義—變異

由此可見，教師對概念重要性的排序跟他們對概念的理解有直接關係。首先，教師們所排列的次序顯示，相比其他概念，教師對「變異」的關注和理解有限，六位教師均認為「變異」是相對最不重要的概念。相比之下，「情境」「受眾」和「目的」比較重要，除黎老師將「意義」置於三者之前。他解釋道：「意義是 macro（宏觀）的，而其餘三者則是 micro（微觀）的。」這與陳老師的理解一脈相承，他認為學生對於「意義」這概念的掌握必須建基於學生有一定的語言基礎及水平，如果學生沒有高級的詞彙或掌握複雜的語法，就只能運用最簡單的方式表達出來，也未必能展示其對「意義」的理解與掌握。

（二）教師語文評估素養

根據 Taylor（2013）提出的語文評估素養八個維度，本研究從訪談中發現教師展示其中四個維度，包括 1）評估技能；2）語文教學法；3）評分與決策；及 4）理論與知識的能力。

1. 評估技能（Technical skills）

1.1 設計寫作評估（Constructing language assessment）

受訪教師均表示寫作評估的設計都以公開考試的範本及課程大綱作為藍本，並略作修訂。在擬題過程中，他們主要有兩個原則：（一）根據單元的主題及內容，以及學生已掌握的文本類型，設定題目情境；（二）強調語言的應用，所設定的情境必須為真實的，且貼近學生的生活。

新舊寫作評估的分別之一是學生需要根據題目設定的場景，從三種文本類型（text type）選擇其中一種作答，即兩位學生雖然回答相同的題目，但有可能撰寫不同的文體。六位教師設計寫作評估時，對於文本類型的理解幾乎相同。當中陳老師、程老師、黎老師及李老師對於三種不同文本類型的設定有一致且深刻的理解，陳老師說：「有一種（文本類型）是明顯不適合那個寫作的『情境』『目的』跟『受眾』的，然後有第二種就是適合的，但並不是說最直接或者最恰當那種文體，然後還有一種就是 best fit，就是我最想讓他們選擇那一種。」而麥老師則是從文本類型出發，先思考希望學生寫哪個文體，例如演講稿，然後再「弄一個場景」。

1.2 批改寫作評估（Scoring language assessment）

IB 大學文憑考試的寫作評估包括三個評分範疇，分別是語言（Language）、訊息（Message）及概念理解（Conceptual Understanding），前兩者各佔 12 分，而最後一項則佔 6 分。受訪教師均使用 IB 的評分表對學生的寫作表現進行評分。當教師被問及如何理解寫作評核的三個標準，六位教師一致認為三者是互相聯繫的，但評分時則分開打分，不然給分就會有困難。除此以外，教師對於「語言」及「訊息」兩項有相同的理解，而且符合 IB 的課程大綱，這可能因為「語言」及「訊息」與過去的寫作評核相似。

至於對於概念性理解的評分，六位教師均表示會先看學生是否選對文本類型，以及是否能正確運用特定文本類型的格式。如果學生未有選取「最合

適」的文本類型，就不會給予最高等級（5—6分）。同時，也會從「情境」「目的」及「受眾」三方面進行評分，即使學生選對了文本類型，但是沒有深入去考慮受眾和情境，也只會給予中品（3—4分）的等級。陳老師補充道：「概念性的理解是一個有意識的安排，以回應寫作目的，或是與受眾有一個恰當的互動」。教師可能受舊的寫作評估影響，評核學生對概念的掌握，除了要求學生寫特定的文體，以「功能性一分一分加上去」進行評分，而非從整體作評估。值得留意的是，教師在闡述其評估過程，只是從「訊息」的角度說明評核「意義」概念的評分過程，未有提及與「語言」的關係，而且所有老師均沒有提及「變異」這個概念的評分。

1.3 評鑒寫作評估（Evaluating language assessment）

至於寫作評估的難度，大部分教師表示新較舊的難度更大，要求更高，除了程老師。程老師認為過去的寫作評估設有五道題目太多，現在只有三道題目更聚焦，學生也會花相對少的時間閱讀題目，有更多空間擬寫提綱。其餘幾位教師的意見則相反，他們認為雖然考題數量少了，但由於每道題目附設三種文本類型（text type），學生不單要仔細閱讀題目內容，而且要判斷哪一種文本類型比較合適，因此學生要閱讀和判斷的更多。李老師仔細闡述學生寫作時的思考過程：

> 學生對三種文體未必每種都了解，於是他須要迅速地在腦海中勾勒出每種文體的特點；然後他要結合自己對該題目的理解，把那篇文章弄得邏輯通順。如果每道題目的文本類型都不同的話，學生其實要分辨三道題目、三種文本類型，共九種的關鍵訊息。

所以，相比過去寫作評估，概念驅動的教學要求學生具備大量詞庫，因為可以選擇的情境及主題減少，學生必須掌握不同主題的詞彙；而且由於題目要求學生根據情境選擇合適的文本類型，措辭、用語都須要準確，以顯示該人物及受眾的身份。因此無論是從深度或廣度而言，概念驅動的寫作教學都更有助提升學生應用語言的能力。

2. 評分與決策（Score and decision making）

教師對於「語言」及「訊息」的評核能夠反映學生的語文水平，而且他

們對兩項的理解均符合 IB 的課程大綱。「語言」是指整篇語言的質量，例如字詞、句子結構、四字成語或諺語等的運用，也會包括錯別字是否妨礙理解。李老師表示，該校更會於每一個等級羅列具體的標準，例如運用了多少個四字詞或錯別字的數量，以統一教師之間的評分。然而，這做法恰好與陳老師所述相反，「我不會去數他的錯別字，說有幾多個語法錯誤，但是我會整體上讀下來。」

至於「概念」這一項的評分，由於「概念」是抽象的，教師們對於如何評定學生是否掌握寫作評估的特定「概念」，傾向於學生能否選擇特定的文本類型，以及其格式是否正確，這些都是具標準答案或可量化的範疇。李老師表示「我的同事認為，你只要能夠看起來大概是一個博客就可以。對於我來說，如果把開頭跟結尾遮住我已經讀不出來那是個博客，我覺得這是屬於最低等級的。」這是寫作教學以功能性為主的常見問題。寫作時，格式固然重要，但內容及措辭語氣同樣重要，形神俱備當為最佳，但要能達到此層次，在現實層面似乎難度甚大。更有趣的是，李老師提出一個疑問：「比如說他要寫博客，學生說他們看到的博客底下有比如說『上一篇』『下一篇』『留言』『點讚』等，那麼我們要不要寫？」可見教師聚焦於可量化的文本特徵。其實，即使是現實生活中寫博客，學生都只須要思考文章內容，然後輸入到博客平台，並不要顧及李老師提出的網站介面。訪談發現，可能教師對於評核學生的概念性理解不盡相同，所以會互相討論及傳達學生寫作評估的結果，以及評核的決定。部分老師（陳老師、黎老師及李老師）表示 IB 官方文件提出的概念性理解的等級描述「籠統」，而且只佔 6 分，變化的曲線相對少，分數差異小，因而難以拿捏評分的準則，也未能透徹理解各等級之間的差異。

3. 語文教學法（Language pedagogy）

綜合六位教師的訪談，他們可從學生在評估的表現，診斷學生的語文能力，回饋教學，並歸納出以下兩種普遍情況：（一）學生語言能力高，內容也相對比較豐富，其概念性理解能在文章中體現；（二）學生語言能力比較弱的，訊息就沒有辦法好好地產出，表達的內容及概念的呈現也會受到其語言限制。然而，在概念驅動教學中，學生的寫作過程由概念主導，因而有清晰的目標，評卷員可以通過寫作成品，分析學生的寫作意圖，較全面地評核學生的寫作能力。陳老師說：「當學生非常清楚那些概念之後，他變得有意識，

即使他用的語句並不那麼好，但是有時候會看到他其實想做這個事情。」所以另一位李老師表示：「即使他的語言程度很低，概念分數我還是會給他高分。」相反，如果學生沒有審題，即使「語言」這部分得到高分，可能在「訊息」及「概念理解」兩項中拿不到高分。

根據六位老師的意見，概念驅動的寫作教學對於不同語文能力的學生，有不同的好處。對於能力較弱的學生，他們寫作時會更聚焦、清晰，以達到特定的寫作目的為目標，因此寫作內容較有重點，改變過去「寫越多字數就越好」的思維。語言能力高的學生則更有意識地豐富其語言，以準確的用詞傳遞訊息，寫作時有更明確的方向，更重要的是學生因此「有更多的語言儲備」。

4. 理論知識（Knowledge of theory）

受訪的教師表示，對於 IB 大學預科項目的學生而言，要掌握五個概念並不困難，困難在於如何應用。黎老師舉出一個例子，「譬如題目是餐廳經理建議增加蔬菜，提升食客的健康，但學生選擇的文本類型是日記，第一個可能是學生根本看不懂題目，第二個可能是他搞不清楚不同文體，於是概念就不能遷移。」從理念角度出發，掌握「概念」能整合知識與技能，然後輸出語言；但對於中文二語學生而言，應用概念時往往受制於其語言能力，未能達到有效溝通的目的。因此黎老師認為概念驅動教學對於中文二語的學生而言，是「功能性」的，他表示：

> 寫作的概念性理解的評分受兩個限制，其中一個限制是中文二語的學生對於文本類型的掌握是功能性的，難以達到 Erickson 所講的層次，那是很 ideal，因為牽涉到 why，希望學生能夠有一個有意義的溝通，這個意義非語文能力稍遜（中文二語的學習者）能夠做到。所以學生要能體現文體特點，都是以功能性為主。

另一研究證明，學生選擇回答哪一道問題時，主要受其語言能力及對特定文本類型的掌握所限制，尤其是中文二語的學生，由於他們詞彙量及語文知識有限，所以決定寫哪一道題目主要是基於對主題或文本類型熟不熟悉，最後往往是「只能」選這一道題作答（Lam et al, in press）。

六、討論

宏觀而言，IB 課程突破傳統以知識及技能為主的二維學習，主張以概念驅動教學作為整體的理念，用「概念」帶動知識與技能的發展。根據四間香港國際學校的六位中文二語教師的訪談，可見他們對於概念驅動教學的理解處於「過渡階段」，即興起（Emerging）與掌握（Master）之間。[1] 教師們能夠闡明概念驅動教學的理念，使用正確的基於概念的術語，然而對個別的組成部分不太清楚，尤其是課程中特定的概念「意義」和「變異」。而且教師對概念的理解與其教學上的優次有直接關係。

根據 Taylor（2013）的語文教師評估素養，受訪教師們具備相當的評估素養。在八個評估素養的維度中，受訪教師在「評估技能」有較深入的理解與描述，部分維度例如「地方文化實踐」及「社會文化價值」，雖然教師們在訪談中曾提及，但未能組織成完整的觀點。這可能是因為研究場景為 IB 國際學校，有特定的課程及教學取向，相對其他國家或地區的課程，IB 提倡的「國際情懷」促成其獨特的社會文化，甚至減少地方文化的元素與色彩。

至於教師對概念驅動教學的理解與其評估素養的關係，有以下幾個觀點值得討論。首先，部分教師對於如何評定學生是否掌握寫作評估的特定「概念」，傾向於學生能否選擇合適的文本類型，以及其格式是否正確，這些都是具標準答案或可量化的範疇。部分教師亦提及內容的重要性，也有教師提出二語學習以「功能性」為主的本質。其實，學科的定位並非釐定特定教學取向的成敗關鍵，癥結在於教師是否能運用其專業知識，有效實踐至教學場景。假如教師對於二語學習或概念驅動教學保持固有的想法，則需要增加其專業知識，以積極的視角推動概念驅動教學的實施。

其次，教師對概念的理解與其評估素養之間出現割裂的情況。研究顯示，教師對課程中五個特定的概念有相當的理解，卻未能應用至評估範疇當中。教師在設計評估、批改評估及評鑒評估的過程中，均著重「受眾」「情境」及「目的」三個概念，完全沒有提及「變異」這一概念。主要原因是教師對

---

[1] Erickson, Lanning & French（2017）把概念型教師的發展，從三個範疇（一）支持基於概念的教學和學習；（二）基於概念的課程和教學的組成部分；及（三）對持續學習的承諾，把老師的專業發展分成初階（Novice）、新興（Emerging）及掌握（Master）三個階段。

此概念不熟悉，所以未能應用。其實，「變異」這概念主要體現在聆聽範疇，寫作評估相對較難評核，這牽涉概念驅動教學中選擇及擬定概念的問題，值得作更深入的探討（Winter, 2011）。語言學習與學科學習不同，語文學習包括讀寫聽說，讀聽屬於輸入，寫說屬於輸出，以概念驅動的寫作教學，學生除了要掌握語文知識，同時要通過技能的培訓，才能輸出語言。然而，學生的語文能力限制其概念的運用。所以，IB 課程可因應不同的語文範疇，選擇不同概念，又或是不同概念在不同範疇有優次之分，以彌補現時部分概念未能應用於各項語文能力的問題。

另外，本研究發現，教師們著重總結性評估，甚少提及寫作的形成性評估，以及學生自評。因此，建議教師關注學生寫作能力的發展過程，定期檢視他們的寫作成品，以「概念」引導特定的知識的理解和技能。更重要的是，「概念」的應用不應受制於學生的語文能力，如何使「概念」成為語言輸出的有效橋樑，而不是障礙，值得學者及教師進行更多方面的實證研究。

IB 於 2017 年推行概念驅動教學，教師未能完全掌握有關教學取向是可以理解的，因此持續的教師專業培訓是必須的，但應該聚焦於建立教師對概念驅動的應用。Ritchhart（2015）提出五種教師信念，可作為 IB 概念驅動的教師專業發展方向，當中包括（1）從關注學生的工作到關注學生的學習；（2）為知識而教到為理解而教；（3）注重表面學習策略到鼓勵深度學習策略；（4）促進依賴教師教學到促進自主學習；（5）培養固定思維模式到培養成長思維模式。「概念」是抽象的，要體現概念驅動教學的精神，教師必須經歷範式轉移，摒除以知識及技能為主的教學，捨易取難。要轉變範式，便要在教學中歸納出概念和原則，這意味著要幫助學生學習這種銜接技能，並以如何為學生的思維能力提供鷹架訓練為目標。然而，從本研究可見，教師雖然有意識引導學生深化概念，但在寫作評核中，評分仍以知識及技能的體現主導，學生如何彰顯概念的掌握則相對次要，這或許與評分標準的佔分較少相關。

最後，本研究搜集資料時，只有 IB 官方出版的試題樣本作為參考，教師均表示無所適從或困惑。IB 的課程是教師的教學「指南針」，闡明重要的概念及支持教師的教學，舉足輕重。因此，與其讓教師只通過研讀歷年試卷以增加其寫作評核的素養，建議 IB 可擬寫補充資料，詳細解釋概念驅動的寫作教學，提升教師的專業知識及評估素養，從而轉化至其教學及評估設計。

七、總結

總括而言，概念驅動教學突破傳統的教學，期望學生以強大的事實知識為基礎，用「專家的思維」圍繞大概念組織知識，從而思考和解決問題，並適當轉移到其他的情況或環境中。然而，在 IB 推行概念驅動教學的初期，教師的專業知識處於過渡階段，一方面對課程的概念未必有全面、透徹的理解；另一方面評估素養不足，未能全面體現概念驅動教學的精神，達致預期的教學成效。所以，國際文憑組織宜積極組織教師培訓，同時通過以研帶教的方法，鼓勵教師就概念驅動教學進行實證研究，發掘箇中問題，方能有效規劃及設計課程、教學活動及評估。

本研究以四間香港國際學校六位老師的訪談為本，分析中文二語在概念驅動教學的寫作教學，研究結果在學術和教學兩個層面均有一定貢獻。然而，本研究在設計上有兩個不足之處，一是參與學校集中在香港，而且人數相對較少，影響結果的代表性，未必能應用於其他地區或國家的教學場景。第二，本研究只是從教師的角度出發，如果能搜集學生的寫作，從其作文中了解他們如何在寫作評估彰顯其對概念的理解，則能更全面且深入地去研究問題的核心。因此，本研究建議日後可以其他地區的中文二語作研究對象，訪問教師、學生，甚至家長，了解他們對概念驅動的看法，為概念驅動教學提供更重要的參考及啟示。

八、鳴謝

感謝研究助理黃善瀛協助整理及分析研究資料，以及羅燕玲博士給予寶貴的意見。

參考文獻

1. 國際文憑組織（2019）：《大學預科項目中的教學與學習方法》，國際文憑組織。

2. Braun, V., & Clarke, V. (2006). Using thematic analysis in psychology. *Qualitative research in psychology, 3*(2), 77-101.

3. Crusan, D., Plakans, L., & Gebril, A. (2016). Writing assessment literacy: Surveying second language teachers' knowledge, beliefs, and practices. *Assessing writing, 28*, 43-56.

4. Dempsey, M. S., PytlikZillig, L. M., & Bruning, R. H. (2009). Helping preservice teachers learn to assess writing: practice and feedback in a web-based environment. *Assessing Writing, 14*(1), 38-61. https://doi.org/10.1016/j.asw.2008.12.003

5. Erickson, H. L. (2007). *Concept-based curriculum and instruction for the thinking classroom.* Corwin.

6. Erickson, H. L. (2012). Concept-based teaching and learning. The Hague: International Baccalaureate Organisation. http://www.ibmidatlantic.org/Concept_Based_Teaching_Learning.pdf

7. Erickson, H. L., Lanning, L. A., & French, R. (2017). *Concept-based curriculum and instruction for the thinking classroom.* Corwin Press.

8. Given, L. M. (Ed.). (2008). *The Sage encyclopedia of qualitative research methods.* Sage publications.

9. Hennink, M., Hutter, I., & Bailey, A. (2020). *Qualitative research methods.* Sage.

10. Huang, J. (2017). The implementation of concept-based curriculum in Mandarin language classes at the International Baccalaureate Middle Years Programme (Thesis). The University of Hong Kong.

11. International Baccalaureate Organisation (IBO). (2013). *Diploma Programme: Language B guide first examinations 2015.* Cardiff, UK: IBO.

12. Kremmel, B., & Harding, L. (2020) Towards a Comprehensive, Empirical Model of Language Assessment Literacy across Stakeholder Groups: Developing the Language Assessment Literacy Survey, *Language Assessment Quarterly, 17*(1), 100-120, DOI: 10.1080/15434303.2019.1674855

13. Lam, S. M., Lam, M. K., & Mak, C. M. (in press). Integrating concept-based learning into writing assessment in Chinese as a second language: An exploration in the Hong Kong international school context. In J. -F. Hong, & C. M. Si (Eds.) *Teaching Chinese in the International School Context.* Springer.

14. Milligan, A., & Wood, B. (2010). Conceptual understandings as transition points: Making sense of a complex social world. J*ournal of Curriculum Studies, 42*(4), 487-501. Doi: 10.1080/00220270903494287

15. Ritchhart, R. (2015). *Creating cultures of thinking: The 8 forces we must master to truly transform our schools.* San Francisco, CA: Jossey-Bass.

16. Robson, C. (2002). *Real world research: A resource for social scientists and practitioner-researchers.* Wiley-Blackwell.

17. Stiggins, R. J. (1999). Evaluating classroom assessment training in teacher education programs. *Educational Measurement: Issues and Practice, 18*(1), 23-27. https://doi.org/10.1111/j.1745-3992.1999.tb00004.x

18. Taba, H. (1962). *Curriculum development: theory and practice.* Harcourt, Brace & World.

19. Taylor, L. (2013). Communicating the theory, practice and principles of language testing to test stakeholders: Some reflections. *Language testing, 30*(3), 403-412.

20. Weigle, S. C. (2007). Teaching writing teachers about assessment. *Journal of Second Language Writing, 16*(3), 194-209. https://doi.org/10.1016/j.jslw.2007.07.004

21. Wiggins. G. & McTighe, J. (2005). *Understanding by Design* (2nd ed.). Association for Supervision and Curriculum Development.

22. Winter, C. (2011). Curriculum knowledge and justice: Content, competency and concept. *Curriculum Journal, 22*(3), 337-364. doi: 10.1080/09585176.2011.601627

23. Young, M. (2011). The return to subjects: A sociological perspective on the UK coalition government's approach to the 14-19 curriculum. *The Curriculum Journal, 22*(2), 265-278. DOI:10.1080/09585176.2011.574994.

Investigating IB Chinese Teachers' Understanding of Concept-based Writing and Their Assessment Literacy

LAM, Sin Manw Sophia

Abstract

In IB schools, Concept-based Learning and Teaching (CBLT) has gained much attention in recent years. CBLT advocates that learning in the new era is no longer confined to the transmission of knowledge, instead, it focuses on students' mastery of different 'concepts' to link prior and new knowledge, and its application. From a language perspective, CBLT promotes the development of language skills complementary to conceptual understanding of learners, it also emphasises the integration of concepts and linguistic knowledge in thematic teaching. However, the understanding of concept-based learning of language teachers has raised the concern of teacher educators, specifically, the demonstration of concepts in writing. Furthermore, previous studies found that second language teachers generally lack writing assessment literacy and feel uncomfortable in designing writing assessments. This study adopts a qualitative approach to examine the understanding and assessment literarcy of Chinese language teachers in the IB Diploma Programme on concept-driven writing instruction. Interviews with six teachers from four Hong Kong IB schools were analysed to find out how they understood the five major concepts of language acquisition, including Context, Audience, Purpose, Meaning and Variation. It is intended to provide insight into the design of writing assessments, the marking of assessments, and the overall assessment of literacy. The study sheds light on developing writing instruction and assessment in Chinese as a second language in IB schools.

Keywords: *IB Diploma Programme, concept-based learning and teaching, Chinese as a second language, writing instruction, assessment literacy*

LAM, Sin Manw Sophia, Department of Chinese Language Studies,
The Education University of Hong Kong, HK.

有無之間：國際文憑課程（IB）的教材觀

鍾鎮城　　王淑誼

摘要

　　教科書的使用常常是中文教師的一種知識與專業文化表徵，然而，國際文憑課程（International Baccalaureate, IB）通過學科指南提供教師構建課程所需的指導和信息，沒有所謂的教科書或指定教材。是何原因及教育思考促成了這樣的決策呢？在本篇文章中，透過 IB 之各種語言學科指南、授權及評鑒相關文件，我們檢視 IB 對於語言教學的指引及意識形態，並得出以下五點 IB 教材觀之研究發現：

　　1. IB 希望教學是原則導向的，這點主張避開了指定單一教材必然涉及的知識規約、慣習等合法性（legitimacy）。

　　2. IB 不出版教科書，所欲表述的其實是一種知識權力的解放與多元詮釋。

　　3. IB 主張教材是用來服務學習，教材本身不是目的。

　　4. IB 強調教材緊扣著語言教學觀，本身是一種文化觀點、製品（artifact）與載體。

　　5. 教材帶有文化角度，所以 IB 教師的教材使用會顯現出自我的教師文化與認同。

　　總結以上，我們認為 IB 的教材觀所傳遞的是解構、重構或是再建構的互動學習與教學歷程，如此的教材觀，在教學實踐上將高度依託於教師專業能力及教師角色自覺。

關鍵詞：文化　合法性　教材觀　意識形態　IB

鍾鎮城，高雄師範大學華語文教學研究所，聯絡電郵：nknuchun@nknu.edu.tw。

王淑誼，高雄師範大學華語文教學研究所，聯絡電郵：suyi.wang1989@gmail.com。（本文通訊作者）

一、緒論

教材常常被視為教學與學習的載體，教師以教材作為基底，透過教材的使用、講解與反覆練習，讓學習者熟悉組織文化、社會慣習（habitus）及權威詮釋者等所謂的合法知識（legitimate knowledge）。許多師培訓練機制甚至常以教材理解及應用作為師資專業發展的重要評判。因此，教材可說是教與學過程中，非常重要的驅動關鍵。

不過，教材並不等於教科書。教材可以泛指一切可資用於教與學過程中的材料，教科書只是其中的一環。但有趣的是，習慣使用教科書、並且將教科書視作合法知識唯一來源的中文教師大有人在。教科書是一般中文教師的專業憑證，更是減緩中文教學焦慮的憑依，換句話說，教科書的使用變成中文教師的一種知識與專業文化現象。然而，在國際文憑課程（International Baccalaureate, IB）的課堂裏，常常見不到教科書的身影，IB 指南中幾乎不見對於教科書的描述，如此巨大的反差是如何產生的呢？國際中文教師如何應對並在教學中適應 IB 教材使用原則，甚至游刃有餘呢？

IB 官方文件言及教材信息的部分非常少，包含語言課程在內的所有 IB 課程指南都不指定課本或教材，同時 IB 從來不出版任何教材。是何原因及教育思考促成了這樣的決策呢？對此，我們搜尋 IB 現今及過去各種語言課程指南、語言政策制定指南或是評鑑文件，而後檢視 IB 對於語言教學的指引，特別是教材相關的部分，釐清 IB 對於教材的觀點，以探討設計 IB 課程的教學資源使用原則。我們期望此篇文章能為國際中文教學者或中文教材編寫者帶來些許的啟發。以下，將從 IB 的項目及學科指南與 IB 對於教材的意識形態兩大面向加以析論。

二、從 IB 的項目及學科指南討論 IB 的教材觀

IB 的文憑項目（Diploma Programme, DP）和中學項目（Middle Year Programme, MYP）的所有課程都有既定的學科指南，從學習目標、評量到課程內容都規範了詳細的指導原則和細節說明，但是卻沒有指定的教科書。在 IB 的重要文件「Assessment principles and practices-Quality assessments in a digital age」中，明確地指出學校可以選用任何的教科書，但教科書不能定義課程範圍，也並非教學主體，而是為了幫助教師和學習者完成規定課程的輔助品，此點可說是 IB 教材觀的主要原則之一。[1]

以下，依次討論 IBDP、MYP 和小學項目（Primary Year Programme, PYP）的學科指南或教學理念，以深入檢視 IB 的教材觀。

（一）DP 和 MYP（第一學科組）學科指南體現的教材觀

1. DP 第一學科組的學科指南

DP 項目的重要文件「DP：從原則到實踐」為 DP 課程提供了明確的指導原則和實踐細則（International Baccalaureate, 2015）。IB 以四個原則指引學校如何發展 DP 課程：（1）關注所有學習者；（2）IB 的教學法；（3）探索本地和全球背景；（4）重大意義的內容。（關於這四大原則，我們將在文末意識形態一節中詳述。）這四大原則也可見於 IB 所有語言課程指南中。其中，前面兩項，關注所有學習者和 IB 的教學法，與學習者的身份（identity）以及教學法的內容相關，而後面兩項，探索本地和全球背景以及重大意義的內容，則跟學習範圍（range）、語境（context）及有意義的內容密切相關。

但有趣的是，IB 提到了內容卻完全沒有談到教材。在教學上，特別是語言教學上，教師往往首先要決定的項目是教材或是教科書。而從 IB 這份學科指南中，我們看到 IB 要求學校從學習者的身份、教學法、本地和全球的範圍及重大意義的內容著手去發展優質的 DP 課程，而不是提供指定的教材或教科書。

學校在申請加入 IBDP 系統時，DP 的各學科都必須依照 IB 的表格提交一份兩年的課程大綱。在 IBDP 第一語言組和第二語言組的課程大綱表格（course outline template）中的「資源」一項（引文呈現如下），要求教師必須衡量其所選用的教材和其他像錄影設備、表演空間等資源，並檢視其是否能有效支持課程目標、教學與評量方法。顯然，IB 把教材視為一種資源（resources），此與上述作為「輔助品」的教材觀一致。

---

[1] "The curriculum of each IB course is set out in the subject guides and this is the basis on which assessments are designed. Any **textbooks**, including those endorsed by the IB, are intended as aids to support teachers and learners in completing the course as set out in the subject guides and are not written to define the scope of the curriculum." ("Assessment principles and practices-Quality assessments in a digital age", 2021, p. 163)

"**Resources**:

Are **instructional materials** and other **resources** (for example, equipment for recording if you teach languages A or room for the performance aspect if you teach literature and performance) available in sufficient <u>quality</u>, <u>quantity</u> and <u>variety</u> to give **effective support** to the **aims** and **methods** of the courses? Briefly describe what plans are in place if changes are needed." (Course outline template)

另外，對於教學材料及其他資源，IB 特別強調質量及多元化對於學習支持及教學方法的有效性和重要性。重視教材的質量、多元文本和多類型是 IB 教材觀的另一個原則。從「DP 語言 A：語言和文學」的指南和書單（Prescribed reading list）[2] 中可以看到此種教材觀的體現。

IBDP 第一學科組的所有語言都為教師羅列了可供選擇的作家名單及其作品。「中文 A：語言和文學」這份可謂包羅萬象的作家名單和其作品，涵蓋了不同文學體裁、時期、文化、地區和風格的作家和作品。學科指南第 20—21 頁，對於課程的文學作品選擇，在作品數量、作家、文學形式、時期和地區方面都有明確的規定，但是並沒有指定教材內容，所以學校和教師可以從龐大的作品書單（Prescribed reading list）選擇適合學生學習的作品，以構建符合學科指南規定的教材內容。對於非文學文本（non-literary texts）也要求必須選擇「廣泛的一系列非文學文本類型 [3]」。因此，無論文學作品或是非文學文本類型的要求，所展現的是 IB 多元和多種類的教材觀。換句話說，文學作品和非文學作品的選擇權都在於學校，學校有依據學科指南挑選教材的校本（school-based）決策權，而非要求學校依照指定的「教科書」進行「範文」教學。所以在 IB 課程裏，教材不再具備傳統的「標準化課文」的特性，而是一種有效支持並實踐課程目標的做法。

---

[2] "The IB has created an extensive *Prescribed reading list* of authors in a wide range of languages to accompany studies in language and literature courses. This searchable online list provides teachers with a resource from which they will be able to select a group of authors that guarantees diversity and compliance with course requirements." ("DP Language A: language and literature", 2021, p. 20)

[3] "The selection of non-literary texts must include as wide a range of non-literary text types as possible." ("DP Language A: language and literature", 2021, p. 22)

2. MYP（第一學科組）的學科指南

MYP 的語言和文學指南，與 DP 的語言和文學學科的總目標、評量目標及教學方法基本上是一致的。「MYP 語言和文學指南」（International Baccalaureate, 2014）在「Subject-specific guidance」（p. 24-25）中有明確的教材宣示：

（1）要求教師給予學生大量的文學和非文學文本類型學習，以及寫作風格和技巧的學習體驗。

（2）強調當學生分析選定的文學和非文學文本時，能評論其中的背景、受眾、目的、所使用的語言、文學手段及其重要性。

（3）教師選擇教材必須參考兩個原則：

a. 文學文本可以選擇視覺的、書面的或口頭的、當代的或傳統的文本。

文本所使用的語言必須是符合美感、想象和引人入勝的，讓受眾可以娛樂、喚起同理心、表達文化認同或反思思維和問題。

b. 非文學文本也可以選擇視覺的、書面的或口頭的、當代或傳統的文本。

所選擇的非文學文本必須以精準、正確的方式使用語言，以達到各種文本產出的目的，包括告知、交易、報告思想、事件和問題、解釋、分析、爭論、說服和表達觀點等。對此，指南列出幾個例子，例如廣告、意見欄、論文摘錄、電子文本（如社交網站、博客）、小冊子（例如公共信息傳單）、回憶錄、日記或其他自傳文本等等，都是教師可以選擇的非文學文本教材。

MYP 語言和文學指南跟 DP 語言和文學指南一致，都沒有指定教科書或「範文」般的教材，而是強調應該要重視文學與非文學文本以及文本類型、技巧、背景、受眾與目的等面向，同時也重視文本在書面及語音表現媒介上的多模態（multimodality），以及文本的當代共時性與過去歷時性。這完全符合上述 IB 教材觀中所提及的教材的「輔助品」特性以及多元化、多樣化及校本決策原則。在 MYP 語言和文學的課程總目標中，所體現的正是這種 IB 教材觀：

（1）作為教材的文本必須涵蓋不同朝代／時期以及不同的文化內容。

（2）教材文本可以包含各種媒體和模態。

（3）非文學教材文本應盡量呈現真實情境中運用語言的方式。

也就是說，除了教材可以是涵蓋不同時期、地區、文化、地理和歷史的文本以及各式媒體與模態表徵之外，MYP 的課程總目標也明白地指示，非文

學教材文本必須呈現真實的情境。在「MYP 語言和文學指南」（2014）的課程設計部分，它更進一步寫出教師在教材使用和教學上的指引，詳細地說明教材選擇上的多元性和多樣性。以下就口語交流、書面交流、視覺交流等三模式說明 MYP 教材的多樣性。

在口語交流方面，指南中建議提供學生不同的學習經驗，包含辯論、角色扮演、討論、蘇格拉底式研討會、口頭論文、講座、演講、訪談、模擬、詩歌朗誦，以及以文學的戲劇表演和口頭詮釋等，以幫助學生發展其作為傾聽者及演說者的口語溝通能力。

在書面交流方面，指南建議可使用各種類型的小說和非小說，包含小說、短篇小說、傳記、自傳、日記、信件、拼貼畫、戲仿、卡通、圖畫小說、詩歌、歌詞、戲劇、劇本、廣告、博客、電子郵件、網站、呼籲、小冊子、傳單、社論、採訪、雜誌文章、宣言、報告、說明和指南等等文本類型，以培養學生作為讀者或作者的書面溝通技巧。

在視覺交流方面，MYP 要求學生能針對各種情況、目的和觀眾，解釋或構建視覺和多媒體文本，了解視覺文本圖像和語言相互作用所呈現及所傳達之思想、價值觀和信仰，以發展他們作為觀眾和演示者的視覺交流技能。視覺文本包括廣告、藝術作品、表演藝術、戲劇詮釋、明信片、圖畫小說、動畫、卡通、漫畫、電影、音樂視頻、視頻影片剪輯、報紙和雜誌、圖表、表格、傳單、海報和電視節目等。

上述「MYP 語言和文學」學科指南，在課程設計部分，為教師和教材編寫者提供了兩項教材選用上的依據。一是可供選擇的諸多類型的教材文本；二是教材以幫助學生達到交流目的為原則，希望能有助於學生發展其作為傾聽者及演說者的口語溝通能力，能培養作為讀者與作者的書面溝通技巧，能發展作為觀眾和演示者的視覺交流技能。在課程設計中必須強調的是讓學習者廣泛地接觸並研讀多樣的文本，但是文本不應該是以學習「範文式」的文章為目的，而是讓學習者學會對於語言與文學文本的理解、體驗與掌握。

由於文本是誘發學習遷移（learning transfer）的關鍵資源，其作用是為了促進學習者對於各式言說、文字符號與視覺類型以及溝通詮釋情境下的多面向學習。因此，傳統的「範文式」的教學方式，實在難以回應如此龐大且顧及語言功能的教材資源觀點。而在教學法的對應上，IB 也主張施行概念

（concept）課程與探究式教學（inquiry approach），特別是後者。

MYP 語言和文學指南（2014）在「探究式教學」部分，明確提出教學時可讓學生探究的關鍵概念（key concept）和相關概念（related concept）。MYP 的關鍵概念包含審美、改變、交流、社區、連結、創意、文化、發展、形式、全球互動、身份、邏輯、觀點、關係、系統、時間、地點和空間。其中，交流、連結、創意和觀點四個關鍵概念為語言和文學科目提供課程發展以及教學設計所需的框架。換言之，在設計語言和文學課程時，必須在交流、連結、創意和觀點四個 MYP 關鍵概念的框架下設計單元和教案，但是教師可以自行決定選擇任何教材和資源以提供學生探究、發展其對關鍵概念的深度學習。

除了 MYP 關鍵概念之外，MYP 的各個學科指南都提出與該學科連動的相關概念。例如，「語言和文學指南」明確地指出語言和文學科目的 12 個相關概念為：受眾的重要性、人物、情境、流派、互文性、角度、目的、自我表達、背景設定、結構、風格、主題。這些相關概念是教師和教材編寫者選擇教材時的依歸。因為，教材的選用必須要能讓學習者通過對文本的學習，詳細地探索複雜的關鍵概念，進而理解並發展出相關概念，以達到有效學習的目標。

以上分別探討了 DP 和 MYP 第一學科組的「語言與文學指南」，以下接著探析 DP 和 MYP 第二學科組「語言習得課程指南」，以檢證 IB 教材觀的一致性。

（二）DP 與 MYP（第二學科組）學科指南體現的 IB 教材觀

「語言 B 指南」（International Baccalaureate, 2018a）在課程內容（syllabus content）中明確規定五大指定主題（prescribed themes）：身份（identities）、經驗（experiences）、人類創造（human ingenuity）、社會組織（social organization）和共享地球（sharing the planet），同時每一個主題下列出五至七個建議話題（recommended topics）以及可探究的問題範例。教師在建構課程時可在指定的五個主題下，選擇任一話題作為探究教學的內容。

學科指南在這些指定主題之下，明確地定義出所謂的文本（text[4]）。首

---

[4] "In theory, a text is anything from which information can be extracted, including the wide range of oral, written and visual materials present in society." (DP Language B, 2018, p.20)

先，文本必須涵蓋書面、視覺、音頻和視聽。再者，為了教師教學方便，文本的性質可分為個人文本、專業文本和大眾傳播文本 [5] 等三大類。而對於文本的使用，IB 明確地指出教師使用文本的目的和原則如下：

The guiding principle for using texts in the DP language acquisition courses is to develop students' receptive, productive and interactive skills in the target language by focusing their attention on the ways in which good communicators consider the audience, context and purpose of what they want to say or write in the process of choosing and developing an appropriate text type to convey a message. (International Baccalaureate, 2018a, p. 21)

IB 強調，教材的使用目的和原則，在於培養學生習得目標語的接受（receptive）技能、產出（productive）技能和互動（interactive）技能，同時幫助學生發展其選擇和產出各種文本類型的能力，在傳達信息的過程中（說或寫），能夠展現對於受眾、背景、目的、意義和變異等五大概念 [6] 的深入理解和貼切的溝通能力。換句話說，教材的使用目的在於幫助學生發展語言使用上的接受、產出和溝通互動技能。這與上述的教材是幫助學習者達到學習目標的輔助品，而非當作學習目的「範文」的 IB 教材觀是完全一致。教師應經常為學生提供豐富的學習機會，讓他們了解和使用與規定主題相關的多元、多類型文本內容。在指南中，IB 羅列出每個類別的文本類型示例，但強調這些文本類型示例「既不是規定性的，也不是詳盡無遺的」，教師不必教完全部的文本類型，甚至也可以使用其他不在表列名單中的文本類型。換句話說，IB 的語言指南雖然提供了教師文本示例，但是這些文本並非指定的課文或教科書，教師可依照學生的學習需求，選擇合適的文本。以下為指南中的原文摘錄：

---

[5] "For the purposes of teaching and learning in a language acquisition course, the language B and language ab initio syllabuses organize written, visual, audio and audio-visual texts into three broad categories: **personal**, **professional** and **mass media texts**." (DP Language B, 2018, p. 21)

[6] "It is important to note that these are not questions for examination papers; rather, they are included in the syllabus as a tool for teachers to use in order to encourage students to think *about* language and culture as part of their language study in the DP and, in doing so, to become more effective and knowledgeable communicators." (DP Language B, 2018, p. 24)

Teachers should provide frequent opportunities for students to understand and use a variety of text types in relation to the prescribed themes and related course content. The categories are described below, and the table that follows provides examples of text types for each category. The examples shown are neither prescriptive nor exhaustive. (International Baccalaureate, 2018a, p. 21)

綜上所述，不論是第一學科組或第二學科組的 MYP 或 DP 指南，IB 對於教材的觀點是一致的，教師依據指南要求可自由地選擇文本，然而文本本身不是學習的主體，而是用來服務學生達到學習目標的工具。同時，教材強調多樣性、多模式且要能展現現實生活的情境。如此的教材使用原則與緒論中所提到的傳統以教科書為主的教材觀截然不同，體現 IB 以概念為主及以學生為主的探究式教學教育理念。接下來，我們將討論以國小學生為對象的 PYP 項目的教材觀。

（三）PYP 項目的教材觀

PYP 項目並沒有區分語言 A 或語言 B，但是我們認為，IB 的語言教學理念在 PYP 項目中反而可以找到最佳的印證與詮釋。在 International Baccalaureate（2018b）中，IB 提到語言是學習者與世界互動的工具，而「語言學習是一種社會行為，取決於與他人、情境、環境、世界和自我的關係」（p.2）。這是 IB 以學習者為中心的教育理念的深化，主張語言教學應從關注並激活學習者內在世界與外在世界的密切互動關係著手。「有效的語言學習正是激活這些關係，讓學生可大量地接觸和體驗語言的豐富性和多樣性，而激發其對生活的好奇心和求知慾，以及對自己溝通能力的信心」（p. 2）。以下是 PYP 的英文原文說明：

Effective language learning and teaching are social acts, dependent on relationships with others, with context, with the environment, with the world, and with the self. Such learning is relevant, engaging, challenging and significant. Exposure to and experience with languages, with all their richness and diversity, creates an inquisitiveness about life and learning, and a confidence about creating new social interactions. (p. 2)

PYP 的教材觀與 DP 和 MYP 的教材觀一脈相承，教材亦是服膺於學習原則，以及文本語言的豐富性、多樣性。PYP 也強調，教學資源的選擇權在於教師，而且特別重視透過語言教師之間的合作，強調課堂的語言學習應該超越教室的空間局限，也主張教師之間的課程共備，特別是外語教師，應加強、支持和拓展課堂語言教學的可能性。同時，透過網絡與科技，讓學生大量接觸全世界廣泛的數位媒體資源。

總體而言，對於 IB 教學理念、教師專業發展和教材資源並重原則的理解與實踐，可說是 IB 教師能否進行有效教學與 IB 教材編寫者能否妥適運用 IB 教學資源的關鍵。

三、IB 對於教材的意識形態

本文從 DP、MYP 中的第一學科組開始，依次討論至第二學科組及 PYP。IB 雖然沒有明確規範所有 IB 學校制定的語言政策應該包含哪類教科書或是教材，但是，IB 已經在各語言指南中，清楚地將教材界定為服膺 PYP、MYP 及 DP 學習原則或是 MYP 之相關與關鍵概念驅動（concept-driven）下，教師使用的各式模態文本內容或資源，如書面、視覺、音頻和視聽等。也就是說，IB 已經明白地表態了自身對於教材資源選擇及使用的學習與教學立場，而在此類態度下所傳達的信念取捨與教材價值觀，本文將其定義為教材的意識形態（ideology）。

意識形態有多重或多種的定義，Ager（2001）在分析語言規劃及政策議題時提到，「Ideology however means different things to different people (p. 186).」但是，Ager 也指出，意識形態最主要的運作形式是對於所屬社會或社群有行使權力的管道（gain access to power）。IB 在一系列指南中詳細規範了專業教師的教材行為範疇與形態，包含教師該如何處理教材、教師對教材應秉持哪些多元資源觀點、教師對教材該掌握的模態應為何等等，IB 希望其體系內的教師在教學時，都要把握其所規範的教材處理原則及概念。我們認為，這些就是我們可透視的 IB 對於教材意識形態的各類剖面。

以下，我們再以先前段落中所提及的 IB 給申請 IBDP 授權學校的四個課程發展原則（「DP：從原則到實踐」的指南）為例，我們把原則 1 和 2 與原

則 3 和 4 各自兩兩為組，藉此，希望可以更清楚呈現互為依存的 IB 教學與學習脈絡，以及潛藏於課程中的 IB 教材意識形態。

（一）關注所有學習者和 IB 教學法

在 IB 課程中，學生來自不同的文化或家庭背景。IB 強調學校和教師必須認可並欣賞每一個學生所帶來的豐富經驗，要求所有教師透過學習者檔案（IB Learner Profile），幫助學生思索並建構出自我特質，使學生逐步成為終身學習者。IBO 在 2011 年出刊的文件 Language and learning in IB programmes（2011），就引用加拿大學者 Cummins（2001）的雙語習得理論，提倡培養認知學術語言能力（Cognitive Academic Language Proficiency, CALP）的教學法。在 2014 年出版的「在 IB 課程中培養學術素養指南」（Developing academic literacy in IB programmes）更加詳細地論述了此教學法。其中 IB 透過四個基本維度展示了教師教學時的做法：確認身份（Affirm identity）、激活和建立背景知識（Activate prior understanding and building background knowledge）、鷹架學習（Scaffolding learning）、擴展認知學術語言能力（Extending CALP），IB 認為，這四個維度是 IB 行使其意識形態以指導學校幫助學生發展學術語言能力的重要架構。

1. 確認身份

有關確認身份的概念，其所強調的是在 IB 學習社區的文化中，要以發展學習者檔案中的 10 項特質為教育目標，這也是每位學生成員的身份體現。學校應要求、重視和認可每一位學生已有的語言技能和知識，並以其作為探索新的思維和認識方式的資源。換句話說，學生本身即是學習的資源，可作為有效的鮮活文本幫助彼此探索新知。而其他三個教學維度，即以學習者的身份為中心展開。而在建構新知識的同時，思考技能、社交技能、反思技能都能不斷地進步和精熟，對於自我的認識和信心也能不斷地提高。IB 此類的論述，頗為契合 Freire（2000）的讀寫與知識霸權解放概念。在 Freire 的概念裏，他認為人們受教育而識讀文本、習寫文字的目的，是為了讓自我更認識自己與這個世界。文本及教材知識並非學習的目的，而是認識自己及世界的媒介。因此，在 IB 的教材意識形態決策裏，教材內容必須為何的思考遠遠不如教材如何使用及如何透過它來學習（ATL, Approach to Learning）來得重要。

2. 激活和建立背景知識

IB 引證了不少心理認知學派的理論，這些理論主張新的學習和知識習得建立在舊經驗和概念理解的基礎上，教師必須幫助學習者連結新舊經驗，方能有效地運用眼前的教材。因此，教學法應強調先激活學生以前的背景知識（可能來自母語或其他的非目標語言），再以目標語言激活當前 CALP，最後則要能幫助學生建立並習得新內容所需的背景知識。IB 在語言習得與學習上，並不追隨行為主義，而明顯地選擇走向認知學派。認知學派對於學習者的認識一如本段所述，強調學習者中心或是如鍾鎮城（2015）所提出的以習得者為中心概念。教材使用是一種應服膺於習得者背景的意識形態。

3. 鷹架（支架）學習

IB 認為，每個學習者都存在著各種知識領域或主題的「近側發展區」（ZPD, Zone of Proximal Development）（Vygotsky, 1978），教師的專業性顯現於教師可支持並促進學生的學習，也就是擴展其近側發展區。在師生互動過程中所顯現的教師角色的支持作用，即是一種鷹架。提供鷹架是一種臨時但有效的教與學過程中的互動策略，有助於學習者能夠以其已知的知識為基礎，去擴展新的學習，而完成原本不可能或更困難的任務。

另外，若教師所提供的講解及課室言談是學生可理解的訊息，即構成了可理解的輸入（comprehensible input）（Krashen, 1985）的條件。提供類比、具體實例和幫助學生連結學習與生活經驗等都是透過多模態文本或教材資源以搭建學習鷹架。

不過，需留意的是，新的輸入即使是可以理解的，也可能流於膚淺、停留於短期記憶及語言知識的表層結構，很容易被遺忘，因此教師需要給予學生充分的練習機會以處理新理解的知識或概念。透過各式各樣多元的探究活動，學生能鞏固已知並進而吸收新的文本或教材內容。IB 在教師角色及師生互動上沒有模糊空間，明白指出教師對於教材的處理應做到何種程度。這即是規範教材使用的另一種意識形態。

4. 擴展認知學術語言能力

IB 認為，學生唯有能在各種不同的新情況下應用新學習的 CALP 才是真正地完成了學習。這種新的學習不僅拓展了他們的「近側發展區」，也可成為學生背景知識的一部分。IB 的這一套發展學生認知學術語言能力的教學法，

跟通訊作者多年來在諸多 IB 中文教師工作坊所提倡的「踮踮腳尖的難度」的策略一致,都是立足於近側發展區和提供鷹架的理論概念。從學生已經懂得的部分著手,讓學生啟動其已有的知識和理解,使得新的輸入是可理解的輸入,藉此極大化學生學習成果。舉例來說,閱讀一篇課文或聽一段錄音(輸入),與其從頭到尾逐字解讀生詞,不如讓學生先展示他們理解的內容,例如:說一個已懂的部分、一個重點等等,然後再給學生重讀或聽聽課文的目標(可理解的輸入),接著展示所理解的內容(輸出)。如此,學生有了充分的機會閱讀或聆聽課文,既不斷地拓展其「近側發展區」,又從中獲得滿足感、信心和流利度,進而鞏固並建構出新的學習。另外,在「確認身份」部分所討論的「學生本身即是學習的資源」這點,可讓學生啟動他們已有的先備知識,而在啟動過程之間會有許多的互動和交流,讓所有學生對於彼此的身份理解,都成為相互之間的學習材料之一。

(二)探索本地和全球背景與重大意義的內容

IB 的使命是希望通過教育改變世界,培養下一代成為具有 IB Learner Profile 特質的人,以開創一個更和平、更美好的世界。因此,IB 清楚呈現了意識形態立場,要求教學必須提供對當地、國家和全球範圍內具有重要意義的問題和思想的探究機會,探索在地和全球問題,認識並致力於解決人類在課堂內外面臨的最大挑戰。IB 對於學習範圍最為明確的規定即是從學習者所在地,連結到全球語境,透過環境、發展、衝突、權利以及合作和治理等方面的議題討論,提供學生機會去探索、思考以構建對課堂以外世界的認知和理解,進而採取有原則的行動、構成相互理解的價值觀和世界觀。不管是從在地到全球的在地全球化(loglobalization)或從全球到在地的全球在地化(glocalization),IB 早已明確表態,在教材上,一位教師在課堂中所應引動的議題方向上的意識形態。

綜上所述,IB 通過學科指南提供教師構建課程所需的指導和信息,沒有所謂的教科書或指定教材,而是強調多元文本和教材的選擇與使用方法。因此教材並非是學習的目的,而是用作幫助學生探究關鍵概念和相關概念的資源。為了達到學科的教學與評量目標,教師必須讓學生接觸廣泛而多樣且橫跨不同時期、地區、文化與風格的作品文本。IB 指南中雖然列出許多文本類型,但

學生並不需要學習所有的文本類型，重點在於能將所學到的知識轉移和運用到各式情境，以解決問題。由此可見，IB 對於教材的意識形態立場是完全不指定任何教材，教師必須作出專業判斷，使其選擇的教材和資源符合 IB 以學習者為中心的教育理念，並確保教材能有效地幫助且支持學生達到課程目標。

四、結論與建議

IB 希望教學是原則導向的，這點主張避開了指定單一教材必然涉及的知識規約、慣習等合法性。IB 意圖建構起全球通用的大學以下的學制與課程系統，因此，如果把教材文本視為一種觀點及文化樣態表述，那麼，當指定何種教材為是，何種為非時，即落入了鍾鎮城（2015）在詮釋二語習得時，常常提醒的二選一（either-or）的意識形態邏輯陷阱，也失去了對於全球複雜性與在地多元性的各種主觀可能與詮釋方向。失去了教育的可能，IB 即失去了未來，因為所有的教育都是對於未來的一種投射，是對於學習者的未來導向（future-oriented）規劃。

Freire（2000）所言的從字裏行間到世界（reading the word and reading the world），強調的是學習方法及教學方法的一種知識解放。我們認為 IB 對於教材有清楚的教育哲學及教學取向。為什麼 IB 選擇不出版教科書？IB 所欲表述的其實是一種知識權力的解放與多元詮釋。教材是用來服務學習，教材本身不是目的。教材緊扣著語言教學觀，更是一種文化觀點、製品（artifact）與載體。教材帶有一種文化角度，所以語言或文學教師的教材使用，會顯現出教師的自我文化與認同。IB 的教材觀，與身份認同息息相關，所有的學習者都是一種學習與教學資源，每個人都是教材資源的啟動者與接續者，教材應存在於互動的知識建構中。因此，透過以上對 IB 教材觀的剖析，我們最後為 IB 意圖建構的教材觀作出如下總結：IB 所主張的教材，並非如同名詞般須顯現於特定且指定的教科書語境文本，而是更應如同動詞、副詞、形容詞甚至是介詞般，無處不在地且動態地存現並附著於在地與世界的知識及時間流轉脈絡之中。

我們在本文中透過諸多的 IB 指南文件並以之為佐證，詳盡且細緻地分析 IB 於各項目（DP、MYP、PYP）中所顯現的教材觀，諸多發現都建立在我們多年參與及觀察國際學校的實證研究及實務工作經驗之上。這些反身

性（reflexive）經驗與研究分析所指陳出來的事實在於：我們在理念上肯定 IB 的教材觀，其所主張的教材處理原則、概念，是一種教材立場的意識形態表露，我們認為是這些都是當代中文教師必要的教師專業與信念。換句話說，我們贊同 IB 教材所顯現的意識形態。

不過須釐清的是，這樣的教材主張並非 IB 所獨有或專有，IB 也是藉由引證並整合諸多學說及專家觀點如 Krashen（1985）、Vygotsky（1978）、Cummins（2001）等而形成的。因此，如果一味地簇擁 IB 教材觀所顯現的獨特性或是優越性，也違背了我們所認同的 Freire（2000）的知識權力解構與 Vygotsky 的認知建構主張。另外，我們並不會天真地認為，如此的教材主張可以讓國際中文教學一路坦途。如果這樣想的話，又回到了如同指定一本教科書教學為唯一的作法。事實上，如 IB 這樣的教材解構、重構或是再建構的互動學習與教學歷程，高度倚賴教師專業發展及教師角色自覺，在師資培育上更形塑了一道必須不斷逾越的專業高牆。但是，這也將會是當代國際中文教育無可迴避的未來師培發展方向。

參考文獻

1. 鍾鎮城編（2015）：第二語言習得與教學，台北，新學林出版股份有限公司。

2. Ager, D. E. (2001). *Motivation in language planning and language policy.* Tonawanda, NY: Multicultural Matters.

3. Cummins, J. (2001). *Negotiating identities: Education for empowerment in a diverse society.* 2nd Edition. Los Angeles, CA: California Association for Bilingual Education.

4. Freire, P. (2000). *Pedagogy of the oppressed-30th anniversary edition.* New York, NY: Continuum.

5. International Baccalaureate. (2014). *Middle Years Programme: Language and literature guide.* Cardiff: International Baccalaureate Organization.

6. International Baccalaureate. (2015). *Developing a quality Diploma Programme curriculum, Diploma Programme: From principles into practice.* Cardiff: International Baccalaureate Organization.

7. International Baccalaureate. (2018a). *Diploma Programme: Language B guide.* First Examinations 2020. Cardiff: International Baccalaureate Organization.

8. International Baccalaureate. (2018b). *Primary Years Programme: Language scope and sequence.* Cardiff: International Baccalaureate Organization.

9. International Baccalaureate. (2021). *Assessment principles and practices—Quality assessments in a digital age.* Cardiff: International Baccalaureate Organization. International Baccalaureate Organization (UK) Ltd.

10. International Baccalaureate Organization. (2011). *Diploma Programme. Language A: Language and Literature Guide.* First Examinations 2015. Cardiff: International Baccalaureate Organization. (Retrieve from: http://www.cosmopolitanschool.de/wp-content/uploads/2018/10/dp-language-and-liternature-guide.pdf)

11. Krashen, S. D. (1985). *The input hypothesis: issues and implications.* New York, NY: Longman.

12. Vygotsky, L. S. (1978). *Mind in society: The development of higher psychological processes.* Cambridge, MA: Harvard University Press.

Have It or Not Have It: the Perspective of Teaching Materials in International Baccalaureate (IB)

CHUN, Chen-Cheng   WANG, Suyi

Abstract

The use of textbooks is often a representation of knowledge and professional culture for Chinese teachers. However, the International Baccalaureate (IB) provides the guidance and information that teachers need to construct the curriculum through subject guides, without textbooks or designated teaching materials. What is the rationale of educational thinking that led to such a decision? In this article, through various IB subject guides and authorization and evaluation documents, we examined the IB's guidelines and ideology for language teaching and drew the five research results below:

1. IB expects teaching to be principle-oriented. This claim avoids the legitimacy of knowledge conventions and habitus that must be involved when specifying a single teaching material.

2. IB does not publish any textbooks. This indicates the emancipation of intellectual power and multiple interpretations.

3. IB maintains that all the teaching materials are aimed to serve students' learning needs, and that teaching materials are not an end in themselves.

4. IB emphasizes that teaching materials are closely related to the language teaching perspective, which is itself a cultural viewpoint, artifact, and carrier.

5. The teaching materials imply cultural perspective, so the use of teaching materials by IB teachers will show their own culture and teacher identity.

To sum up, the IB perspective of teaching materials conveys the process of interactive learning and teaching, which is a process of deconstruction, reconstruction and repeated reconstruction. Such a perspective highly relies on teachers' professionalism and teachers' awareness of their own role in teaching practice.

Keywords: *culture, legitimacy, perspective of teaching materials, ideology, IB*

CHUN, Chen-Cheng, Graduate Institute of Teaching Chinese as a Second/Foreign Language,
Kaohsiung Normal University, Taiwan.
WANG, Suyi, Graduate Institute of Teaching Chinese as a Second/Foreign Language,
Kaohsiung Normal University, Taiwan. (corresponding author)